높은 곳에 오르다

登高

바람 세고 하늘 높은데 원숭이 울음소리 애절하고

강가 물 맑고 모래 흰데 새 맴돌며 난다

끝없이 나무들에선 낙엽이 우수수 떨어지고

그치지 않는 장강은 출렁출렁 밀려온다

風急天高猿嘯哀 渚淸沙白鳥飛廻

無邊落木蕭蕭下 不盡長江滾滾來

Fantastic Oriental Heroes
임영기 新무협 판타지 소설

쾌검왕

快劍王

패검왕 5

임영기 新무협 소설

초판 1쇄 찍은 날 § 2005년 9월 1일
초판 1쇄 펴낸 날 § 2005년 9월 10일

지은이 § 임영기
펴낸이 § 서경석

편집장 § 문혜영
편집 § 장상수 · 서지현 · 최하나

펴낸곳 § 도서출판 청어람
등록번호 § 제1081-1-89호
등록일자 § 1999. 5. 31
어람번호 § 제2-0686호

주소 § 경기도 부천시 원미구 심곡1동 350-1 남성B/D 3F (우) 420-011
전화 § 032-656-4452 팩스 § 032-656-4453
http://www.chungeoram.com
E-mail § eoram99@chollian.net

ⓒ 임영기, 2005

ISBN 89-5831-709-4 04810
ISBN 89-5831-553-9 (세트)

Fantastic Oriental Heroes

임영기 新무협 판타지 소설

쾌검왕

快劍王

5

대장부(大丈夫)

도서출판 청어람

목차

◈제53장◈

여제자(女弟子)를 받다

여제자(女弟子)를 받다

가을이 무르익는 중이었다.

무적부를 둘러싼 학익(鶴翼)처럼 높고 거대한 절벽 꼭대기의 무성한 나무에서 떨어지는 울긋불긋한 낙엽들이 전령사가 되어 가을을 무적부에 가득 몰아다 놓았다.

현무전은 오랜만에 활기를 되찾고 있었다. 현악이 연공실에서 보름 만에 나왔기 때문이다.

현악은 평소 연공실에서 거의 살다시피 한다.

그러면 강일조도 연공실에 들어가고, 어린 강승명조차도 무공을 연마한답시고 연공실에 틀어박히기 일쑤였다.

그러다가 오랜만에 현악이 연공실에서 나오면 강일조와 강승명도 덩달아 따라 나온다.

어찌 보면 그들 부자는 자신들의 일과를 현악에게 맞추지 못해서 안

달하는 것 같았다.

현악이 연공실에서 나왔다는 소식이 퍼지면 제일 먼저 채엽이 부랴부랴 들이닥쳤다.

이후 전굉과 신표가 앞서거니 뒤서거니 찾아왔으며, 마지막으로 마치 지나가다가 우연히 들른 것처럼 흑궁녀가 빼꼼히 고개를 디밀곤 했다.

그런데 오늘은 거기에 두 사람이 더 포함되었다. 바로 이십여 일 전부터 현악의 수하가 된 악룡수와 사룡도였다.

강일조의 부인은 주방에서 숙수들과 하녀들에게 이것저것 지시하면서 요리를 만드느라 눈코 뜰 새 없이 바빴다. 그녀는 현악에게 갖가지 요리를 만들어주는 것을 좋아했다.

그녀가 정성껏 만든 요리를 현악이 언제나 맛있게 먹어주면서 연신 최고라고 칭찬하는 것 때문만이 아니었다.

그녀는 설명할 수 없을 만큼 현악을 좋아하고 존경하며 또 사랑하고 있었다.

그녀뿐 아니라 강일조 가족은 모두 현악을 진심으로 사랑하고 좋아했다.

강일조 가족에게 있어서의 현악은 그들을 굶어 죽기 직전에 구해주었다는 은인 그 이상의 존재였고 의미였다.

보통 현악이 참석한 술자리는 격의가 없었고, 신분을 크게 따지지 않으며, 그저 즐겁게 떠들면서 시종 화기애애했다.

게다가 현악의 측근들뿐 아니라 강일조 가족의 어린아이들까지 모두 참석했다.

그 광경은 오늘도 변함이 없었다.

직사각형의 길고 커다란 탁자에는 강일조 부인이 한껏 솜씨를 뽐낸 온갖 요리들이 가득 차려져 있었다.

탁자의 한복판에 현악이 앉았고, 그 좌우에 채엽과 강일조가 앉았으며, 강일조 옆에는 부인과 딸이, 채엽 옆에는 강승명과 승명의 두 동생이 앉았고, 맞은편에 전굉과 신표, 악룡수와 사룡도 등이 앉아 있는 것이 전체적인 광경이었다.

"카아… 술맛 정말 좋군!"

현악은 술을 한 잔 마실 때마다 감탄을 연발했다.

사실 강일조의 부인이 담근 술은 정말 맛있었다. 그녀의 양조장에는 평소에도 늘 무려 오십여 종류 이상의 술이 익고 있었는데, 그중에서도 현악이 가장 즐겨 마시는 술은 삼대명주(三代名酒)로 알려져 있는 세 가지 술 중에 모태주(茅台酒)와 죽엽청주(竹葉淸酒)였다.

특히 모태주를 더 좋아했으며, 모태주의 유래를 알고 난 이후에는 술 이름을 소아주(素芽酒)라고 바꾸기까지 했다.

원래 모태주는 귀주(貴州) 모태촌(茅台村)의 물로 빚었다고 해서 붙여진 이름이다.

현악은 강일조 부인이 모태주를 담그는 것과 똑같은 방법을 사용하기는 하지만 물은 이곳의 물을 쓰기 때문에 모태주라고 부르는 것은 다소 억지가 있다면서 굳이 술 이름을 부인의 본명인 '소아(素芽)'를 따서 소아주로 부르게 된 것이었다.

"술맛이 어떤가?"

현악은 술이 적당하게 올라서 벌게진 얼굴로 악룡수와 사룡도에게 물었다.

"좋군요."

사룡도는 아직 혀끝에 남아 있는 소아주의 향을 느끼면서 고개를 끄덕였다.

"이렇게 맛있는 모태주는 처음 마셔봅니다."

"어허~ 소아주라니까!"

"아! 네, 소아주."

"그런데……."

사룡도 옆에서 막 한 잔 술을 비운 악룡수가 신표를 보면서 입을 열었다.

"귀하는 어쩌다가 주군을 모시게 된 것이오?"

신표는 자신이 가장 즐겨먹는 계초(鷄燋:닭볶음) 한 점을 집으면서 짧게 대꾸했다.

"졌다."

"어떻게 진 것이오?"

"몸과 마음 둘 다."

몸과 마음으로 다 졌다는 데에야 더 물을 말이 없었다.

악룡수는 전굉을 쳐다보았다. 그는 전굉이 예전에 어떤 인물이었는지 알고 있었다.

아마 주가구 일대의 무인들 중에서 벽력도 전굉을 모르는 사람은 거의 없을 것이다.

예전에는 주가구 오십여 리 일대의 패자(覇者)가 바로 그였다. 그러므로 전굉은 수룡채의 일개 단주였던 신표나 오룡채의 오룡 중에 한 명인 악룡수, 사룡도와는 사뭇 격이 다른 인물이었다.

악룡수는 전굉에게도 물었다.

"귀하도 주군께 몸과 마음으로 졌소?"

그렇게 물으면서도 악룡수는 어쩌면 전굉이 대답하지 않을는지도 모른다고 생각했다.

신표가 진 것과 전굉이 진 것에는 엄격한 차이가 있을 것이기 때문이었다.

"그렇다."

그러나 전굉은 악룡수의 예상을 깨고 순순히 대답했다. 그 덕분에 악룡수는 새로운 사실을 또 하나 깨달았다.

그것은 신표든 전굉이든 현악에게 패했다는 사실을 조금도 부끄러워하지 않는다는 사실이었다.

원래 악룡수와 사룡도, 유룡도 등은 오룡채주 대룡에게 불만이 아주 많았다.

그중에서도 가장 큰 불만은, 대룡이 숱한 싸움터에서 잔뼈가 굵은 실질적인 오룡채의 주인인 자신들 사룡보다 대룡각 휘하의 호위 고수들을 더 신임하고 편애한다는 사실이었다.

게다가 대룡은 오룡채의 대소사를 사룡과 의논하는 것이 마땅한데도 늘 대룡각주나 대룡각 휘하 오당주들과 상의하는 것을 당연하게 여겼다.

그렇게 사룡은 몇 년이라는 세월 동안 점점 찬밥 신세가 되어갔으며, 그들의 불만은 극에 달했고, 끝내는 반란을 궁리하는 지경까지 이르게 되었었다.

그런데 이십여 일 전, 그런 와중에 현악이 무적혈창대를 이끌고 오룡채를 급습하여 대룡각주와 대룡을 너무도 간단하게 죽여 버리고는 오룡채를 수중에 넣어버렸다.

만약 그 일이 일어나지 않았었다면, 사룡은 반란을 실행에 옮겼을 것이다.

"대형, 그는 바로 쾌검왕입니다."

그리고 주가구 유성보 분타에서 신표에게 패해 무적부에 납치됐던 유룡도가 현악과 함께 오룡채에 나타나 악룡수에게 현악의 신분과 그의 사람됨에 대해서 자세히 설명해 주었다.

악룡수는 지혜로운 사람이 아니었다. 또한 혜안을 지닌 사람도 아니었다.

그런 그가 그 당시 현악에게서 뜻하지 않게도 대인의 기상을 엿보았던 것이다. 그래서 그 순간의 그는 마치 뭔가에 홀린 듯한 기분이 되었다.

그래서 이끌리듯이 자청해서 현악의 수하가 됐고, 사룡도마저 수하가 돼버렸다.

그런데 영 찜찜했다. 그것은 마치 생선가시가 목 안에 걸려 있는 듯 답답한 느낌이었다. 자신들은 실력으로 현악에게 패해서 수하가 된 것이 아니었기 때문이다.

"주군."

악룡수는 마침내 목에 걸려 있는 생선 가시를 뱉어내기로 작정하고는 똑바로 현악을 주시하며 입을 열었다.

"속하는 주군께 마음으로는 굴복했으나 몸은 아직 아닙니다. 속하의 몸을 실력으로 굴복시켜 주십시오."

"응? 뭐라고 했나?"

현악은 거나하게 취해서 게슴츠레한 눈으로 악룡수를 쳐다보며 물었다.

악룡수는 바짝 긴장하여 공력을 극한으로 끌어올려 양손에 주입시킨 채 현악을 주시했다. 어느 순간 현악이 출수할는지 모르기 때문에 방비를 하려는 것이었다.

"헛헛! 그 재롱 참 귀엽군!"

평소에는 도무지 표정을 드러내지 않고 위엄스럽기만 하던 전괭이 약간 어이없다는 듯 웃었다.

그는 악룡수의 돌발적인 행동을 재롱이라고 일축했다. 그리고 귀엽다고도 했다.

"……!"

문득, 악룡수와 사룡도는 현악 옆에 앉은 강일조의 오른손이 슬며시 어깨의 검을 잡는 것을 발견했다.

그 순간 두 사람도 즉시 강일조에게 초식을 펼치려 했다.

악룡수와 사룡도는 강일조가 얼마 전까지만 해도 수룡채의 일개 조장이었다는 사실을 이곳에 와서 알게 되었다.

그러므로 두 사람은 자신들이 강일조 따위에게 낭패를 당하리라고는 추호도 생각하지 않았다.

순간 악룡수와 사룡도는 눈앞에서 뭔가 흐릿한 검광이 번쩍이는 것과 자신들의 머리 위가 써늘한 것을 동시에 느꼈다.

두 사람은 출수하려는 순간 자신들이 당했다는 것을 깨닫고 출수를 포기해야만 했다.

우수수—

그때 두 사람 앞으로 잘려진 상투 조각과 머리카락이 눈가루처럼 쏟아져 내렸다.

확인하지 않아도 자신들의 머리카락이라는 것을 알 수 있었다.

두 사람이 쳐다보자 강일조는 아무 일도 없었다는 듯 현악의 술잔에 술을 따르고 있었다.

또한 다른 사람들은 관심조차 없는 듯 서로 대화하면서 술을 마시기에 여념이 없었다.

지독하게 빠른 쾌검이었다.

악룡수와 사룡도는 두 눈을 똑바로 뜨고 강일조를 주시하고 있었는데도 그가 언제 발검했다가 다시 착검했는지 보지 못했다.

수룡채의 일개 조장이었던 강일조에게 오룡채의 오룡 중 두 명이 완벽하게 패한 것이다.

문득, 강일조가 악룡수와 사룡도에게 술잔을 가볍게 들어 보이면서 엷은 미소를 머금었다.

"여기 계신 분들 중에서 내가 가장 약하다네."

"……."

악룡수와 사룡도는 그 말이 무엇을 의미하는지 깨달았다.

이제부터는 그들이 가장 약하므로 경거망동을 삼가고 알아서 행동하라는 뜻이 아니겠는가.

그때부터 악룡수와 사룡도는 술자리가 끝날 때까지 한마디도 입을 열지 않았다.

그리고 술맛이 매우 썼지만, 기분은 아주 좋았다.

두 사람은 오랜 방황 끝에 마침내 자신들이 있어야 할 곳을 찾은 듯한 기분으로 술을 마셨다.

흑궁녀가 방에 들어온 것은 잠시 후였다.

"초련(草蓮)이 여기에 있나?"

그녀가 그냥 불쑥 들어온다 해도 아무도 뭐라 할 사람이 없는데도 그녀는 현무전에 올 때면 꼭 무슨 핑계를 댔다.

　지금은 강일조의 딸 이름을 부르며 슬며시 들어오고 있다. 필경 그녀가 자신들의 딸에겐 아무 볼일도 없을 것이라는 사실을 강일조와 소아는 잘 알고 있었다.

　"저를 찾으셨나요?"

　강초련이 일어나서 흑궁녀에게 공손하게 말하는 데에도 이미 흑궁녀의 시선은 현악에게 가 있었으므로 대답을 할 리 만무했다.

　"아! 현악님! 여기에 계셨군요?"

　흑궁녀는 뒤늦게 현악을 발견한 것처럼 나직한 탄성을 터뜨리며 탁자로 다가왔다.

　그런데 정작 현악은 맞은편의 전굉, 신표들과 얘기하느라 흑궁녀의 말을 듣지 못했다.

　느닷없는 흑궁녀의 방문에 강일조와 그의 가족들이 모두 일어섰고, 강일조가 공손히 그녀를 맞이했다.

　"어서 오십시오, 총령(總令)."

　흑궁녀는 무적부의 총령이라는 지위에 임명되었다. 총령은 대총사인 적사 바로 아래로 대주들보다 높았고, 무적부 내에서 제삼인자의 지위였다.

　강일조가 일어났기 때문에 가장 약체인 악룡수와 사룡도도 덩달아 일어서 있었다.

　그들은 조금 전에 강일조에 의해서 최하위가 된 상태라 강일조가 일어서니 그들도 일어설 수밖에 없었다.

　하지만 총령보다 아래 직급 대주들인 전굉과 신표는 흑궁녀의 출현에도 일어서지 않았고, 눈길조차 주지 않았다.

그들이 그러는 것은, 자신들이 무적부에 적을 두고는 있지만 그에 앞서 현악의 사람이기 때문에 군이 무적부에서 정한 지위에 연연할 필요가 없었기 때문이다.

달리 말하면, 그들은 현악의 말 한마디면 언제라도 무적부의 지위를 버릴 수도, 떠날 수도 있다는 뜻이었다.

흑궁녀도 그것을 잘 알고 있기 때문에 군이 그런 것으로 문제를 삼고 싶지 않았다.

하지만 흑궁녀와 개인적인 친분으로 엮여 있는 강일조와 가족들은 달랐다.

현악이 주가구의 빈민촌에서 처음 강일조 가족을 만났을 때 흑궁녀도 그 자리에 있었다.

그녀는 처음에 강일조 가족에게 주가구에 만두가게를 내어줄까 하다가 생각을 바꿔서 그들을 대홍방으로 불러들여 몇 가지 일거리를 주어 살게 했다.

그것이 강일조 가족이 무적부와 인연을 맺게 된 계기가 되었다. 그러므로 강일조 가족에겐 흑궁녀도 현악만큼 각별한 사람일 수밖에 없었다.

강일조는 흑궁녀가 현악을 좋아하고 있다는 사실을 자세히는 모르지만 웬만큼은 짐작하고 있었다.

그것도 강일조의 부인이 그에게 넌지시 귀띔해 주었기 때문에 알게 된 것이다.

강일조가 허리를 굽혀 현악에게 공손히 아뢰었다.

"주군, 총령께서 오셨습니다."

흑궁녀는 강일조의 그런 배려가 고마웠지만 내색하지는 않았다.

"응? 교아로군! 여긴 웬일이냐?"

하지만 현악은 흑궁녀를 힐끗 돌아보며 크게 반갑지도 않은 듯 대수롭지 않게 아는 체를 했다.

야속하고도 무정한 사람. 오랜만에 보는데 조금이라도 반갑게 맞이해 주면 안 되나?

웬일이라니, 내가 못 올 데를 왔다는 건가? 흑궁녀는 현악의 태도에 괜스레 착잡한 심정이 됐다.

하지만 현악을 보고 싶어하는 마음이 더 컸기 때문에 그런 서운함을 애써 꾹꾹 눌러두었다.

"네, 초련을 보러 왔어요."

"련아를? 그럼 일보고 가라."

"……."

현악은 손을 흔들면서 아무렇게나 말하고는 다시 전굉, 신표와 대화하기에 여념이 없었다.

흑궁녀는 할 말을 잃고 우두커니 서서 현악을 바라보았다.

몇 달 전, 그녀는 현악, 초곤과 함께 대흥방과의 싸움에 참가하여 극심한 중상을 입고 살아날 확률이 일 할도 되지 않은 상태에서 죽음과 사투를 벌였다.

그때, 한 달 동안이나 매일 밤 적사 몰래 그녀에게 찾아와 자신의 진기를 아낌없이 주입시켜 주면서 제발 살아나 달라고 기원하던 사람이 바로 현악이었다.

그때 흑궁녀는 현악으로부터 죽을 때까지 두 번 다시 겪을 수 없을 것 같은 감동을 받았으며, 그 일을 계기로 자신의 마음을 현악에게 바치기로 결심했다.

그런데 현악은 그때 그 일을 까맣게 잊기라도 했다는 말인가?

아니면 그런 일은 애당초 없었는데 흑궁녀가 한바탕 남가일몽이라도 꾸었던 것인가?

그러나 그것은 절대 꿈이 아니었다. 그것이 꿈이었다면 흑궁녀는 그때 죽었어야만 했다.

그래서 이렇게 버젓이 살아서 숨을 쉬고 돌아다닐 수도 없을 것이며, 목석 같은 한 남자 때문에 이처럼 새카맣게 속을 태우지도 않았을 것이다.

하지만 현실은 흑궁녀에게 냉혹했다.

현악이 잠시 아는 체를 하면서 '일보고 가라'고 했기 때문에 흑궁녀로서는 그 일이라는 것을 봐야 할 수밖에 없었다.

그리고 그 일이 끝나면 가야만 할 터인데, 아무것도 모르는 강초련은 공손히 서서 흑궁녀의 하회만을 기다리고 있는 중이었다.

흑궁녀는 입술을 잘근잘근 깨물고, 손가락으로 소매 끝만 잡았다 놓았다를 반복하면서 현악의 옆얼굴을 쏘아보고 있었다. 눈빛에 복잡한 의미를 담은 채.

그때 하나의 부드러운 손이 그녀의 손목을 가만히 잡았다.

"앉아서 말씀 나누세요."

"아……!"

당황한 흑궁녀가 깜짝 놀라서 쳐다보니 강일조의 부인, 즉 소아가 그녀의 손목을 잡아 넌지시 이끌고 있었다.

"련아에게 하실 말씀이 있으시다니 련아 곁에 앉으세요."

흑궁녀는 사막 한복판에서 샘물을 만난 것처럼 기쁜 마음을 억누르며 소아가 이끄는 대로 따랐다.

소아가 멀뚱히 서 있는 강일조의 옆구리를 슬쩍 꼬집는 것이 흑궁녀 눈에 보였다.

의아한 얼굴로 쳐다보는 강일조에게 소아가 비키라는 눈짓을 해 보이는 것도 보였다.

강일조는 소아와 흑궁녀를 번갈아 쳐다보더니 그제야 눈치를 채고는 의미있는 미소를 지으면서 얼른 다른 자리로 갔다.

흑궁녀는 그의 의미있는 미소가 좀 께름칙했지만, 지금은 찬밥 더운밥 가릴 처지가 아니었다. 아니, 오히려 소아와 강일조의 배려가 눈물이 날 정도로 고마웠다.

원래 현악 오른편에는 강일조와 소아가 나란히 앉아 있었고, 소아 옆에 강초련이 있었으므로 그 두 사람이 자리를 양보하자 현악 옆자리는 자연히 비게 되었다.

소아가 흑궁녀를 현악 옆에 슬며시 앉게 하는데도 현악은 그것도 모르는 채 신표, 전굉과 침을 튀기면서 손짓 발짓 섞어가며 얘기하느라 바빴다.

원래 현악과 신표, 전굉 모두는 과묵한 사람들이었지만, 간혹 그들 세 사람이 모여서 술이 거나해지면 이상하게도 많은 대화를 나눌 때가 있었는데 지금이 바로 그랬다.

아니, 그럴 때는 서로 먼저, 그리고 많이 얘기하려고 남의 말을 끊기도 하는가 하면 말을 막기도 할 정도라서 전혀 평소의 그들답지 않았다.

그런 광경을 보노라면 과연 극과 극은 통한다는 옛말이 맞는 것 같기도 했다.

소아는 세심했다.

그녀는 흑궁녀가 어색한 듯이 현악에게서 약간 떨어져 앉자 그녀를 현악 쪽으로 밀어붙였으며, 그것으로도 모자라서 강초련을 흑궁녀 옆에 끌어다 앉히고는 또 그녀를 현악 쪽으로 밀어붙여서 기어코 흑궁녀의 몸이 현악의 몸에 부딪치게 만들었다.

그 바람에 현악은 흑궁녀가 자신 옆에 앉은 것을 알게 됐다. 그는 취기 어린 얼굴에 멀뚱한 표정으로 흑궁녀를 돌아보았다.

"어… 너 아직 안 갔니?"

"네……."

흑궁녀는 얼굴을 붉히며 고개를 숙였다. 무적부 내에서도 그녀는 여전히 독사보다 더 지독한 여자로 통했지만, 현악 앞에서만은 그저 한 명의 나약한 여자일 뿐이었다.

"후후! 너… 왜 왔는지 알겠다."

문득 현악이 눈을 가늘게 뜨고 흑궁녀를 보며 흐릿한 미소를 지어 보였다.

그러자 흑궁녀는 가슴이 철렁 내려앉았다. 현악이 정말 자신의 마음을 눈치챈 것인가?

정말 그렇다면, 그가 그 사실을 이 자리에서 큰 소리로 떠들어대면 어떻게 하지? 그가 드디어 자신의 마음을 알아주어 기쁘기도 했지만 한편으로는 당혹스럽기도 했다.

'아아… 어쩌면 좋아…….'

"너, 초련이를 제자로 삼으려는 거지? 그래서 자꾸 여길 기웃거리는 거지?"

현악은 뻔히 다 안다는 표정을 지으며 헤벌쭉 웃었다.

"……."

흑궁녀는 갑자기 앉아 있는 자리가 한없이 아래로 꺼지는 듯한 착각을 느꼈다.

방금 전까지만 해도 현악이 자신의 속마음을 알았을까 봐 전전긍긍하던 그녀였다.

그런데 현악이 막상 그녀의 속마음을 모르고 있다는 것을 확인하게 되자 안도하기보다는 절망감이 엄습했다. 묘한 것은 과연 여심(女心)이었다.

현악은 아예 한술 더 떴다.

"련아! 너 어서 교아에게 구배지례를 해라!"

"오… 라버님."

강초련은 당황해서 어쩔 줄을 몰라 했다.

강일조의 자식들 네 명은 모두 현악을 형이고 오라버님이라고 불렀고, 현악은 그들을 친동생처럼 대했다.

처음에는 강일조와 소아가 펄쩍 뛰면서 황송해했지만, 끝내 현악의 고집을 꺾지는 못했다.

현악은 이미 많이 취한 상태였지만 이 순간만큼은 정신도 말도 또렷했다.

그는 흑궁녀에게 진중하게 물었다.

"교야, 너는 련아를 제자로 받아들일 마음이 있느냐?"

중인의 시선이 흑궁녀에게 집중되었다.

평소에 흑궁녀와 강초련은 큰언니와 막내 동생처럼 절친한 사이로 지냈지만, 두 사람은 한 번도 사제지간이 된다는 생각은 해본 적이 없었다.

흑궁녀는 묵묵히 강초련을 응시했다.

그저 응시하는 것이 아니라 날카롭게 그녀의 전신 골격을 세밀하게 살펴보았다. 그녀가 그러는 것은 말이 나온 김에 어영부영 강초련을 제자로 받아들이려는 것이 아니라, 오래전부터 염두에 두고 있었기 때문이다.

비록 몇 달 동안에 불과했지만, 두 사람이 친자매처럼 지냈으니 강초련의 성품에 대해서는 너무나 잘 알고 있는 흑궁녀였다. 중요한 것은 자질이며 골격이었다.

성품이 아무리 온후하며 성격이 올곧다고 해도, 무공을 연마하는 데에는 선천적으로 지니고 태어난 자질, 즉 골격과 체형, 혈맥과 기혈의 흐름 등이 우선이었다.

슥—

흑궁녀는 손을 뻗어 강초련의 머리와 어깨, 등, 팔을 일일이 만져 보고 그녀를 일어나게 하여 아랫배와 엉덩이를 가볍게 두드리고 눌러보더니 마지막으로 손목을 잡고 맥을 짚어보았다.

강초련은 물론이고 강일조와 소아 등은 만면에 긴장하는 표정을 떠올린 채 흑궁녀를 주시했다. 자연히 좌중의 분위기는 가라앉았다.

강일조와 소아로서는 강초련이 흑궁녀의 제자가 된다면 더 이상 바랄 게 없을 정도로 기쁜 일이었다.

"……!"

그런데 흑궁녀는 갑자기 깜짝 놀라면서 자신도 모르게 강초련의 맥을 놓아버렸다.

그녀의 느닷없는 행동에 중인은 의아한 표정으로 흑궁녀를 쳐다보았다.

흑궁녀는 적잖이 놀라는 표정으로 강초련의 얼굴을 주시하다가 다시 조금 전과는 달리 무거운 표정으로 그녀의 맥을 짚었다.

잠시 후 그녀는 가볍게 한숨을 토해내면서 고개를 설레설레 가로저으며 강초련의 손목을 놓아주었다.

강초련과 강일조 부부의 얼굴에 초조함이 가득 떠올랐다. 흑궁녀의 행동과 표정만으로는 무슨 일인지 짐작조차 할 수 없었다. 그렇다고 그녀가 장난을 하는 것 같지는 않았다.

잠시 후 흑궁녀가 신표를 보며 나직이 입을 열었다.

"신 대주가 련아의 맥을 짚어봐요. 내가 틀리지 않았다면 련아는 극음지맥인 것 같아요."

그녀의 말에 강초련과 강일조 부부는 어리둥절한 표정을 지었다. 그들은 극음지맥이 무엇인지 몰랐다.

신표가 강초련 옆에 앉아 진지한 표정으로 그녀의 맥을 짚었다.

아무도 술을 마시지 않고 침묵을 지키며 신표와 강초련을 주시했다.

강일조 부부는 혹시 하나뿐인 딸이 무슨 큰 병에 걸린 것이 아닌가 싶어 초조한 표정을 감추지 못했다.

"음! 이럴 수가… 극음지맥이 틀림없군, 그것도 몹시 강한."

신표가 강초련의 맥에서 손을 떼며 묵직한 신음을 흘렸다.

흑궁녀는 처음에 별다른 생각 없이 강초련의 맥을 짚었다가 느닷없이 손가락을 타고 얼음처럼 싸늘한 기운이 쏟아져 들어오자 깜짝 놀라서 손을 놓았던 것이다.

조마조마하던 강초련과 강일조 부부는 극음지맥이 무엇인지도 모르는 상황에서 가슴이 철렁 내려앉았다.

강일조는 조심스럽게 신표에게 물었다.

"사부님, 극음지맥이 무엇입니까?"

신표는 무거운 어조로 대답했다.

"나도 자세히는 모르나 극음지맥이나 극양지맥은 선천적으로 타고 나는 것으로 알고 있다. 또한 그것을 제대로 다스리지 못하면 단명(短命)할 수도 있으며, 보통 사람들은 걸리지 않는 여러 특이한 병에 시달리기도 한다고 들었다."

강일조와 소아, 그리고 강초련 본인은 크게 놀랐다. 강일조는 무언가 짚이는 것이 있는 듯 얼굴이 더욱 어두워졌다.

"그럼 련아가 태어나면서부터 지금껏 원인도 모르는 채 시름시름 앓았던 것은……."

강일조 부부와 강초련의 절망감은 이만저만하지 않았다. 이것은 강초련이 흑궁녀의 제자가 되느냐 마느냐의 문제가 아니라 그녀의 목숨이 달린 일이었다.

"그랬었느냐? 그렇다면 그것은 아마도 련아가 극음지맥이었기 때문인 것 같구나."

강일조는 안타까운 신음을 흘려냈다.

"아아… 이를 어쩌면 좋습니까, 사부님."

현악은 술이 확 깨서 실내를 둘러보며 낮게 외쳤다.

"누구 극음지맥이라는 것에 대해서 자세히 아는 사람이 없느냐?"

그러나 좌중에서는 아무도 대답하는 사람이 없었다.

현악은 다시 외쳤다.

"지금 당장 적사를 데려와라!"

"매우 강한 극음지맥이군요."

강초련을 진맥한 적사는 담담히 입을 열었다. 그는 학문뿐 아니라

의학에도 조예가 깊었다.

중인의 얼굴에 충격이 깔렸다. 강일조와 소아의 얼굴은 아예 사색으로 변해 있었다.

"대총사, 제 딸아이는 어떻게 되는 것입니까?"

그렇게 묻는 강일조의 목소리가 가늘게 떨렸다.

"자네 딸이 지금 몇 살인가?"

"열다섯입니다."

"기연이 없다면 그녀의 체내에 흩어져 있는 극음지기가 앞으로 이 년 후에는 한데 모여 골수에 도달하게 될 걸세."

"그게 무슨… 말씀이십니까?"

"극음지기가 골수에 도달하면 뇌가 얼어버려서 목숨을 잃을 수밖에 없네."

"그런……."

강일조 가족은 망연자실해졌다. 그들의 큰딸이며 큰누나인 강초련이 조금 전까지만 해도 멀쩡했는데, 지금은 이 년 후에 죽는다는 것이니 놀라지 않을 수 있겠는가.

와자지껄하던 술판은 졸지에 초상집 분위기로 돌변했다.

"흑흑! 련아… 이 일을 어쩌면 좋으냐……."

"어머니……."

소아는 강초련을 품에 안고 흐느꼈다. 모녀는 이 끔찍한 사실이 아직도 꿈처럼 아련하게만 여겨졌다.

현악 역시 이 말 같지 않은 현실이 제대로 받아들여지지 않기는 마찬가지였다. 술이 확 깼으며, 더 이상 술을 마시고 싶은 마음도 들지 않았다. 좌중에서는 아무도 술을 마시는 사람이 없었다.

현악은 어이없는 표정으로 적사에게 물었다.

"이봐, 적사. 정말 이 년 후에 련아가 죽어야 하는 건가, 응? 방법이 전혀 없는 거냐구!"

그런데 적사는 빙그레 미소를 머금었다.

"술 한 잔 주시면 이 아이가 살 수 있는 방법을 말씀드리겠습니다."

"엉?"

한순간 실내의 모든 소요가 거짓말처럼 뚝 멈췄고, 모든 사람의 시선이 적사에게 집중되었다.

적사는 온화하게 미소 지으면서 현악에게 빈 술잔을 내밀었다.

그러나 현악은 술을 따르지 않았다.

그 대신 적사 앞에서 그의 눈을 똑바로 쏘아보면서 두 눈에서 시퍼런 살광을 줄줄이 뿜어내며 나직이 으르렁거렸다.

"자네, 정말 술 마시고 싶은가?"

"아, 아닙니다. 그냥 말씀드리겠습니다."

적사는 진땀을 흘리면서 두 손을 저었다.

"간… 단합니다. 현악님께서 이 소녀를 제자로 거두시면 됩니다."

뜬금없이 강초련을 현악의 제자로 거두라니, 현악은 물론 중인은 크게 놀라는 표정을 지었다.

"자세히 말해 보게."

"극음지기를 다스릴 수 있는 방법은 두 가지뿐입니다. 극음지공(極陰之功)을 연공해서 극음인(極陰人)이 되는 것과 극양지공(極陽之功)을 연공하여 체내의 극음지기를 중화(中和)시키는 것입니다."

그래도 현악은 선뜻 이해가 되지 않았다.

"그런데?"

"모르시겠습니까?"

적시는 두 팔을 벌리며 어깨를 으쓱해 보였다. 그는 속 시원히 말할 수 있으면서도 은근히 뜸을 들였다.

"전에 말씀드린 적이 있었잖습니까? 현악님의 자령신공은 천하에 짝을 찾아보기 힘든 극양신공이라고 말입니다."

"아! 그렇군!"

현악은 나직한 탄성을 터뜨린 후에 말을 이었다.

"그러니까 지금으로서는 련아가 내 자령신공을 연공해야지만 살 수 있다 그거로군?"

"그렇습니다."

현악은 갑자기 무슨 생각을 했는지 말과 행동을 뚝 멈추고 굳은 표정을 지었다.

아무리 사람 목숨이 달린 일이지만, 이제 겨우 열아홉 살인 현악이 네 살밖에 차이가 나지 않는 강초련을 제자로 거둔다는 사실이 영 께름칙했다.

현악이 미적거리자 그때부터 기묘한 침묵이 흘렀다. 사람들은 침묵을 이어가면서 현악을 주시했다. 마치 무엇인가를 기대하는 듯한 눈빛으로.

현악은 뜨악한 표정으로 강초련을 쳐다보았다.

"에… 또… 그러니까……."

그때 강초련 뒤에 서 있던 흑궁녀가 흐릿한 미소를 짓더니 강초련의 등을 현악 쪽으로 슬쩍 밀었다.

"앗!"

강초련은 짧은 비명을 지르면서 앞으로 고꾸라질 듯이 현악에게로

엎어졌다.

현악이 급히 일어나면서 팔을 뻗어 그녀를 붙잡았다.

그는 한 팔로는 강초련의 허리를, 다른 손으로는 어깨를 안듯이 붙잡은 채 마주 보고 서 있는데, 두 사람 다 뻣뻣한 자세고 어색하기 짝이 없는 표정이었다.

그때 신표가 주위를 환기시키려는 듯 딴청을 부리는 척하면서 낮게 헛기침을 했다.

"험! 험! 제자가 처음에 사부를 모실 때에는 구배지례를 하는 거였지, 아마?"

전굉이 은근히 맞장구쳤다.

"어험! 워낙 오래전 일이라서 가물가물하지만, 나도 그렇게 알고 있네!"

현악이 신표와 전굉에게 눈을 부라렸지만 두 사람은 모른 체하며 다른 곳만을 쳐다보았다.

강초련이 어쩔 줄 모르는 듯한 표정으로 현악을 바라보았다.

"……."

"……."

두 사람은 어색한 표정으로 서로를 보며 말을 하지 못했다. 이런 경험이 전혀 없는 두 사람은 더 나을 것도 모자랄 것이 없이 똑같은 처지였다.

문득 강초련이 가만히 입술을 깨문 후에 무언가 결심한 듯 슬며시 현악의 품에서 벗어났다.

"련아……."

현악은 무엇을 짐작했는지 가볍게 당황해서 강초련을 불렀다. 불러서 어쩌려는 게 아니라 그저 무의식적으로 부른 것이다.

그러나 강초련은 듣지 못한 듯 조심스럽게 그 자리에 무릎을 꿇고 엎드리면서 현악에게 절을 하기 시작했다.

"이, 이거 참……."

현악은 난감한 표정을 지었다.

"하아… 하아아……."

강초련은 아홉 번 중에 고작 세 번 절을 올리고 나서 일어서려고 하며 가쁜 숨을 몰아쉬었다.

원래 몸이 약하기 짝이 없는 강초련이다.

조금 전에야 비로소 그 원인이 극음지체였기 때문인 것으로 밝혀졌다. 그랬기 때문에 그녀는 걸음조차도 수십 걸음 이상 걷기 힘들었고, 뛰는 것은 아예 꿈도 꾸지 못한 십오 년을 살았어야만 했다.

사람들은 안타깝게 그녀를 바라보았다. 그러나 지금은 아무도 그녀를 도울 수 없었고, 도와서도 안 된다.

구배지례를 제 힘으로 올리지 못하는 제자는 사부를 모실 자격이 없었기 때문이다.

"하아아… 하악……."

강초련은 온몸을 바들바들 떨면서 금방이라도 혼절할 것처럼 안색이 창백하게 변했지만 절을 멈추지 않았다. 그녀는 혼신의 힘을 다해 네 번째 절을 하였다.

그녀의 절을 받으며 묵묵히 앉아 있는 현악의 표정은 점차 엄숙하게 변하고 있었다.

소아는 안타까움에 눈물을 흘리며 강일조의 어깨에 매달렸고, 강승명과 두 동생은 주먹을 움켜쥔 채 누나에게 무언의 응원을 보내고 있었다.

마침내 강초련은 마지막 아홉 번째 절을 마쳤다. 그리고는 일어나지 못하고 그대로 쓰러져서 혼절해 버렸다.

하지만 쓰러져 있는 그녀에게 아무도 다가가지 않았다.

중인의 시선은 현악에게 집중됐다. 그들은 현악에게 무언가를 애타게 갈망하고 있었다.

이윽고 현악이 천천히 그녀에게 다가가 가볍게 안아 들었다. 그녀는 뼈가 없는 듯 가벼웠다. 그리고는 그녀를 굽어보며 조용히, 그러나 힘 있게 중얼거렸다.

"이제 내가 너를 강하게 만들어주마."

강일조 부부는 현악을 바라보며 비 오듯이 눈물을 흘렸다. 좌중의 모든 사람들은 훈훈한 미소를 지으며 고개를 끄덕였다.

◆제54장◆

유성보를 건드리다

　　　　　　"감사합니다, 주군."

　"잘된 일입니다, 주군."

　"축하해요, 현악님."

　강초련을 방에 눕히고 나온 뒤 강일조를 비롯한 사람들이 현악에게 한마디씩 하며 술을 따랐다. 그래서 잠시 멈췄던 술자리가 다시 시끌벅적하게 시작됐다.

　현악은 씁쓸한 표정을 지었다.

　"하지만 나는 이제 겨우 열아홉 살이야. 사부 소리를 듣기에는 너무 젊지 않은가?"

　전굉이 술을 마시다가 뚝 멈추고 갑자기 얼굴을 찡그리며 신표에게 물었다.

　"이봐, 신 형. 내가 잘못 들은 건가? 누군가 방금 자기가 열아홉 살이라고 말한 것 같은데?"

신표는 고개를 끄덕였다.

"나도 들었네. 이 자리에 열아홉 살짜리 남자 아이가 있었던가? 그건 도통 기억이 없는데?"

"게다가 자기가 사부가 되기에는 어리다고도 말한 것 같네. 그럼 주군이 되기에는 적당한 나이인가?"

"그러게 말일세. 말도 안 되는 소리지!"

현악이 그들 두 사람이 나누는 얘기의 깊은 뜻을 모를 리 없었다. 그들에게, 아니, 이 자리에 있는 모두에게 현악은 결코 열아홉 살짜리 어린 소년이 아니었다.

현악은 모두의 주군이며 형님이어야 하는 것이지, 열아홉 살 소년이어서는 안 되는 것이다.

물론 그가 전굉과 신표들의 주군이라고 해서 모든 면에서 그들보다 월등한 것도, 그래야만 한다는 것도 아니다.

경륜이나 경험, 무던함이나 인내심 같은 것들은 오히려 수하인 그들이 현악보다 더 나을 터이다.

만약 전굉이나 신표들이 무인이 아니라 장사치였다거나 농사꾼, 혹은 다른 전문적인 분야의 사람들이었다면 결코 현악을 주군으로 모시는 일 따위는 벌어지지 않았을 것이다.

현악은 장사도, 농사도 전혀 모를뿐더러 그 어떤 전문적인 분야에서도 탁월한 재주를 지니지 못했기 때문이다.

그는 다만 무인이며, 장차 천하를 오시(傲視)하여 발 아래 둘 출중한 대장부의 기상을 지녔고, 모두를 굴복시키는 놀라운 무공을 소유하고 있었다.

바로 그런 것이 여러 사람이 그를 주군으로, 그리고 형님으로 모시는 이유인 것이다.

　현악은 진지한 표정으로 신표와 전굉을 보며 조용히 입을 열었다.

　"신 대주, 전 대주."

　표정이 진지했고, 목소리마저도 너무 차분했기 때문에 신표와 전굉은 술이 확 깨는 것을 느끼며 즉시 자세를 고쳐 앉았다.

　"말씀하십시오, 주군!"

　현악은 두 사람에게 정중히 고개를 숙였다. 수하에게 머리를 숙인다는 것은 있을 수도 없는 일이었다.

　"아무쪼록 어린 나를 잘 부탁하네."

　'허걱!'

　'흐엑!'

　두 사람은 심장이 목구멍 밖으로 튀어나올 만큼 혼비백산했다. 다음 순간 그들은 즉시 부복하며 이마를 바닥에 붙였다.

　"용서하십시오, 주군!"

　"속하들이 술에 취해 잠시 실언을… 용서하십시오!"

　현악은 급히 두 사람을 부축해서 일으켰다.

　"이러지 말게. 자네들이 이러면 다른 사람들이 나를 옹졸한 사람이라고 생각할 걸세."

　현악은 두 사람을 자리에 앉게 한 후 일일이 술을 따르고 나서 넌지시 물었다.

　"그런데 말이야, 자네들 눈에는 내가 몇 살쯤으로 보이나?"

　"……."

　"……."

두 사람은 감히 대답하지 못하고 쩔쩔맸다.

현악은 두 사람의 어깨를 두드리며 껄껄 웃었다.

"하하하! 이 사람들아, 누가 뭐래도 나는 열아홉 살이야! 자네들 같은 늙다리인 줄 아는가?"

현악은 그런 식으로 두 사람에게 멋진 복수를 했다.

문득, 신표의 눈썹이 꿈틀 꺾였다.

"방금 속하들더러 늙다리라고 하셨습니까?"

"하하! 그랬네."

현악은 유쾌하게 웃었다. 해볼 테면 해보라는 뜻이었다. 조금도 무섭지 않다는 뜻이기도 했다.

"속하들이 늙다리인 것은 사실이지만, 그저 쓸모없이 나이만 먹은 것은 아닙니다."

"그래? 내기를 해보자는 건가?"

중인의 시선이 현악과 신표에게 집중됐다.

"그렇습니다."

현악은 가슴을 두드렸다.

탁탁!

"뭐든 말만 하게! 내가 자네들 늙다리를 이기지 못한 데서야 말이 안 되지!"

"술내기입니다. 내공을 사용하면 안 되고, 먼저 쓰러지는 사람이 지는 겁니다."

"좋아!"

"원래 모든 내기에는 상품이 있기 마련입니다."

"무엇이든 걸게."

탕!

전굉이 두툼한 손바닥으로 탁자를 두드렸다.

"술내기에서 이기는 사람이 이후 죽는 날까지 술자리에서만큼은 큰형 노릇을 할 수 있다면 속하도 기꺼이 이 내기에 참가할 의사가 있습니다!"

실로 엄청난 조건이었다. 까딱하다가는, 이후 술자리에서는 주군이 수하들을 형님으로 모시는 해괴한 불상사가 벌어질는지도 모를 일이었다.

어찌 생각하면 발칙한 일일 수도 있었다.

그러나 현악은 흔쾌히 수락했다.

"좋을 대로!"

점점 흥미진진해지고 있었다.

"소제도 합니다!"

그러자 채엽도 가담했다.

"속하도!"

"속하는 안 됩니까?"

"저도 할래요!"

가만히 눈치를 보고 있던 강일조, 악룡수, 사룡도, 심지어 흑궁녀까지 우르르 달려들었다.

술내기에 참가한 사람들이 탁자에 빙 둘러앉았다.

그들의 눈빛은 그들이 여태껏 임했던 그 어떤 싸움에서보다 더 강렬하게 번뜩였다.

그리고 드디어 술내기가 시작됐다.

둥둥둥둥둥—

다급한 북소리가 동트기 전 여명 무렵의 구룡탄 전역을 뒤흔들었다.

둥둥둥둥둥—

누군가 무적부를 습격했다는 의미를 담고 있는 급박하기 이를 데 없는 북소리였다.

"습격입니다! 모두들 어서 일어나십시오!"

현무전에 소속된 고수 두 명이 비명처럼 외치면서 전각 안으로 달려 들어 왔다.

현무전 대전 곳곳에 술에 취해서 쓰러져 있던 사람들 중에 신표와 전굉이 부스스 일어나 앉아서 눈을 비비다가 한곳을 보며 적잖이 놀라는 표정을 지었다.

탁자 앞에 현악이 한 손에 술 호로병을 쥔 채 건들거리면서 앉아 있는 광경을 발견했기 때문이다.

'맙소사……!'

현악의 눈은 게슴츠레 거의 감겨 있었고, 얼굴은 붉었으며, 앉아 있는데도 중심을 못 잡고 이리저리 흔들거렸다.

현악 앞에는 흑궁녀가 탁자에 엎드린 채 자고 있는 모습이 보였다.

전굉과 신표는 그제야 자신들이 술내기를 하다가 술에 취해 쓰러졌던 사실을 기억해 냈다.

전굉은 술이라면 정말 자신이 있었다. 그는 술을 마시기 시작한 지난 삼십 년 이래 누구와 술을 마시다가 먼저 취해서 쓰러진 적이 단 한 번도 없었다.

그래서 그는 자신있게 이 내기의 조건으로 술자리에서의 서열을 정하자고 공언했던 것이다.

그런데 그의 예상을 뒤엎고, 그 자신은 뻗어버렸는데 현악이 끝까지 남아서 아직도 흔들거리고 있지 않은가. 전굉 자신은 한숨 푹 자고 일어난 지금까지도 말이다.

누가 뭐래도 철저한 완패였다.

"……."

문득 전굉은 얼굴이 뜨끔거리는 것을 느꼈다.

신표가 입꼬리를 비틀어 올려 기묘하게 웃으면서 전굉 자신을 쳐다보고 있는 것을 발견했기 때문이다.

그 웃음을 보는 순간 전굉은 웬일인지 목줄기가 뻐근해지고 뒷골이 당기는 것을 느꼈다.

전굉이 신표보다 먼저 술에 취해서 쓰러졌던 것이다.

신표가 슥 현악 쪽으로 시선을 돌렸다.

그의 시선이 머문 곳은 현악이 쥐고 있는 술 호로병이었다.

그것은 아직 술자리가 끝나지 않았음을 시사했다.

술내기에서 진 사람이 이긴 사람에게 호형(呼兄)하는 것이 내기의 조건이었다.

그것도 전굉 자신의 입으로,

"벽력대주님! 무적혈창대주님! 습격입니다! 부주께서 부르십니다! 속히 나가십시오!"

두 명의 고수가 옆에서 제비새끼처럼 재재거리며 떠들어댔다.

"시끄럽다!"

전굉이 쩌렁하게 호통치자 두 고수는 슬금슬금 꼬리를 말고 물러갔다.

신표는 가볍게 기지개를 켜면서 중얼거렸다.

"우움! 신새벽부터 어떤 놈들이 쳐들어왔지?"

무언의 강요였다,

내기에 졌으니 실천에 옮기라는.

무적부 협로에서의 북소리는 더 이상 들려오지 않고 있었다. 망루가 전멸했다는 뜻이었다.

'끄응! 내기는 왜 하자고 설쳐 갖고…….'

전굉으로서는 후회막급이었지만 이미 때는 늦었다. 더 중요한 것은 전굉과 신표가 동갑내기, 오히려 전굉의 생일이 대여섯 달 빠르다는 사실이었다.

"으아악!"

"크악!"

대전 밖 먼 곳에서 아련하게 비명성이 연이어 들려왔다. 신표는 창 쪽을 보면서 넌지시 재촉했다.

"저것은 아무래도 본 부의 수하들 비명 소리 같지 않은가, 자네?"

이윽고 끙, 전굉은 일어서더니 마지못해서 신표에게 정중히 허리를 굽혔다.

"어… 서 가시지요, 표 형님."

"그러지."

신표는 온갖 거드름을 부리면서 느긋하게 일어났고, 전굉은 벌레 씹은 표정을 지었다.

그 다음은 현악 차례였다.

현악이 최후의 승자였으므로 대형인 셈이다.

하지만 평소에도 현악을 주군으로 모시기 때문에 두 사람은 크게 억울한 것은 없었다.

두 사람은 동시에 허리를 꺾었다.

"대형! 습격입니다. 그만 일어나시지요."

"음? 그래?"

현악은 붉게 충혈된 눈을 크게 뜨고 주위를 두리번거리고 나서 신표와 전굉의 뺨을 가볍게 두드렸다.

"오호~ 웬일인지 오늘은 너희 두 아우가 더 귀엽게 보이는구나!"

"……."

"……."

현악은 혈인검을 어깨에 묶으면서 대전 입구로 휘적휘적 걸어 나가며 대수롭지 않게 말했다.

"어서 누님 깨우고 너희도 따라 나오너라!"

누님?

'으헉!'

'끄악!'

두 사람은 의아한 표정을 지으면서 무심코 흑궁녀를 쳐다보다가 속으로 비명을 지르고 말았다.

이제 보니 마지막까지 현악의 술상대가 되어 버틴 사람이 바로 흑궁녀였던 것이다.

현악은 그렇다 치고, 이제 마흔 중반을 넘긴 두 사람은 난데없이 스무 살짜리 어린 처녀를 누님으로 모셔야 하는 행운(?)을 누리게 되었다.

두 사람은 서로의 얼굴을 마주 보며 착잡한 표정을 지었다. 그러나 약속은 약속이다.

두 사람은 흑궁녀를 향해 정중히 허리를 굽혔다.

"누님, 그만 일어나십시오."

그러나 흑궁녀는 많이 취했는지 탁자에 엎드린 채 꼼짝도 하지 않았다.

두 사람은 더 깊숙이 허리를 굽혀 그녀의 귀에 입을 가까이 대고 좀 더 큰 소리로 불렀다.

"누님, 습격입니다! 어서 일어나십시오!"

그래도 흑궁녀는 깨어나지 못했다. 곤드레가 된 것이 분명한 것 같았다.

문득 신표의 눈이 가볍게 빛났다.

그는 전굉에게 한쪽 눈을 찡긋 하고 나서 짐짓 다급한 어조로 외치듯 말했다.

"어서 오십시오, 부주!"

순간 흑궁녀가 거짓말처럼 벌떡 튕기듯 일어났다.

그녀는 두리번거리다가 초곤이 보이지 않자 자신이 속았다는 것을 깨닫고 전굉과 신표를 다그쳤다.

"당신들이 날 속여?"

전굉이 진중히 대답했다.

"깨었으면서도 아닌 척 먼저 속인 사람은 누님입니다. 누님 소리를 더 듣고 싶어서 그랬습니까?"

그게 아니라 나이 든 사람들에게 누님이라는 소리를 들으니 쑥스러워서 깨었으면서도 일어나지 못했던 흑궁녀였다. 그것을 전굉과 신표는 오해한 것이다.

"그만둬!"

흑궁녀는 나직이 외치고 부리나케 대전 입구로 쏘아갔다.

전굉과 신표는 바람처럼 흑궁녀를 뒤따르며 합창했다.

"누님, 같이 갑시다!"

현악은 대전 입구를 나와 돌 계단 위에 우뚝 서서 양팔을 활짝 벌리곤 이른 새벽의 찬 공기를 한껏 들이키며 공력을 끌어올렸다.

자령신공은 그의 체내에 가득 쌓였던 술기운을 기체로 만들어 모공을 통해서 깡그리 배출시켰다.

유성보 오십 명의 고수가 주가구에 도착한 것은 어젯밤 자정이 거의 다 되어서였다.

그들은 주가구에 도착하여 객잔에서 아침까지 휴식을 취하는 한편 무적부에 대해서 면밀히 조사했다.

그 결과 자신들만으로, 그리고 별다른 준비 없이 무적부를 괴멸시킬 수 있을 것이라고 판단, 급습을 감행하기로 했다.

여명이 터오기 전.

그들 오십 명의 일류고수들은 주가구에서 고용한 능숙한 뱃사람들을 앞세워 두 대의 배에 나누어 탄 후 어렵사리 구룡탄을 헤치고 무적부의 입구인 협로에 진입할 수 있었다.

순간 협로의 여섯 개 망루에서 일제히 불화살을 쏘아대면서 배를 저지시키려 했으나, 유성보 고수들은 검을 휘둘러 불화살들을 모조리 물로 튕겨냈다.

곧이어 그들은 망루로 솟구쳐 올라 여섯 개 망루 십이 명의 벽력대 휘하 운풍각 수하들을 모조리 주살해 버렸다.

망루를 지키던 무사들은 비록 벽력대 중에서도 하급에 속하지만, 밤낮없이 무술 수련에 전념했기 때문에 과거 대홍방 시절보다 절반 이상 고강해진 상태였다.

그런 그들 십이 명을 유성보의 고수들은 불과 반 각 만에 모조리 주살해 버렸다.

십이 명이 죽어가면서 할 수 있었던 일은 위급을 알리는 북을 미친 듯이 두드려서 모두에게 알린 것이었다.

반면 유성보 고수들은 겨우 두 명이 아주 가벼운 부상을 입었을 뿐이다.

그들은 자신들을 가로막는 무적부 수하들을 닥치는 대로 주살하면서 파죽지세로 무적부의 한복판인 무적전(無敵殿)까지 단숨에 짓쳐 들어왔다.

무적전은 과거 수룡채 시절 수룡사왕의 거처였으며 수룡각으로 불렸고, 둘레가 수백 장에 이르는 웅장한 삼층의 전각이다.

그러나 유성보 고수들은 더 이상 나아가지 못하고 그곳에서 발이 묶이고 말았다.

벽력대 휘하에는 이 각(閣)이 있는데, 곧 뇌전각(雷電閣)과 운풍각(雲風閣)이다.

두 개의 각은 수하들이 오십 명씩이며, 뇌전각이 정예이고, 운풍각은 그보다 약간 떨어지는 수준이어서 현재 무적부의 경계나 호위를 전담하고 있었다.

차차차창!

채채채챙!

현재 그 뇌전각의 오십 명과 탈혼대 오십 명, 도합 백 명이 유성보 고수들과 치열한 격전을 벌이고 있었으며, 격전장 외곽에서는 무적혈창대 사십구 명이 유성보 고수들을 향해 기쾌하게 비창을 쏘아내고 있었다.

뇌전각과 탈혼대의 무사들은 모두 도를 사용하는데, 뇌전각 무사들은 전광의 벽력진기도법을, 탈혼대 무사들은 초곤의 흑사도풍류를 연마했다.

오십 명의 유성보 고수들 각자의 실력은 뇌전각이나 탈혼대 무사 네 명을 합친 것만큼이나 강했다.

그렇기 때문에 뇌전각과 탈혼대 무사 이백 명 정도가 있어야만 유성보 고수 오십 명과 백중지세를 이룰 것이라는 계산이 얼추 나오게 된다.

그러나 그 모자라는 백 명 이상의 역할을 무적혈창대가 적절하게 메워주고 있었다.

"흐악!"

"크악!"

싸움이 시작된 지 얼마 지나지 않아서 뇌전각과 탈혼대 무사 세 명이 유성보 고수들의 검에 의해서 거의 동시에 피를 뿌리며 쓰러졌다. 그들이 최초의 희생자였다.

그러나 다음 순간, 그 세 명을 죽이고 일순간 자세가 흐트러진 유성보 고수 세 명에게 기다렸다는 듯이 무적혈창대의 세 자루 비창이 쏜살같이 날아들었다.

퍽!

"큭!"

한 명은 뒤에서 쏘아온 비창에 왼쪽 어깨를 찔렸고, 두 명은 재빨리 간발의 차이로 피하는가 싶었다.

그러나 그 바람에 세 명 모두 순간적으로 미미하게 자세가 흐트러지고 말았다.

격전 중에 자세가 흐트러진다는 것은 공격도, 방어도 할 수 없는 무방비 상태가 된다는 것을 의미했다.

순간 주위에 있던 뇌전각과 탈혼대 무사들이 절호의 기회를 놓치지 않고 야차처럼 달려들면서 도를 휘둘러 그들의 몸통을 통째로 잘라 버렸다.

"크악!"

"으악!"

그런 식으로 뇌전각과 탈혼대의 열세인 부분을 무적혈창대가 감당해 냈고, 무적혈창대의 비창 공격에 의해서 자세가 흐트러진 유성보 고수들 은 뇌전각과 탈혼대 무사들이 처리했다. 이른바 양동 작전인 셈이었다.

그러므로 시간이 지나자 유성보 고수나 무적부 무사들이 죽어가는 비율은 거의 비슷해졌다. 그러나 그런 팽팽한 균형의 유지는 거기까지 였다.

어느 순간, 유성보 고수 하나가 한 명의 뇌전각 무사의 허점을 놓치지 않고 그의 심장을 향해 쏜살같이 검을 찔러갔다. 어느 누가 보더라도 뇌 전각 무사는 곧 피를 뿌리며 죽을 수밖에 없는 급박한 상황이었다.

곧 자신의 검에 적 심장의 피를 묻히게 될 유성보 고수의 입가에는 회심의 미소가, 그 검에 찔려 목숨을 잃게 될 뇌전각 무사의 얼굴에는 절망이 떠올랐다.

퍽!

"흐악!"

그러나 다음 순간, 처절한 비명은 어이없게도 회심의 미소를 지으면 서 공격하던 유성보 고수의 입에서 터져 나왔다. 어디선가 무서운 속도 로 쏘아온 검은 화살 하나가 그의 목 한복판에 깊숙이 꽂혔기 때문이다.

검은 화살, 즉 흑전을 그처럼 정확하고도 빠르게 쏘아낼 사람은 무 적부에서 흑궁녀밖에 없었다.

현악이나 초곤, 채엽, 신표, 그리고 무적부의 모든 사람들이 예전에 비해서 무공이 증진된 것처럼, 그 즈음의 흑궁녀 역시 몰라볼 정도로 고강해져 있었다.

더구나 그녀의 특기인 궁술(弓術)은 가히 일가를 이룰 정도로 증진 된 상태였다.

예전에 그녀는 활을 쏠 때 순전히 팔 힘만을 사용했는데, 지금은 팔 힘과 내공을 적절하게 배분하여 시위와 화살에 나누어 실을뿐더러, 예전에 비해 더 크고 강한 활을 사용하고 있었다.

그랬기 때문에 화살이 발사되더라도 일체의 소리도, 기척도 나지 않았으며 빠르고도 정확할 수밖에 없는 것이었다.

또한 일단 적중되면 웬만한 것들을 다 관통시켜 버리는 무서운 파괴력을 자랑하게 되었다.

흑궁녀는 예전 대홍방 수하였던 백십삼 명 중에서 뇌전각과 운풍각을 형성하고 남은 십삼 명을 데리고 와서 그들에게 따로 자신의 궁술과 흑사도풍류를 가르쳤다.

가르쳐도 그냥 가르친 것이 아니라, 하루에 두 끼 밥만 달랑 먹이고는 잠도 재우지 않으면서 밀실에 가둬놓고 죽지 않을 만큼 혹독하게 가르쳤다.

아니, 배우는 사람들에겐 그것은 차라리 죽기보다 더한 형벌이었고 고문이었다.

그리고 두 달이 지났을 때 그들 십삼 명은 더 이상 예전의 평범한 무사들이 아니었다.

흑궁녀는 그들을 무적전의 호위 무사로 만들었고, 자신의 휘하에 두었으며, 무적철궁대(無敵鐵弓隊)라는 이름을 지었다. 불과 두 달 만에 십삼 명을 완벽한 자기 사람으로 만들어 버린 것이다.

흑궁녀를 포함한 무적철궁대 십사 명은 전각의 지붕 위에서 유성보 고수들을 향해 강궁을 쏘아댔다. 무차별적인 것 같지만 질서정연했고 또한 정확했다.

화살로 맞혀야 할 상대가 적들뿐일 때에는 한 번에 화살을 서너 대씩 마구잡이로 쏘아내도 돼지만, 지금처럼 피아간에 어지러운 혼전일 경우에는 적을 정확하게 겨냥해서 한 번에 한 발씩 쏘아내야만 했다.

사정이 이쯤 되고 보니 유성보 고수들은 처음과는 달리 제대로 싸울 수가 없었다.

약간의 틈만 보이면 여지없이 무적혈창대의 비창이 쏘아왔고, 그걸 피했다 싶으면 무적철궁대의 화살이 날아들었다. 비창과 화살을 피하느라 이리 뛰고 저리 뛰다 보면 어느새 뇌전각과 탈혼대 무사들의 도가 저승사자의 혓바닥처럼 난무했다.

유성보 고수들 각자가 비록 일류고수라고는 하지만, 이런 식의 협공에는 도무지 당해낼 재간이 없었다.

그런데 그 판국에 갑자기 어젯밤의 내기 술꾼들이 우르르 격전장에 들이닥쳤고, 그때부터는 무적부가 완전히 싸움의 주도권을 잡기 시작했다.

격전장에 맹호처럼 뛰어든 전굉과 신표, 잔지극의 실력은 유성보 고수 두 명을 합쳐 놓은 정도였다. 게다가 그들은 역전의 고수들이었으므로 난전에서는 더욱 진가를 발휘했다.

그들은 마치 물을 만난 물고기처럼 좌충우돌하면서 도와 창과 극을 신들린 듯이 휘둘러 유성보 고수들의 골을 쪼개고 사지를 절단했으며 뼈를 부수었다.

반면에 채엽은 유성보 고수 한 명과 백중지세로 팽팽한 접전을 벌이고 있는 중이었다.

산서 땅 삼류사파인 풍사단의 일개 지단주였던 그가 유성보의 정예고수와 일 대 일로 팽팽하게 겨루고 있다는 사실은 실로 눈부신 발전이 아닐 수 없었다.

그런데 악룡수와 사룡도가 유성보 고수와 일 대 일로 싸우면서 오히려 삼 할 정도의 우세를 보인다는 사실은 전혀 뜻밖이어서 보는 사람들을 놀라게 만들었다.

악룡수의 무기는 양 손등에서 뻗어나간 한 자 반 길이에 폭이 두 치가량인 뾰족한 양날 칼이었다.

그는 마치 권법을 하듯이 두 자루 칼날을 자유자재로 사용했는데, 그것은 쌍검을 사용하는 것에 권법을 더한 이점이 있었다. 그의 두 팔은 얼마나 빠르게 움직이는지 육안으로는 제대로 식별하기 어려울 정도였다.

게다가 그의 두 자루 칼에서 쏟아져 나오는 초식들은 일체의 허초가 없는, 모조리 살초뿐이었다. 불필요한 초식은 완전히 배제한, 실전에서 숱한 사선을 넘으며 쌓은 솜씨인 것이다.

사룡도는 칼날이 날카로운 톱날처럼 삐죽삐죽한 한 자루 거참도(鋸斬刀)를 사용했다.

거참도는 평범한 도에 비해서 훨씬 무시무시했다. 평범한 도가 상대를 그저 베는 것에 비해서, 거참도는 슬쩍 스치기만 해도 팔다리 혹은 몸통을 톱질하듯이 서걱서걱 잘라냈다. 게다가 사룡도의 도법은 몹시 독랄무비했다.

또한 유성보 고수들의 검은 거참도와 부딪치는 족족 모조리 부러져 나갔다.

그러면 사룡도는 그 틈을 놓치지 않고 적의 목이든 몸뚱이든 단칼에 잘라 버렸다.

그러나 강일조는 유성보 고수 한 명과 일 대 일로 싸우면서 약간 열세에 처해 있었다.

그러나 그가 예전 수룡채 일개 조장의 실력으로 싸운다면 유성보 고수와 일초를 겨루자마자 죽임을 당했을 것인데, 지금은 아직까지 십 초 이상 꿋꿋하게 싸우고 있으니 과연 장족의 발전이 아닐 수 없었다.

챙챙챙!

그러나 강일조는 유성보 고수 한 명의 소나기 같은 공격을 가까스로 막아내면서 힘겹게 뒤로 물러서고 있었다. 일그러진 얼굴에서는 비 오 듯이 땀이 흘러내리고 있었다.

어떤 검초든 내세울 만한 강점이 있기 마련인데, 유성보 유성분광검 법의 강점은 빠르기, 즉 '쾌'에 있었다.

유성보 고수들이 무림에서 높은 무명을 날리고 있으며, 무림인들이 그들과 싸우기를 꺼려하는 이유는 그들의 검법이 너무 빠르기 때문이 었다.

그런데 유성분광검법은 '쾌'만 있는 것이 아니라 현란한 '다변'도 지니고 있었다.

상상해 보라. 다변으로 펼쳐지는 쾌검.

강일조가 배운 섬비류운검법도 비검구식의 다변에 섬쾌의 쾌를 적 절히 배합한 검법이다.

물론 쾌를 바탕으로 한 검법을 극성으로 터득하게 된다면, 완벽에 가까운 '빠르기'만으로 충분하므로 굳이 다변초식이 필요하지 않을 것이다.

그러므로 쾌가 완벽하지 않기 때문에 다변식으로 그것을 보완하는 것이다.

그런 점에서 강일조와 유성보 고수는 비슷했다. 그런데 강일조에게 이상한 일이 생기기 시작했다.

시간이 지나자 그가 상대하고 있는 유성보 고수가 펼치는 검법이 조금씩 그의 눈에 보이기 시작하더니, 오래 지나지 않아서 유성보 고수의 초식이 처음부터 끝까지 손에 잡힐 듯이 훤하게 보이는 것이 아닌가.

그것은 강일조의 눈이 예전에 비해서 비교할 수 없을 만큼 예리하고 빨라졌다는 뜻이었다.

하지만 그것은 결코 우연히 얻어진 결과가 아니었다. 그가 섬비유운검법을 밤낮과 침식을 거의 잊은 채 광적으로 연마했기 때문에 이룰 수 있었던 작은 쾌거인데, 그렇게 되리라는 것은 현악마저도 모르고 있었다.

그렇다고 해서 쾌검을 연마하는 사람들이 다 눈이 빨라지는 것은 아니었다.

발검하는 순간부터 궤적(軌迹)을 남기는 쾌검을 연마해야지만 오랜 연마를 통해서 빠른 눈을 갖게 되는 것이다.

강일조는 섬비유운검법을 연마할 때 초식을 펼치면서 자연스럽게 그 궤적을 눈으로 좇는 연습도 병행했다. 그리고 그 달콤한 열매를 지금 실컷 맛보고 있었다.

이런 것이 바로 실전이었다. 혼자만 수련할 때는 몰랐던 사실들을 강일조는 지금 실전에서 목숨을 내놓은 채 조금씩 깨우치고 있는 것이다.

그러나 그의 눈이 빠르고 밝아졌다고 해서 갑자기 유성보 고수들을 마구 죽일 수 있게 된 것은 아니었다.

다만 이 싸움이 끝날 때까지 그가 죽지 않고 살아 있다면, 그 정도로도 능히 성공이라고 할 수 있을 터이다.

강자는 결코 하루아침에 되는 것이 아니다. 또한 무림에는 나름대로 '나도 이제 강자가 됐다'라고 큰소리치면서 무림출도의 출사표를 던지는 자들이 부지기수다.

그렇다면 모두 강자이고 약자는 없는 셈이다. 하지만 모두 강자라고 뻐기던 자들이 싸움에서 패해 죽는 순간이 되면 비로소 자신이 오판했다는 사실을 깨닫게 된다.

현악과 초곤은 격전에 가담하지 않고 무적전 돌 계단 위에 나란히 우뚝 서서 싸움을 굽어보고 있었다.

그들은 그저 묵묵히 서 있는 것 같았지만 실상 눈은 매처럼 날카롭게 격전장 곳곳을 누비면서 꿰뚫고 있었다.

두 사람의 실력이나 경험 정도면 격전장에서 누가 우세하고, 누가 어느 정도 열세인지 간파하는 것쯤은 문제도 아니었다.

"저놈들, 유성보 맞지?"

현악이 시선을 격전장에 준 채 옆에 있는 초곤에게 말했다.

"그렇게 보이는군."

현악은 산서 운몽산에서 혁련무룡이 이끄는 유성보 고수들에게 쫓겨 죽을 뻔한 적이 있었기 때문에 그들의 행색을 똑똑히 기억하고 있었다.

지금 그가 보고 있는 자들의 복장이 그때 유성보 고수들의 복장과 일치했다.

현악은 가볍게 눈살을 찌푸렸다.

"그런데 명문대파라는 놈들이 어째서 자신들이 누군지 밝히지도 않고 다짜고짜 급습하여 사람을 죽이기부터 하는 거지?"

초곤은 빙그레 미소 지었다.

"소위 명문대파들은 자신들이 인정하는 방파나 문파에게만 예의를 차리는 법이라네."

현악은 어이없는 듯한 표정을 지었다.

"그럼 유성보가 우리 무적부는 방파로 인정하지 않는다는 얘기 아닌가?"

"그런 셈이지."

현악은 간단히 일축했다.

"그렇다면 우리도 유성보를 방파로 인정하지 않으면 되겠군."

초곤은 가볍게 어? 하는 표정을 지으면서 현악을 보더니 곧 흡족한 웃음을 지었다.

"하하! 맞아! 그러면 되겠군 그래!"

두 사람은 단둘이 있을 때는 여전히 친구였다.

초곤은 현악에게 고마움과 미안함을 동시에 갖고 있었다.

현악이 자신을 전폭적으로 지원하여 부주로 추대해 주었고, 또한 몸을 아끼지 않으며 무적부의 세력 확대를 위해서 헌신하고 있었기 때문이다.

현악은 유성보가 싫었다. 가장 큰 이유는, 두말할 필요도 없이 혁련무룡이라는 존재 때문이었다.

봉황일미 단우옥의 연인이 혁련무룡이라고 천하에 알려져 있는 한 현악은 그를 증오할 것이다.

또 하나, 유성보가 현악의 의형 쾌검마를 추적하던 추적대였다는 사실 때문에도 그들이 싫었다.

그런 이유들 때문에 현악은 손이 근질거렸다. 아니, 가만히 있는데도 속에서 살심이 불끈불끈 치솟았다.

"윽!"

그때 혼란스럽기 짝이 없는 격전장 속에서 한마디 답답한 신음성이 흘러나왔다.

한순간, 현악과 초곤의 눈이 동시에 빛나며 격전장 중의 한곳을 쏘아보았다.

잔지극이 옆구리를 베어 비틀거리면서 물러나고 있는 광경이 두 사람 시야에 들어왔다.

잔지극을 부상 입힌 인물은 다른 유성보 고수들과 옷차림이 달랐고 나이도 더 들어 보였다.

다른 고수들은 백의경장을 입었는 데 비해서 그는 청의단삼을 입고 있어서 멀리서도 즉시 눈에 띄었다.

또한 그가 발휘하는 초식 역시 남달랐다. 그의 실력은 오십 명의 유성보 고수들 중에서 단연 발군이었다. 그렇다면 그가 이들 유성보 고수들의 지휘자가 분명했다.

팟!

"내가 맡지."

초곤이 두 발로 가볍게 돌 계단을 박차 허공으로 솟구쳤다가 격전장을 향해 독수리처럼 날아갔다.

그의 경공술인 흑붕약운이었는데, 예전에 전개하던 것보다 훨씬 빠르고도 멋들어졌기 때문에 흑붕약운이 아닌 다른 경공술처럼 보였다. 그 광경을 보면서 현악은 그의 공력이 예전보다 많이 증진됐음을 알 수 있었다.

잔지극은 옆구리에서 샘물처럼 피를 흘리며 비틀거리면서 계속 뒤로 물러나고 있었다.

사람의 생명을 앗아가는 요인은 크게 두 가지인데, 그 하나가 목이 잘리거나 머리가 박살나서 즉사하는 것이고, 또 하나가 피를 너무 많이 흘려서 서서히 죽는 것이었다.

사람들은 목이 잘리고 머리가 부서져야지만 즉사한다고 생각하는데, 사실 겨드랑이나 허벅지를 지나는 대동맥을 베이면 한꺼번에 엄청난 양의 피가 쏟아져 나오기 때문에 채 열 걸음을 옮기기도 전에 숨이 끊어지고 만다.

지금 잔지극이 베인 옆구리는 비록 대동맥은 아닐지라도 대동맥에서 뻗어나온 중간 동맥이었기 때문에 지혈하는 데에도 애를 먹을뿐더러, 즉시 지혈하지 않고 잠시만 방치한다면 목숨을 잃게 되는 위험한 지경이었다.

잔지극은 자신의 무기인 극을 지팡이 삼아 땅을 짚으면서 쓰러지지 않으려고 버텼지만, 피가 많이 쏟아져 나감에 따라 급속도로 어지러워져서 서 있기조차 힘에 부치는 상황이 돼버렸다.

휘익!

그런 잔지극을 향해 유성보 청의단삼인이 검을 치켜들고 나는 듯이 따라붙었다.

잔지극이 피를 많이 쏟아 죽는 것으로는 모자라서 일검에 숨통을 끊어놓겠다는 뜻이었다.

"물러나라!"

순간 그의 머리 위에서 쩌렁한 외침이 터졌다.

청의단삼인은 외침을 듣는 순간 기혈이 크게 흔들리는 것을 느끼고 즉시 신형을 멈추면서 위를 쳐다보았다.

"……!"

그 순간 그는 크게 놀라서 눈을 부릅떴다.

허공 중에 거대한 독수리처럼 정지한 채 떠 있는 한 명의 흑포인이 두 손으로 잡은 대도를 청의단삼인 자신을 향해 그어대는 것을 발견했기 때문이다.

흑포인은 물론 초곤이었으며, 어찌 보면 그가 도를 그어 내리는 동작은 지나치게 느려 보였다.

그러나 그것은 착시 현상이었다. 초곤이 발도(拔刀)하는 순간 도와 목표물을 일직선으로 긋는 시공(時空)이 일순간 정지해 버리기 때문에 그렇게 느껴지는 것뿐이었다.

그것이 역천도법의 여러 무서움 중의 하나였다. 발도하는 순간 도기보다 더 빨리 무형지기가 발출되어 상대를 꼼짝달싹하지 못하게 묶어 버리는 놀라운 수법인 것이다.

청의단삼인은 꼼짝달싹할 수가 없었다. 그 모습은 마치 살모사 앞에 놓인 한 마리 개구리 같았고, 보이지 않는 강한 줄에 친친 묶여서 꼼짝하지 못하는 것처럼도 보였다.

그러나 그는 유성보에서 수하 오십 명을 거느리고 있는 일개 당의 당주였다.

당주면 유성보 십류(十流) 중에서 육류(六流)에 속한다. 그것은 그가 결코 호락호락하지 않은 고수라는 뜻이었다.

한순간 그는 퍼뜩 정신을 차리자마자 유성분광검법 중에서 자신이 알고 있는 가장 빠르면서도 강한 초식을 초곤을 향해 전력으로 펼쳤다.

그러나 그가 생각했던 초식은 안타깝게도 미처 펼쳐지지 못했다.

꽈릉!

고막을 떨어 울리는 폭음이 터지는 순간 그가 이승을 하직하고 말았기 때문이다.

역천도법의 도기는 몸의 어느 부분을 베고 자르는 것이 아니라 적중되는 순간 하나의 벽력탄 같은 위력을 발휘했다.

폭발과 함께 청의단삼인의 몸은 종이를 찢어발기듯 산산조각이 났고, 끊어진 팔다리와 잘게 쪼개진 육편(肉片)들이 핏물과 함께 사방으로 뿌려졌다.

그 엄청난 폭음과 끔찍한 광경에 약속이나 한 듯이 싸움이 중지되고 말았다.

방금까지 청의단삼인, 즉 유성보 혈룡전(血龍殿) 휘하 삼당주(三堂主)가 서 있던 땅에는 두 자 깊이의 구덩이가 움푹 패어 있었고, 삼당주의 옷 조각 몇 개가 허공에 펄럭이며 나부꼈다. 그곳에 남아 있는 흔적은 그것이 전부였다.

초곤은 마침내 역천도법의 도기를 전개할 수 있게 되었다. 그것은 그가 역천도법을 오성 이상 터득했다는 뜻이었다.

후우우!

"모조리 죽여라!"

순간 초곤은 두 팔을 활짝 벌리고 유성보 고수들 머리 위로 날아 내리며 쩌렁하게 외쳤다.

쿠와아아—!!

그가 수중의 도를 위맹하게 쓸어내자 눈부신 도광이 번갯불처럼 번쩍이며 뿜어졌다.

꽈르릉!

역천도법 도기에 적중된 유성보 고수는 비명도, 흔적도 남기지 못한 채 즉사했다.

그뿐이 아니라, 도기가 폭발한 근처에 있던 자들도 폭발과 함께 주위로 흩어지는 편기(片氣)에 찔리거나 베여서 재수가 없으면 즉사했고, 아니면 부상을 당해 비틀거렸다.

초곤은 멈추지 않고 병아리를 쫓는 솔개처럼 계속 덮쳐 가며 쉴 새 없이 역천도법을 전개했다.

초곤의 기세가 워낙 대단했기 때문에 유성보 고수들은 감히 반격하지 못하고 도처에서 멈칫거렸다.

"임전불퇴(臨戰不退)! 유성보는 무적이다! 맞서 싸워라!"

그때 그들 중 누군가 한 명이 초곤을 향해 마주쳐 쏘아가면서 악을 쓰듯이 부르짖었다.

그는 삼당의 부당주의 신분이었다. 당주가 죽었으니 이제는 그가 지휘자였다.

쏴아아—

순간 유성보 고수들은 일제히 초곤을 향해 여러 방향에서 무시무시한 협공을 개시했다.

위축됐다가도 부당주의 명령 한마디에 즉시 맹공을 퍼붓는 그들은 과연 명문대파의 고수들다웠고, 기세 역시 만만치 않았다.

남아 있는 유성보 고수들은 도합 이십육 명인데, 모두의 얼굴에는 한결같이 필사의 의지가 역력하게 떠올라 있었다.

그러자 초곤의 입가에 흐릿한 미소가 피어올랐다. 예전 풍사단주 시절보다 조금 더 짙고 자신감 있는 미소였다.

"후후! 유성보 고수들이라면 예전부터 한번 멋들어지게 싸워보고 싶었다."

예전의 그였다면 유성보 고수 두 명과 팽팽하게 평수를 이루었을 터이지만, 지금은 다섯 명 정도는 일 초식만으로 우습게 격퇴시킬 수 있는 실력으로 증진된 상태였다.

사실 그 정도의 실력이라면 수십 명의 고수들에게 합공을 당한다고 해도 크게 염려할 일이 아니다.

합공이란, 단 한 명의 적을 공격하는 경우에 공간적인 협소함 때문에 공격할 수 있는 인원이 극히 제한된다.

예를 들어 전후좌우에서 네 명의 고수가 한 명의 적을 동시에 합공한다고 치자.

그게 전부다. 그리고 그들 네 명은 모두 찌르기만으로 공격해야 하는 단점마저 있다. 공간적인 제한 때문에 베기는 할 수 없기 때문이다.

만약 그들 중에서 한두 명이라도 그 사실을 무시한 채 동작이 큰 베기나 혹은 여러 동작을 연이어서 하는 현란한 초식을 전개하게 된다면, 십중팔구 적을 베기도 전에 양쪽 가까이에서 함께 공격하고 있는 자신의 동료들부터 다치게 될 것이다.

그러므로 한 명의 적을 합공할 수 있는 인원은 네 명, 혹은 머리 위에서 아래 수직으로 하강하면서 적의 정수리를 향해 찌르기 공격을 시도할 수 있는 고난도의 기술을 발휘할 수 있는 사람이 있다면, 그까지 합쳐서 최대한 다섯 명이 한계였다.

그러므로 합공이라는 것은 최대 다섯 명이 연이어서 공격하는 행위에 다름이 아니다.

다만, 평소 합공에 대해서 꾸준히 수련한 고수들이라면 공격과 공격 사이의 틈을 최소화하면서 적으로 하여금 숨 쉴 틈조차 주지 않고 가장 강력한 맹공을 퍼부을 수 있을 것이다.

그리고 유성보 고수들은 바로 그런 최강의 고수들이었다.

"핫핫핫! 부주, 내게도 몇 명쯤은 양보하시오!"

그때 현악이 표허무종을 전개하여 초곤 쪽으로 행운유수처럼 쏘아가며 호탕한 웃음을 터뜨렸다.

유성보 고수들은 움찔 놀랐으나 즉시 두 패로 갈라져서 초곤과 현악을 향해 마주쳐 갔다.

또한 그들 두 패는 쏘아가는 중에 현악과 초곤의 중앙과 좌우 삼면으로 다시 갈라지는, 결코 쉽지 않은 동작을 행했다.

쿠아이앗!

쾌애액!

초곤과 현악, 그리고 유성보 고수들의 선두가 거의 동시에 상대를 향해서 도검을 그어댔다.

유성보 고수들은 땅이 아닌 허공 중이었기 때문에 선두라고 해봐야 중앙과 좌우 모두 합쳐서 세 명에 불과했다.

현악을 공격하려던 선두의 유성보 고수 세 명이 전력으로 검을 뻗으면서 검풍을 발출하려다가 세 명 모두 한결같이 목줄기가 관통되어 동작을 멈추며 허공 중에서 주춤했다.

그들 세 명은 자신들에게 무슨 일이 벌어졌는지, 자신의 어떤 부위가 관통됐는지도 모르는 채 찰나지간에 사이좋게 즉사하여 황천으로 떠나갔다.

자신이 어떻게 죽는지도 모르며, 일말의 고통도 느끼지 못했다는 사실이 그들 생의 마지막 행운이 되었다.

퍽! 퍽! 퍽!

뒤이어 초곤이 펼친 역천도법의 도기가 세 명의 유성보 고수가 만들어낸 검풍을 무산시키는 것과 동시에 그들의 몸뚱이를 한꺼번에 통째로 잘라 버렸다.

역천도법의 도기가 한 명에게 적중될 경우에는 몸을 산산조각 내버리는 위력을 발휘하지만, 여럿으로 나누어진 상태에서는 그만큼 위력이 약할 수밖에 없어서 예리한 칼날이 되어 닿는 부위에 상관없이 잘라 버리는 것이었다.

약해졌다고는 하지만, 아름드리나무를 통째로 자르고도 남을 정도의 위력이라서 뼈와 살로 이루어진 사람의 몸뚱이쯤 자르는 것은 일도 아니었다.

후미의 유성보 고수들은 선두 여섯 명이 초식을 펼치는 것을 보면서 자신들도 초식을 전개했다.

그들이 평소에 합공하는 방식은, 선두가 공격하자마자 두 번째가 간발의 차이로 공격하고, 또 세 번째가 연이어서 공격하는 것인데, 먼저 공격한 사람들은 공격과 동시에 뒷사람이 공격할 수 있도록 재빠르게 자리를 피해주어야 한다.

그렇게 해서 최초의 공격자가 빠르게 전세를 가다듬어 마지막 공격자 바로 뒤에서 재차 공격을 시도하고, 그 다음 공격자가 또 뒤에서 공격하는, 마치 끊임없이 굴러가는 마차 바퀴 같은 이른바 공륜합격(攻輪合擊)의 공격 방식인 것이다.

하지만 이 합공에서는 최초의 공격자 여섯 명이 한꺼번에 죽어버리고 마는 사태가 발생했다.

당연히 죽은 사람은 움직이지 못한다. 그러므로 두 번째 공격자들을 위해서 자리를 비켜줄 수도 없었다. 그 때문에 두 번째 공격자들은 초식을 전개하다가 순간적으로 멈칫할 수밖에 없었고, 그런 현상은 세 번째 공격자도 마찬가지가 돼버렸으며, 그 결과 한순간에 합공의 약속은 와해되어 버렸다.

스슷—

순간 현악과 초곤이 약속이나 한 듯이 마치 상승기류를 탄 독수리처럼 전진하면서 위로 반 장가량 등실 솟구쳤다.

두 사람 전면의 아래쪽에서는, 선두의 죽은 자 여섯 명과 뒤따르며 공격하다가 멈춘 나머지 고수들이 한순간 어지럽게 한데 뒤엉켜 버리는 광경이 벌어져 있었다.

현악과 초곤은 그들을 향해 거칠 것 없이 마음껏 극쾌검과 역천도법을 뿜어냈다.

그것은 마치 피할 곳 없는 들판에서 우왕좌왕하는 양 떼를 향해 화살 세례를 퍼붓는 것 같았다.

콰우웃!

때마침 힘차게 솟구치고 있는 아침의 붉은 태양 아래로 핏물이 무지개처럼 뿜어졌다. 그리고 처절한 비명성들이 허공으로 연이어 퍼져 올랐다.

"크아악!"

"흐아악!"

"으핫핫핫! 그놈은 내 몫일세, 현 형!"

"푸핫핫핫! 천만에! 내가 아까부터 침 발라놓은 놈이니까 부주가 양보하시오!"

현악과 초곤은 호탕하게 웃으면서 광란의 살육을 즐겼다.

적사는 현악과 초곤이 유성보 고수들을 무차별 도륙하는 광경을 보면서 어두운 표정을 풀지 못하면서 무겁게 중얼거렸다.

"유성보라는 어마어마한 괴물의 발가락을 자르면서도 저 두 분은 뭐가 저리도 즐거울꼬?"

◆제55장◆

맹호출동(猛虎出動)

맹호출동(猛虎出動)

실내에 있는 장방형의 둥글고 커다란 탁자에 현악과 초곤 등 무적부의 핵심 인물들이 늠연한 모습으로 둘러앉아 있다.

원래 회의를 하자면, 대전 같은 넓은 곳에서 무적부의 지존인 초곤이 단상의 태사의에 앉고 수하들은 그 아래 단하의 양쪽에 도열해야 마땅하다.

하지만 초곤이 현악을 수하라고 인정하지 않고 있는 데다가 현악을 제외한 채 회의를 진행할 수 없었기 때문에 궁여지책으로 원탁회의라는 방식을 생각해 낸 것이었다.

비록 현악의 전격적인 양보 덕분에 초곤이 무적부주의 자리에 앉게됐지만, 초곤은 자신과 현악이 동급이라고 생각하는 마음에 추호도 변함이 없었으며 언제나 그를 친구로 대했고, 언행도 예전과 조금도 달라지지 않았다.

"이로써 본 부는 두 개의 대적(大敵)을 두게 되었습니다."

그때 초곤 오른편에 앉아 있는 적사가 좌중을 향해 나지막하고 차분한 어조로 말문을 열었다.

"짐작하시겠지만, 그들은 바로 장강수로채와 유성보입니다."

그가 말을 하기 전에도 좌중에는 질식할 것 같은 무거운 침묵이 지배하고 있었다. 현악과 초곤을 제외한 사람들은 중압감 때문에 섣불리 입을 열지 못했다.

하나는 천하의 녹림계(綠林界)를 삼 분하고 있는 방파, 아니, 가히 연합체라고 불러야 할 정도의 거대 집단 중 하나였고, 또 하나는 천하무림이 인정하는 천하제일방파였다.

세력, 영향력, 실력, 명성. 어느 것으로 비교하더라도 그 두 방파가 월광이라면 무적부는 반딧불이었다.

오룡채는 장강수로채 휘하였고, 수룡채도 몇 년 전까지는 장강수로채 휘하였다.

수룡채주였던 수룡사왕이 상납금이 많다는 이유로 장강수로채에서 전격 탈퇴했기 때문에 장강 본채는 몇 차례에 걸쳐서 수룡채를 공격했으나 번번이 실패의 고배를 마셔야만 했다.

실패 이유는 수룡채가 강해서가 아니라 순전히 수룡채의 지형적인 천험의 험난함 때문이었다.

장강수로채의 총채인 장강 본채에서 여러 번에 걸쳐 보낸 녹림무사들의 수는 무려 천여 명이나 됐다.

그러나 그들의 삼분의 이는 비길 데 없이 급류인 구룡탄에서 헤어나지 못한 채 고스란히 수장되고 말았다.

겨우 협곡으로 진입하는 데 성공한 나머지 몇 척의 배들마저도 협곡 양쪽 꼭대기에서 수룡채 수하들이 쏟아 붓는 바윗덩이들과 불붙은 나무들로 인해서 속수무책으로 부서지거나 불타서 그 역시 깡그리 수장되고 말았다. 결과적으로 몰살이었다.

장강수계에 터를 잡고 있는 수로채들 중에서 장강수로채에 거역한 수로채들은 심심치 않게 있었다.

그러나 그들 모두에게 돌아간 것은 철저한 응징뿐이었다. 응징은 곧 몰살 아니면 그에 가까운 보복을 당한 후에 가까스로 용서를 받아 다시 장강수로채 휘하에 들어가는 것이었다.

그런 전례를 보더라도 장강 본채는 수룡채를 기필코 응징해야 마땅했다.

장강수계의 모든 수로채들이 장강수로채와 수룡채의 싸움 아닌 싸움을 예의주시하고 있었다.

모든 수로채들은 장강수로채가 수룡채를 기필코 응징할 것이라 예상하고 있었지만, 점차 시일이 길어지고, 장강수로채가 보낸 토벌대가 몇 차례나 수룡채에게 몰살당하자 수로채들이 동요하기 시작했다.

장강수로채에 바치는 상납금이 너무 과중하다는 사실은 이미 어제오늘의 일이 아니었다. 그랬기 때문에 수룡채의 끈질긴 저항은 장강수계의 모든 수로채들에게 신선한 충격을 주고 있었다. 장강수로채에 거역하면 무조건 몰살한다라는 기존의 불문율에 금이 가기 시작한 것이다.

그래서 근자에 들어 장강수로채의 정보망에는 장강수계의 수로채들이 과중한 상납금에서 벗어나려는 목적으로 비밀리에 어떤 움직임을 보이고 있거나 혹은 수로채들끼리 결사동맹을 맺고 있다는 식의 정보가 심심치 않게 접수되고 있는 실정이었다.

수룡채의 탈퇴 후에 반드시 뒤따라야 하는 응징을 하지 못한 채 지지부진하고 있는 장강수로채는 그로 인한 예상치 못했던 일들 때문에 골머리를 썩을 수밖에 없었다.

그런 와중에 대홍방을 접수한 현악과 초곤 등이 수룡채를 접수한 후 무적부를 개파한 것이다.

게다가 장강수로채가 어떤 대책을 세우기도 전에 무적부가 다시 어이없게도 오룡채까지 장악해 버렸으니, 장강수로채로서는 무적부를 결코 좌시할 수 없는 입장이 되고 말았다.

"오래지 않아서 장강수로채는 이곳으로 토벌대를 보낼 것으로 사료됩니다. 예상하건대, 아마도 여태까지 몇 차례에 걸쳐서 수룡채에 보냈던 토벌대와는 비교도 할 수 없을 정도의 대규모 토벌대가 될 것입니다."

여전히 적사의 말에 아무도 입을 열지 않았다. 현악과 초곤을 제외하고는 누구도 입을 열 계제가 아니었고, 입을 연다고 해도 딱히 할 말이 없었기 때문이다.

"그리고……."

적사가 잠시 말을 끊자 중인은 그가 이번에는 유성보에 대해서 말하리라는 것을 예상하고 분위기가 더욱 무겁게 가라앉았다. 유성보는 장강수로채보다 더 거대하고 막강한 상대이니 당연했다.

"닷새 전 아침에 본 부를 습격했다가 전멸당한 유성보 고수들 오십 명은 유성보 십육당 중 하나로 추측됩니다."

유성보에 쌍각(雙閣), 사전(四殿), 팔동(八棟), 십육당(十六堂)이 있고, 그들이 어떤 존재들이라는 사실을 모르는 무림인들은 거의 없을 것이다.

과연 적사의 추측은 정확했다.

오늘 아침에 무적전 앞마당에서 죽은 오십 명은 유성보 사전 휘하의 십육당 중 하나의 당이 맞았다.

십육당은 유성보 내에서는 비록 최하급이지만, 무림에서는 그들 일 개 당만으로도 웬만한 방파 하나쯤은 흔적도 없이 몰살시킬 수 있을 정도의 위력을 지니고 있었다.

유성보가 일 개 당만을 파견한 것으로 미루어, 그들은 무적부를 시 골구석의 그저 그런 평범한 방파쯤으로 판단하여 가볍게 대처한 것이 분명했다.

하지만 그것은 평소 매사에 만전과 완벽을 기하는 유성보답지 않은 실수였다.

그러나 유성보는 조만간 혈룡전 휘하의 삼 당이 전멸했다는 사실을 보고받게 될 것이다.

뿐만 아니라 그 소문은 삽시간에 전 무림으로 퍼져 나가서 유성보의 명성에 적지 않은 흠집을 내게 될 것이다.

무림에 그리 많지 않은 명문대파들은 자파의 명성이나 명예에 금이 가는 것을 극도로 경계하면서도 일단 그런 일이 발생하면 전력을 다해 서 실추된 명예를 회복하려고 든다. 명문대파라는 이름 자체가 명예이 며 명성이기 때문이다.

일이 그쯤에 이르게 되면 유성보는 당연히 무적부를 보는 시각이 달 라질 것이며, 두 번째에는 단번에 무적부를 일패도지시킬 만한 전력을 파견할 것이라는 추측은 코흘리개라도 할 수 있었다.

"장강수로채와 유성보가 행동을 개시하게 되면, 본 부는 어떤 특단의 조치가 있어야 할 것입니다. 현재 본 부의 실력으로는 그들 둘 중 하나를 감당하기에도 역부족입니다."

적사는 유성보 고수들의 급습 이후 지난 닷새 동안 난국을 타개하려고 모진 고심을 거듭했다. 그 결과 나름대로 가장 효율적이라고 여겨지는 대책 하나를 마련했다. 그러나 그것은 말 그대로 적사 혼자만의 생각일 뿐이었다.

최종 결단은 초곤이 내릴 것이다.

다만 적사는 무적부의 대총사로서 현재의 상황을 냉철하게 분석, 판단하여 최선의 대책을 세울 수밖에 없었던 것이다.

"대총사는 대책을 강구해 보았는가?"

초곤은 조용하고도 위엄있게 물었다.

그의 그런 태도는 여태 적사가 한 말을 듣지 못한 듯한 느낌이 들 정도였다.

좋게 말하면 웬만한 일에도 흔들림이 없는 초연한 모습이고, 나쁘게 보면 한 치 앞도 모르는 채 그저 위엄만 내세우는 천치 같은 모습이었다.

그러나 중인은 그가 방금 보인 것이 전자의 모습이라는 것을 잘 알고 있었다.

초곤은 적사가 이미 대책을 세워두고 중인의 의견, 아니, 초곤과 현악의 다른 의견을 묻고 있음을 짐작했다.

"속하의 소견으로는 철저한 수성(守成), 아니면 여길 버리는 방법 두 가지뿐입니다."

적사는 거의 단정적으로 자신의 의견을 피력했다.

그의 말이 조용히 흐르자 여태까지와는 전혀 다른 종류의 침묵이 좌중을 지배했다. 그리고 그 침묵에는 적사의 의견에 대한 동감이 짙게 깔려 있었다.

흑궁녀와 전굉, 신표, 채엽, 잔지극, 악룡수, 사룡도 등도 지난 닷새 동안 머지않아서 닥치게 될 장강수로채와 유성보의 응징에 대해 지나칠 정도로 충분히 심사숙고했다.

그래서 그들 각자가 내린 결론은 장강수로채든 유성보든 싸우다가 장렬하게 죽자는 것이었다.

즉, 모두 이곳에서 꼼짝도 하지 않은 채 장강수로채와 유성보의 고수들을 기다리고 있다가 싸움이 시작되면 끝끝내 무적부를 지키며 결사항전을 하자는 것이다.

그들은 결사항전의 끝이 자멸이라는 사실도 알고 있었다. 그런데 적사는 그들이 공통적으로 생각해 낸 결사항전 말고도 이곳을 버리자는 전혀 상반되는 한 가지 대책을 더 생각해 냈다.

적사는 초곤에게 공손히 고개를 숙이며 아뢰었다.

"산에서 맹호를 만났을 때 일단 피하는 것은 수치가 아니라고 했습니다. 지금 이런 상황 하에서 적과 결사항전을 한다는 것은 하책 중에서도 최하책이라고 사료됩니다."

초곤은 묵묵히 듣기만 했다.

적사의 말이 이어졌고 중인은 귀 기울여 들었다.

"이곳을 버리고 떠나면 이 세력 그대로 유지한 채 또다시 다른 곳에서 개파할 수 있습니다. 어쩌면 그것이 우리에겐 새로운 기회가 될 수도 있을 것입니다."

그는 백 번 생각하고 천 번 되씹어본 계획을 조심스럽게, 그러나 더 이상 다른 방도가 없음을 확신하듯이 꺼내놓았다.

"그래서 본 부가 제이의 개파를 할 장소도 면밀하게 조사한 끝에 물색해 놓았습니다."

과연 적사는 주도면밀했다. 이 상황에서 어쩌면 적사의 계획이 가장 적절할지도 모른다.

결사항전을 각오하고 있던 중인도 그의 말을 듣고는 심중으로 공감하고 있었다. 하지만 그들은 결코 죽음이 두려워서 공감하고 있는 것은 아니었다. 현 상황에서 적사의 말이 가장 타당하다고 생각했기 때문이다.

그때 현악이 적사를 보면서 조용히 입을 열었다.

"맹호를 피해서 길을 가다가 또 다른 맹호를 만나게 된다면 그때는 어떻게 할 텐가?"

적사의 표정이 흠칫 굳어졌다.

"또 피할 건가?"

"……."

"그래서 또 도망쳤는데 그곳에 또 다른 맹호가 있다면? 아니면 처음의 그 맹호가 포기하지 않고 끝까지 우릴 쫓아온다면 어떻게 할 셈인가?"

"……."

현악의 음성은 조용했다.

"천하에는 맹호가 많은 법이지."

그의 말에 적사뿐 아니라 중인의 표정도 급변했다.

"……."

적사는 대답하지 못했다.

아니, 그 순간 그는 여태껏 미처 생각하지 못했던 사실 하나를 깨달고 있었다.

'그렇군! 그 생각을 못했어……!'

최초에 수룡채를 접수하려고 계획했을 때 수룡채 접수 후 장강수로채가 어떻게 나오리라는 것을 초곤이나 현악, 적사가 전혀 무시한 상태에서 그 일을 결행했던 것은 아니다.

그들은 수룡채를 괴멸시키고 개파한 무적부에 대해서 장강수로채가 취할 수 있는 행동으로 두 가지를 예상했다.

하나는 장강수로채가 응징하려고 작정한 수룡채를 무적부가 대신 괴멸시킴으로써 자신들의 수고를 덜어주었기 때문에 그 일을 유야무야 덮어버릴 수도 있다는 것이다.

그러나 또 하나는 그 반대의 경우로 장강수로채가 수룡채 대신 무적부를 응징할 수도 있다는 사실이었다.

그래야 하는 이유로는, 장강수로채가 수룡채가 지배하고 있던 세력권이나 상납금에 대해서 여전히 집착하고 있을 수도 있다는 사실이었다.

또 하나는 장강수로채 휘하의 모든 수로채들에게 장강수로채에서 탈퇴하고도 응징당하지 않은 수로채가 있다는 좋지 않은 전례를 남기고 싶지 않기 때문일 수도 있다.

하지만 적사는 사실 전자 쪽에 비중을 더 두었다. 이미 여러 번의 수룡채 응징 실패로 권위가 어느 정도 실추된 장강수로채가 이 기회에 잘됐다 싶어서 은근슬쩍 넘어가며 무적부를 묵인할 가능성이 더 크다고 판단했기 때문이다.

그러나 만에 하나 불행하게도 후자가 될 경우, 현악과 초곤은 장강수로채와의 일전을 불사하겠다는 각오까지 하고 있었다.

그런데 적시는 방금 전 현악의 말을 듣고서야 그가 애초부터 장강수로채는 물론이고 유성보까지도 이미 염두에 두고 있었다는 사실을 깨닫게 된 것이다.

만약 현악이 유성보 주가구 분타를 괴멸시키지 않았더라면, 유성보가 주가구 시골구석에 있는 무적부를 응징하려고 고수를 파견하는 일 따위는 결코 벌어지지 않았을 것이다.

하지만 일이 이렇게 돼버린 이유를 엄밀하게 따진다면 현악 탓이 아니었다.

무적부가 주가구 오십여 리 일대에 산재해 있는 삼십이 개 방파를 분타로 삼겠다고 선포했을 때 불복한 두 곳이 잔지방과 유성보 주가구 분타였다.

그때 잔지방만 굴복시키고 유성보 주가구 분타는 그냥 내버려 두었더라면 유성보를 끌어들이지 않아도 됐을 것이다.

그런데 초곤은 자신이 잔지방을 맡았고, 현악에게 유성보 주가구 분타를 맡겨 버렸다.

현악이 유성보에 좋지 않은 감정을 품고 있기 때문에 그가 유성보 주가구 분타를 어떻게 하리라는 것을 불을 보듯 뻔히 예상했으면서도 말이다.

그런데도 초곤이 현악에게 주가구 분타를 맡겼다는 사실은 초곤 역시 내심 이미 유성보와 한판 승부를 펼칠 각오가 돼 있다는 뜻이 아니겠는가.

지금의 현악은 더 이상 예전의 하늘 높은 줄 모르고 천방지축 날뛰기만 하던 꽉 막힌 바보가 아니다.

그렇기 때문에 자신이 유성보 주가구 분타를 괴멸시키면 어떤 결과가 초래될 것이라는 것쯤 당연히 짐작했을 터이다.

그러면서도 주가구 분타를 괴멸시켰다면, 현악 역시 유성보의 응징을 그 당시에 이미 계산에 넣고 있었다는 뜻이다.

피할 수도 있었는데도 피하지 않았다.

두 사람의 그런 행동은 그들이 천하를 거머쥐겠다는 야망을 여전히 가슴속에 불사르고 있으며, 빙 둘러서 돌아가는 먼 길, 즉 안전하지만 오래 걸리는 방법을 선택하지 않고 당당하게 맞서는 정공법을 선택했다는 사실을 의미하기도 했다.

'맹호를 피했는데 또 다른 맹호를 만나면 어쩌겠느냐.'

현악의 그 말은 이곳을 버리고 다른 곳에서 제이의 개파를 한다고 해도 여기에서와 같은 행동을 서슴지 않을 것이라는 뜻이고, 그래서 또 거대 방파를 적으로 만들 수도 있다는 뜻이었다.

유성보의 분타는 주가구에만 있는 것이 아니다. 천하 곳곳 어디에서든 유성보의 분타들이 유성보의 위세를 대행하고 있다.

그러므로 이곳을 떠나 다른 곳에 간다고 해도 현악은 걸리적거리는 유성보 분타가 생긴다면 가만히 놔두지 않고 또다시 괴멸시키고 말 것이다.

문득 적사는 초곤을 쳐다보았다.

초곤은 늠연한 모습이었다.

그의 표정은 담담한 중에 여유로웠으며, 자세히 보면 눈에 잘 띄지 않는 패도적인 기운이 강바닥에서 일렁이는 수초처럼 밑바닥에 은은하게 깔려 있었다.

그래서 적사는 초곤과 현악이 처음부터 생각과 마음이 통하고 있었다는 사실을 또다시 깨달아야만 했다.

현악이 입가에 흐릿하면서도 자신에 찬 미소를 머금었다.

"적사, 산에서 맹호를 만났을 때 피하는 것은 당연한 것이 아니라 수치스러운 일일세."

머리로 생각하고 입으로 말하는 적사는 가슴으로 느끼고 의지로 말하는 현악의 생각의 깊이를 측량할 엄두가 나지 않았다.

그는 현악의 속 깊은 내심을 간파하려고 부단히 애써오던 여태까지의 노력을 이쯤에서 접어야겠다고 생각했다.

이제는 경험과 지식으로 생각하고 판단하는 적사가 본능과 패기, 그리고 이해할 수 없는 명석함으로 자신의 길을 묵묵히 걸어가는 현악에게 무조건 복종해야 할 시기가 도래한 것이다.

현악에게 학문을 가르친 사람은 적사다. 그러나 그는 단지 현악 속에 잠재되어 있는 무궁무진한 잠재력의 입구를 열어주는 역할을 했을 뿐이다.

문득 적사는 자신들이 중원에 처음 왔을 때 현악이 했던 말을 기억해 냈다.

"호랑이, 즉 맹호(猛虎)가 다른 산의 영역을 차지하려고 할 때 어떻게 하지?"

그래서 적사는 '그 산의 주인인 맹호와 사생결투를 벌입니다' 라고 대답했다.

그리고 이런 대화들이 오고 갔다.

"결과는?"

"모두 잃거나 모두 얻게 됩니다."

"우린 뭐지? 맹호인가? 아니면 고양이인가?"

"……."

그 당시에 적사는 대답하지 못했다.

그의 판단으로는 그 당시나 지금이나 자신들은 맹호가 아니었다.

그러나 이제 보니 그가 틀렸다.

맹호는 만들어지는 것이 아니라 태어나는 것이었다.

현악과 초곤은 태어나면서부터 맹호였다.

적사는 그 사실을 지금에서야 깨달았다.

그는 그 깨달음으로 얼굴에 놀라움과 기쁨 따위의 복잡한 표정을 떠올리며 현악과 초곤을 번갈아 쳐다보았다.

그 즈음 좌중의 사람들도 적사만큼은 아니더라도 그와 비슷한 감흥을 느끼고 있었다.

이윽고 침묵을 지키던 초곤이 적사를 보며 묵직한 목소리로 입을 열었다.

"맹호는 패하기 전에는 산을 버리지 않는다네. 패하면 그 산에 뼈를 묻지."

중인의 시선이 일제히 초곤에게 집중되었다.

이로써 적사와 중인은 현악과 초곤의 의지를 분명히 알게 되었다.

적사는 초곤을 보며 가라앉은 목소리로 조심스럽게 말했다.

"하오면, 부주의 뜻은 공격으로 수성을 대신하신다는 것입니까?"

초곤은 묵직하게 대답했다.

"그렇네."

과연 적사였다.

상황이 이쯤에 이르자 그는 초곤의 내심을 어렵지 않게 읽어내기 시작했다.

"방법은 자네가 연구해 보게."

지도자는 길만 제시한다. 그 길을 어떻게 갈 것인지 궁리하는 일은 수하가 할 일이다.

"명을 받듭니다."

적사는 일어서서 공손히 허리를 굽힌 후에 자리에 앉으면서 그때부터 방법을 강구하기 시작했다. 그러나 그의 생각은 그리 길지 않을 것이다.

초곤은 느릿하게 중인을 둘러보며 군주(君主)의 여유있는 미소를 지어 보였다.

"다른 의견들이 있으면 기탄없이 말해 보게."

전굉과 신표, 채엽, 악룡수, 사룡도 등은 거의 동시에 현악을 쳐다보았다.

현악은 지그시 눈을 반개한 채 뭔가 깊은 생각에 잠겨 있었다.

그가 사색(思索)에 잠겨 있는 것 역시 예전에는 결코 볼 수 없었던 모습이다.

잔지극은 굳게 입을 다문 채 초곤을 응시했다. 그 모습은 초곤이 가는 곳이 지옥 끝이라도 끝까지 그를 따르겠다는 의지에 다름 아니었다.

그는 초곤에 의해서 현악의 수하가 된 후 완벽한 그의 사람이 되어 있었다.

전굉과 신표, 채엽은 현악의 사람이므로 무조건 현악의 생각과 결정에 따를 터이다.

현악이 생각에 잠겨 있었기 때문에 그들은 입을 다물고 현악의 결정을 기다렸다.

악룡도와 사룡도는 오룡채 자신의 수하들 중에서 무공과 자질이 뛰어난 백 명을 선발하여 무적부로 데려와 일대(一隊)를 만들었는데, 이름하여 무적맹룡대(無敵猛龍隊)였다.

무적부 사람이 된 모든 사람들이 그랬듯이 무적맹룡대의 백 명도 무적부에 발을 들여놓는 순간부터 차라리 죽는 것이 편하다고 느낄 정도로 혹독한 무공 수련에 들어갔다.

특기할 만한 것은 현악이 무적맹룡대 백 명 모두에게 섬비류운검법을 연마하도록 했다는 사실이었다.

현악이 쾌검마의 섬쾌와 비검문의 비검구식을 합쳐서 창안해 낸, 이른바 다변쾌검식 섬비류운검법을 무적맹룡대가 완벽하게 익히게 된다면 웬만해서는 격패되지 않는 무적맹룡대가 될 것이 분명했다.

"부주, 이러는 것이 어떻겠습니까?"

그때 적사가 초곤을 보며 조용히 말하자 모두의 시선이 그에게 집중됐다.

"본 부의 삼십 개 분타를 모두 지대(支隊)로 만들어서 유사시의 대규모 싸움에 대비하고 또 활용하는 것입니다."

그러자 초곤의 눈이 가볍게 빛났고, 모두의 얼굴에 크고 작은 찬탄의 표정이 미풍에 일렁이는 잔물결처럼 떠올랐다.

"그들에게 따로 무공을 전수할 필요는 없습니다. 다만 그들이 이미 익힌 무공을 더욱 불철주야 연마하도록 감독하고, 그들 역시 무적부의 일원이라는 사명감을 심어주면 될 것입니다."

기발한 생각이었다.

대국(大國)이 주변의 소국들을 점령한 후 평화 시에는 그들로부터 조공을 받는 것으로 만족하다가도, 일단 전쟁이 발발하면 점령국으로부터 군대를 파견하도록 하여 연합군의 형태로 전쟁을 수행하는 것과 같은 원리였다.

원래 무공의 뿌리는 하나다. 아주 특별한 무공이 아닌 이상 대부분의 무공은 대동소이하다.

그러므로 자신이 배운 무공을 얼마나 열심히 연마해서 그 방면의 달인이 되고 또 고수가 되느냐 하는 것이 관건이지, 새로운 무공을 가르친다고 해서 평범한 사람들이 몇 달 만에 뛰어난 고수가 되는 것은 아니다.

그렇기에 적사는 그들에게 새로운 무공을 전수할 필요까진 없다고 판단한 것이다.

"그들도 생업이나 종사하고 있는 일들이 있을 텐데 반발이 심하지 않을까?"

"삼십 개 분타의 인원 전부를 지대로 만들자는 것이 아닙니다. 각 분타에서 삼십 명씩의 무사를 선발하여 무적지대무사(無敵支隊武士)라는 칭호를 주고, 그들에게만은 따로 본 부에서 매월 녹봉을 지급하는 것입니다. 무적지대무사가 아닌 자들은 여태까지처럼 자신들의 일을 지속할 수 있으므로 반발은 없을 것으로 여겨집니다."

초곤의 물음에 적사는 미리 구상해 두기라도 했던 것처럼 막힘없이 대답했다.

예컨대 발생할지도 모르는 삼십 개 분타의 반발을 극소화시킨 기가 막힌 절충안이었다.

무적부는 생각지도 않았던 자그마치 구백 명의 엄청난 무사를 얻게 된다.

그리고 삼십 개 분타는 자신들의 일을 계속할 수 있으며, 무적지대무사로 선발된 자들은 자신들의 방파와 무적부에서 이중으로 녹봉을 받을 수 있으며 무공을 증진시킬 수 있는 기회를 얻게 되니 그야말로 일석사조가 아니겠는가.

"무적지대무사가 하는 일은 오직 자파에서의 무공 수련과 유사시의 싸움뿐입니다. 장강수로채나 유성보가 대규모 고수들을 파견하여 본부를 공격할 경우, 본 부는 수성에 전력하고 무적지대무사 구백 명이 외곽에서 공격하는 양동 공격을 가한다면 좋은 성과를 거둘 수 있을 것으로 기대합니다."

중인은 적사의 기발한 착상에 감탄지색을 띠며 그를 쳐다보았다.

"좋은 생각일세. 그대로 추진해 보게."

초곤은 흡족한 미소를 지으며 고개를 끄덕였다.

그때 현악이 눈을 떴다.

그는 뭔가 좋은 생각을 떠올리려고 사색한 것이 아니라, 갈등을 하고 있었던 것이다.

그리고 마침내 결정을 내렸다.

그는 초곤을 보며 담담한 표정으로 나직이 입을 열었다.

"부주, 이 말은 부주에게 하는 것이 아니라 내 친구 초 형에게 하는 것이오."

담담한 표정과 듣는 사람의 심금을 가벼이 흔드는 적당한 저음의 청아한 목소리.

그의 표정에서나 태도, 행동에서는 예전 섬서 땅에서의 모습은 눈을 씻고 살펴도 찾아볼 수 없었다.

초곤은 미소 지으며 고개를 끄덕였다.

"말해 보게, 현 형."

그는 현악이 입으로는 엷은 미소를 짓고 있지만 두 눈이 은은하게 열정으로 이글거리는 것을 발견해 내고 그의 입에서 나올 말을 은연중에 기대했다.

현악의 눈빛이 조금 더 강해졌다.

"음. 자넨 우리의 초심(初心)을 잊지 않았겠지?"

"물론이네. 지금도 그때의 심정과 웅지를 하루에도 몇 번이나 떠올리면서 마음을 다스리곤 한다네."

현악이 입술 끝으로만 엷게 웃었다.

"어떤가? 자네, 그때부터 지금까지 한 번이라도 피가 끓고 살이 떨리는 것을 느껴본 적이 있었나?"

그때 그랬다.

현악이 천하를 거머쥐어 보지 않겠느냐고 말하자 초곤은 그 말을 들으니 피가 끓는다고 말했고, 현악이 그것을 행동으로 옮기면 살이 떨리지 않겠느냐고 말하며 웃었다.

초곤은 씁쓸한 미소를 머금고 고개를 가로저었다.

"아니, 안타깝게도 나는 아직 그 맛을 느껴보지 못했네."

적사와 흑궁녀는 조마조마한 표정으로 현악과 초곤을 번갈아 쳐다보았다.

두 사람이 저런 식의 대화를 나누면 머지않아서 평지풍파가 일어난다는 사실을 그들은 경험을 통해서 잘 알고 있었으니 아연 긴장하는 것이 당연했다.

그렇지만 지금 두 사람이 나누는 대화에 대해서 적응할 기회가 없었던 다른 사람들은 그저 멀뚱한 표정이었다.

현악이 빙그레 미소 지었다.

"그 생각은 지금도 여전한가?"

초곤도 현악과 비슷한 미소를 지었다.

"물론이지."

현악은 고개를 끄덕였다.

"그럼 해보세, 수성 같은 것은 집어치우고."

결국 현악 입에서 적사와 흑궁녀가 우려하고 있던 청천벽력 같은 말이 흘러나왔다.

수성은 집어치운다.

그럼 대체 어쩌자는 것인가.

그러자 적사와 흑궁녀는 눈을 크게 뜨며 얼굴 가득 경악과 극도의 긴장을 떠올렸다.

기대감과 흥분 때문에 초곤의 심장이 여리게 쿵쿵거렸다. 산악 같은 자제력을 지닌 그의 심장을 뛰게 할 수 있는 사람은 아직까지는 현악뿐이었다.

"말해 보게. 자네 말이라면 무엇이든 따르겠네."

또한 초곤의 이런 전폭적인 신뢰를 받는 사람도 현재까지는 현악뿐이었다.

오랫동안 최측근에서 그림자처럼 자신을 모셨던 적사나 흑궁녀에게도 초곤은 그런 신뢰를 보이지 않았다.

그때, 초곤은 막 입을 열려고 하는 현악의 두 눈 깊숙한 곳에서 작은 폭발이 섬광처럼 번쩍이는 것을 발견했다.

그래서 현악이 지금 말하려고 하는 내용이 굉장할 것이라는 직감 때문에 초곤은 자신도 모르게 순간적으로 등줄기가 뻣뻣해졌고 호흡이 멈추었다.

"맹호가 다른 산을 뺏으려면 어떻게 해야 하겠나?"

현악의 말은 여전히 조용했다. 그리고 그것은 예전에 한 번 물었던 말이었다.

초곤은 뻣뻣함이 등줄기에서 온몸으로 순식간에 퍼지는 것을 느꼈다. 방금 그는 하마터면 신음성을 입 밖으로 흘려낼 뻔했을 정도로 놀랐다.

"다른 산의 맹호를 공격해서 죽여야겠지."

초곤은 그렇게 대답하는 동안 온몸의 뻣뻣함이 씻은 듯이 사라지면서 대신 기이한 기운이 온몸을 저릿저릿하게 만드는 것을 느낄 수 있었다.

그것은 흥분 같기도 했고 전율 같기도 했다. 그리고 서서히 가슴에서 피가 끓는 것이 생생하게 느껴졌다.

초곤 역시 어쩔 수 없는 전사(戰士)였다.

중인의 눈빛이 맹수처럼 번들거렸다.

그들은 겁을 먹기보다는 기이한 자신감과 전의가 가져다주는 기묘한 쾌감을 즐기기 시작했다.

다만, 가장 늦게 무적부에 합류했기 때문에 현악과 초곤의 야망이 천하제패라는 사실을 모르고 있는 악룡수와 사룡도만이 어리둥절해하면서 놀라고 있을 뿐이었다.

그러나 그들도 눈이 있고 귀가 있다.

그러므로 상황 돌아가는 것을 대충 보고 들으면서 자연스럽게 분위기에 동화되어 사나이라면 한 번쯤 품어봤을 천하제패의 야심을 그들도 뒤늦게 가슴속에서 태우며 흥분을 감추지 못하고 있었다.

그 즈음, 현악의 눈에서 번쩍이는 섬광은 사라져 있었다. 대신 무서울 만큼 침착한 표정으로 바뀌었다.

"내가 유성보를 맡겠네."

그는 방금 천하제일방파인 유성보를 자신이 맡겠다고, 즉 공격하겠다고 말했다.

그때부터 좌중에 태산이 짓누르는 듯한 무거운 침묵이 흘렀다.

아무도 입을 열지 않았다.

아니, 열 수가 없었다.

입을 여는 순간 실내가 폭발할 것 같은 중압감을 느꼈기 때문이다.

현악이 유성보를 맡는다면 초곤은 당연히 장강수로채를 맡아야만 한다.

사방이 탁 트인 드넓은 대초원에서 유성보의 전체 고수와 장강수로채 전체 고수가 정면 대결을 벌인다고 가정해 보자.

장강수로채 휘하 칠십이수로채의 전 고수의 수효는 무려 오만여 명에 달하고, 유성보는 분타까지 모조리 합쳐 봐야 그 이십오분의 일인 이천여 명에 불과하다.

하지만 그 싸움은 무조건 유성보가 승리하게 되어 있다.

이유는 간단했다. 유성보는 막강하고, 상대적으로 장강수로채가 약하기 때문이다.

녹림무사는 대부분 산적이나 수적, 비적 출신들이므로 유성보 고수들의 상대가 되지 못한다.

하지만 장강수로채는 대초원에서 대격전을 벌여서 자멸할 정도로 멍청하지 않았다.

그들은 자신들의 약점이 무엇이고, 강점이 무엇인지 너무도 잘 알고 있었기 때문이다.

그들은 유성보가 갖고 있지 않은 것을 지니고 있었다.

그것은 가장 녹림적(綠林的)인 것들이다.

공명정대하지 못한 것.

정당하지 못한 것.

사악하고 교활한 것.

이득과 목적 달성을 위해서라면 수단과 방법을 가리지 않는 것.

때에 따라서는 명예나 자존심, 신뢰, 약속마저도 헌신짝처럼 버리며 굴욕을 인내할 줄도 아는 것.

정파무림인들이 가장 경멸하는 귀계(鬼計)와 암산(暗算)과 표리부동을 능수능란하게 구사하는 것.

바로 그런 것들이 녹림의 본산인 장강수로채의 드러나지 않은 능력이며 숨은 힘이었다.

그것들을 죄다 발휘한다면, 아무리 유성보라고 해도 장강수로채를 만만하게 볼 수는 없을 것이다.

사파의 우두머리였던 초곤이 그것을 모를 리 없다.

그는 미안한 표정을 지었다.

"어려운 상대를 자네가 맡는군."

"하하! 장강수로채가 더 어려운 상대라는 것을 나는 이미 알고 있다네!"

현악은 명랑하게 웃었다.

두 사람은 마치 작은 이득을 본 후에 이문을 나누는 장사치처럼 태연하게 말했다.

이어서 현악은 담담한 표정으로 좌중을 천천히 둘러보았다. 아니, 자신의 수하들인 전굉과 신표, 악룡수, 사룡도를 충분한 시간을 두고 일일이 찬찬히 쳐다보았다.

현악의 시선이 자신에게 닿을 때마다 그들 네 명의 몸은 얼음처럼 굳어졌다.

현악이 자신들을 세심하게 쳐다보는 이유를 정확하게는 알 수 없었지만, 그가 자신들 중에 누군가를 선택하려 한다는 것과 선택받은 사람이 그를 수행하게 될 것이라는 사실을 어렴풋이나마 짐작했기 때문이다.

문득 현악의 눈길이 신표의 얼굴에 고정됐다.

언제나 표정의 변화가 없으며 웬만한 일에는 눈 하나 깜짝하지 않는 신표지만 현악의 눈길을 받는 순간만큼은 벼락을 맞은 듯 몸을 부르르 떨었다.

일개 수로채의 중간 간부였던 그가 천하제일방과 유성보를 상대하러 나서는 일이니, 그가 보통 사람의 심장을 지녔다면 입에 거품을 물고 기절할 일이 아니겠는가.

"신 대주."

"하명하십시오!"

신표는 황급히 튕기듯 일어나 깊숙이 허리를 굽혔다.

현악은 가볍게 고개를 끄덕였다.

"무적혈창대는 나와 함께 간다. 준비해 두게."

신표의 얼굴에 기쁜 기색이 한순간 떠올랐다가 사라졌다. 그는 그것으로 자신의 터질 듯한 기쁨과 흥분을 대신했다.

반면에 전굉과 악룡수, 사룡도의 얼굴에는 실망의 기색이 가득 떠올랐으며 오랫동안 지워지지 않았다.

채엽은 현악의 의제였으므로 자신은 당연히 현악과 함께 행동할 것이라 여기고 태평한 표정이었다.

그러나 누구보다도 실망하고 좌절하는 사람은 초곤 좌측에 앉아 있던 흑궁녀였다.

게다가 그녀는 실망하는 표정을 얼굴에 마음대로 드러낼 수도 없는 입장이어서 더욱 참담한 심정이었다.

현악은 전굉과 악룡수, 사룡도를 보며 그들을 타이르듯 조용한 어조로 말했다.

"우리가 타고 있는 마차의 마부는 나와 부주다. 그리고 자네들은 마차를 끄는 말이고, 마차를 굴리는 바퀴이며, 또한 마차의 몸체와 부속 하나하나다."

그 말은 언젠가 적사가 했던 말이다.

"각자 다른 일을 하고 있더라도, 우리는 함께 목적지를 향해 굴러가는 것이다."

현악의 말뜻을 모를 리 없는 전굉과 악룡수, 사룡도였다. 그들은 다만 현악을 지척에서 모시지 못하는 것이 아쉬울 뿐이었다.

◆제56장◆
고백. 배신. 잔인한 밤

고백. 배신. 잔인한 밤

 하남의 겨울은 혹독한 산서에 비하면 오히
려 포근한 편이다.

 청라는 초여름에 산서를 떠나 지금 하남에서의 첫겨울을 맞이하고
있었다.

 원래 그녀가 마음에 들어 했던 광무현의 황하 강가의 야트막한 언덕
에 위치한 아담한 장원은 벽풍장(碧風莊)이라는 근사한 이름을 지니고
있었다.

 벽풍장은 주인이 오랫동안 멀리 출타 중이었고 하녀와 하인들만 기
거하고 있어서 거래 자체가 성립되지 않았다.

 그렇다고 언제 돌아오는지 모르는 주인을 하염없이 기다리고 있을
만큼 그녀와 비검문은 한가하지 못했다.

 그래서 그녀는 결국 벽풍장이 있는 언덕의 끝자락 황하가 한눈에 내

려다보이는 좋은 위치에 아예 한 채의 장원을 짓기로 작정하여, 자신이 직접 설계하고 공사를 감독한 지 두어 달 만에 처음에 계획했던 것보다 훨씬 더 크고 멋진 장원을 탄생시키기에 이르렀다.

전각과 누각의 수만 해도 도합 삼십여 채로, 산서 안택현의 비검문보다 규모 면에서도 두 배에 가까웠다.

바야흐로 그 장원에 비검문이 새롭게 개파한 것이 어느덧 한 달 전의 일이었다.

새로운 비검문의 주축은 산서 비검문에서 고스란히 데려온 비검문 고수들로 채워졌다.

그리고 이곳에서 다시 무림인들을 대거 받아들여 문파고수만 사백여 명을 거느리는 대방파로서의 면모를 갖추었다.

새로 개파한 비검문은 해야 할 일이 태산처럼 많았다.

비검문의 지위편제를 새로 정하고, 옛 비검문 고수들의 능력과 인품을 일일이 따져서 적절하게 지위와 녹봉, 거처, 직무 따위를 배정하는 일은 기본적인 것이었다.

당면과제로 닥쳐온 일, 즉 비검문 오십여 리 이내에 산재한 아홉 개의 방파와 문파들을 면밀히 조사, 검토한 연후에 비검문의 등장에 우호적인 곳과 적대적인 곳을 가려내서 그들 각각에게 알맞는 행동을 취하는 것은 생각보다 어려운 일이었다.

하지만 예상했던 대로 적대적인 곳이 압도적으로 많았다. 아홉 개 방파 중에서 비검문이 개파하는 날 축하해 주러 온 방파는 단 두 곳뿐이었다.

대신 적대적인 일곱 방파에서는 축하객 대신에 은밀하게 수하들을 보내 비검문의 동향을 살피려 들었고, 자기들끼리 연대를 강화하면서 비검문을 어떻게 처리할 것인지를 고심했다.

그래서 그런 적대적인 방파들의 은밀하면서도, 머지않아 크고 작은 불이익으로 닥쳐올 행동에 대한 대책을 세우는 일도 필요했다.

그 밖에도 해야 할 일들이 하지 않아도 될 일들보다 몇 배나 더 많았다.

그 많은 일들을 모조리 청라 혼자 다 처리하고 지휘했으며 해결해야만 했다.

그의 부친 비검협웅 청대화는 머리를 쓰는 일보다 싸우는 것에 강한 인물이었으므로 청라는 부친의 도움을 받는 것을 처음부터 별로 기대하지 않았다.

그녀가 아니었으면 비검문의 중원 진출 자체가 시도되지 않았을 것이고, 개파는 물론, 지난 한 달간 수많았던 우여곡절을 견뎌내지도 못하고 일찌감치 모래성처럼 무너졌을 것이다.

그녀의 그런 능력으로 미루어볼 때, 만약 청라가 비검문주였다면 비검문은 산서 안택현을 떠나지 않았을 것이고, 대신 그곳을 또 하나의 중원으로 만들었을 게 분명했다.

또한 그녀가 남자였다면, 이미 무림에서 가장 촉망받는 기린아(麒麟兒) 중 한 명이 되어 무명을 날리고 있었을 것이다.

이제야 청라는 비검문의 실질적인 문주가 되었다. 문주는 부친이지만 모든 권한을 그녀가 장악하고 있었다.

바야흐로 비연검 청라의 시대는 이제 그녀 앞에 활짝 열려 있었다.

아기는 아들이었는데 이름을 현백(玄白)이라고 지었다. 성씨가 검을 '현'이라서 흰 '백'이라고 한 것이다.

현백은 낳은 지 이제 겨우 석 달째 접어들고 있지만 여러모로 이상한 아기였다.

그러나 나쁘다거나 걱정스러운 쪽이 아니라 좋고도 반겨할 만한 쪽으로 이상했다.

우선 현백은 도무지 울지 않았다.

태어나는 순간 집 안이 떠나가라 크게 한 번 울고는 지난 석 달 동안 전혀 울지 않았다.

뿐만 아니라 배가 고프다거나 잠이 온다고 투정도 부리지 않았으며, 여타의 갓난아기들이 주위 사람들을 귀찮게 하거나 안달하게 만드는 것과 같은 행동을 하지 않았다. 즉, 전혀 아기답지 않은 아기라는 뜻이었다.

게다가 현백은 이제 겨우 석 달 된 갓난아기치고는 이목구비가 지나치리만큼 뚜렷했고 너무나 예뻤다.

흑백이 또렷한 눈에 오똑한 콧매, 붉고 귀여운 입술, 불그레한 뺨과 백옥 같은 살결, 큼직한 손과 발을 갖고 있는 현백은 주위 사람들의 넋을 빼놓기에 부족함이 없었다.

누구든 현백을 한 번 보면 쉽사리 눈을 떼지 못할 정도였다.

하녀들은 서로 현백의 방에서 근무하려고 다투었고, 유모가 잠깐 자리를 비우면 삽시간에 하녀들이 현백을 둘러싸고 구경하느라 작은 아수라장을 만들 정도였다.

그 아기 현백을 청라가 석 달 전에 낳았다.

지금으로부터 일 년이 조금 지난 어느 날, 현악은 청라에게 평생 씻어지지 않는 수치를 안겨주면서 자신의 씨마저 그녀의 몸 깊숙한 곳에 뿌려주고 홀쩍 떠났다.

자신이 임신한 사실을 알게 되었을 때 청라는 오직 죽고 싶은 심정
뿐이었다.

갈기갈기 찢어 죽여도 시원치 않은 백정의 씨를 잉태했다는 사실을
순순히 받아들이기에는 그녀는 지나치게 강직했고, 현악에 대한 원한
이 너무 깊었다.

게다가 임신 사실이 밝혀지면 가문의 자랑이었던 그녀는 한순간에
가문의 수치로 전락하고 말 것이 분명했다.

그 당시 그녀의 심경은 너무도 복잡했다. 매일 밤 지독한 악몽에 시
달렸다. 치욕스러운 능욕을 당한 데다가 원하지 않았던 임신까지 했으
니 당연한 일이었다.

열일곱 살의 그녀는 병서(兵書)와 검술에는 능했지만 의술은 전혀
알지 못했다.

그래서 어떻게 낙태를 해야 하는지 방법을 몰랐고, 누구에게 물어볼
수는 있는 처지도 아니었다.

그러던 어느 날 현악이 거의 죽어가는 몸으로 두 번째 그녀를 찾아
왔고, 두 번째 그녀를 겁탈했다.

그리고 그 두 번째의 살 섞음으로 청라는 자신이 현악을 증오하고
있는 것이 아니라 사랑하고 있음을 깨닫게 되었다.

그래서 그날 밤, 그녀는 아이를 낳기로 결심했다.

이후 그녀는 자신이 임신한 사실을 철저하게 감췄다. 월경을 하지
않는 자신을 이상하게 생각할 것 같아서 하녀도 물리치고 혼자 생활했
다.

불러오는 배는 헝겊으로 친친 동여 묶었고, 그래도 불룩한 배를 감
추느라 늘 헐렁한 옷을 입었다.

이곳 광무현 황하 변에서 새로 개파하는 비검문으로 사용할 장원의 마무리 공사가 한창 때였던 석 달 전, 그녀는 혼자 말없이 장원을 떠나 예전에 미리 봐두었던 멀지 않은 산에 있는 절을 찾아갔다.

그 절은 여승들만 있는 절이었는데, 여승들은 청라의 출산을 성심껏 도와주었고, 마침내 그녀는 아들 현백을 낳았다.

청라는 사흘 동안 몸조리를 한 후 아기를 안고 밤중에 몰래 비검문으로 돌아왔다.

그날 밤 그녀는 부모 면전에 아기를 내려놓고 자신이 낳은 아기이며, 부디 아무것도 묻지 말아달라고 부탁했다.

부모의 놀라움과 실망은 이만저만한 것이 아니었지만, 딸을 기대하고 신뢰하는 만큼은 아니었다.

청라의 바람대로 부모는 그날 이후 그녀에게 아기에 대해서 아무것도 묻지 않았다.

아니, 오히려 날이 지날수록 아기의 이목구비가 뚜렷해지면서 무골(武骨)의 자질을 보이자 청라가 아기를 사랑하는 것보다 더 아기를 사랑하게 되었다.

그렇게 오늘까지 이른 것이다.

유모가 안고 있던 아기를 건네 받기 위해서 청라가 두 손을 뻗자 아기는 그녀에게 앙증맞은 팔을 내밀며 방실방실 웃었다.

아기의 웃음을 보는 순간 청라는 고된 격무로 인한 하루의 피로가 한순간에 말끔히 사라지는 것을 느꼈고 입가에는 흐뭇한 미소가 피어올랐다.

어느덧 아기는 그녀의 생명이었고, 힘의 원천이며, 살아가는 의미가 되어 있었다.

아기는 청라의 품에 안겨 팔을 뻗어 그녀의 젖가슴을 만지면서 입술을 오물거렸다.

청라는 아기가 젖을 달라고 하는 것을 즉시 알아차리고 상의를 풀어 한쪽 젖가슴을 내밀었다.

원래 크고 탐스러웠던 그녀의 유방은 출산으로 인해서 더욱 커졌으며 유두 끝에는 젖이 방울져 매달려 있었다.

젖을 입에 물리자 아기는 힘차게 빨아대기 시작했다.

아리하게 아프면서도 묘한 쾌감이 유두를 통해서 척추와 뒷목으로 짜릿하게 전해졌다.

그러나 그 쾌감은 사내가 정사를 목적으로 젖가슴을 빨았을 때의 쾌감과는 판이하게 달랐다.

모성본능적인 쾌감인 것이었다.

청라는 더없이 사랑스러운 미소를 머금고 아기를 굽어보면서 머리카락을 부드럽게 쓰다듬었다.

문득, 아기의 얼굴에 하나의 얼굴이 겹쳐졌다.

그 얼굴은 현악이었다.

그녀는 고개를 들어 창밖을 바라보았다.

현악을 생각하는 그녀의 얼굴에는 예전의 증오나 원한 같은 것은 추호도 남아 있지 않았다. 대신 아련한 그리움이 그 자리를 가득 채우고 있었다.

'야속한 사람……'

그녀의 눈매가 촉촉해졌다.

산서무림에서 철녀라고 불리던 비연검 청라가 한 남자를 생각하는 것만으로 눈물짓고 있었다.

그녀는 이제 모든 사람에겐 강하지만 오직 두 사람, 아기와 현악에게만은 약한 어미요, 지극한 여자가 되고 말았다.

*　　　　*　　　　*

현악의 말을 듣고 방강은 뛸 듯이 기뻐했다.

"감사합니다, 주군! 정말 감사합니다!"

현악은 가볍게 웃었다.

"내가 자네를 힘들게 하려고 부탁하는 것인데 어째서 내게 고맙다고 하는가?"

"우선 주군께서 속하를 잊지 않고 찾아주신 것이 감사하고, 또한 큰일을 하시는데 속하 같은 하잘것없는 놈을 써주신다니 이보다 감사할 일이 어디에 있겠습니까?"

방강은 만면에 감지덕지한 표정을 떠올린 채 연신 굽실거렸는데, 그의 행동은 마치 오래전부터 현악을 주군으로 모셨던 사람처럼 익숙하기 짝이 없었다.

하기야, 비천하기 짝이 없는 하오문의 문주인 방강 같은 자가 쟁쟁한 쾌검왕을 모시고 천하무림으로 나갈 수 있는 천재일우의 기회를 얻었는데 어찌 감격하지 않겠는가.

흑단목으로 만든 커다란 의자에는 현악이 느긋하게 앉아 있었고, 그의 양쪽에는 신표와 채엽, 강일조가, 전면에는 방강이 시립하듯 한 자세로 서 있었다.

사실 지금 방강이 느끼고 있는 감정은 신표나 채엽, 강일조도 공감하고 있는 터였다.

그들 역시 천한 신분이었다가 현악에게 거두어져 이제 천하로 나가려 하고 있으니까 말이다.

"하오문들은 서로 연결되어 있나?"

이윽고 현악은 방강에게 그가 왜 필요한지를 말하려고 했다.

"하오문은 여러 가지 잡다한 일들을 하고 있고 서로의 영역을 절대 침범, 관여하지 않지만 정보에서만큼은 서로 긴밀한 연락망을 갖추고 있습니다."

방강은 공손히 대답했다.

하오문의 일이라는 것은 사람들이 살아가는 가장 밑바닥에서도 온갖 추하고 더러운 일들로써 매춘, 좀도둑질, 사기, 아편 판매, 추적, 인신매매 등이 총망라되어 있었다.

그런 것들은 거의 대부분이 신속하고도 정확한 정보가 필수적이기 마련이다.

다른 지역으로 도주하여 깊숙이 숨어든 창녀를 찾아내기 위해서는 추적술과 절묘한 탐문, 조사 등이 필요하다.

도둑질을 하기 위해서도, 사기를 치기 위해서도, 어느 집에 무엇이 있으며 어떤 상황이고, 구조는 어떤지를 속속들이 파악하고 있지 않으면 곤란하다.

국법으로 금지되어 있는 아편을 다루다가 관가에 적발되면 연루된 사람들은 대부분 처형되고 만다. 그러므로 살아남기 위해서는 아편의 재배 및 판매의 유통 경로를 개척, 확보하려는 비밀스럽고도 정확한 정보들이 필수적이었다.

그런 일들을 다루다 보니까 하오문들은 자연스럽게 수많은 정보를 다루며 수집하게 될 수밖에 없는 것이다.

그런 것들은 실로 놀라울 만큼 방대해서 가끔 하오문 정보망의 실체를 알게 된 사람들로 하여금 혀를 내두르며 감탄하게 만들기도 한다.

무림인뿐만 아니라 세상 모든 사람들이 하오문을 경멸하고 있지만, 막상 정보가 필요하게 되면 어김없이 그들을 찾는다.

또한 정보라는 것은 독점하기 어렵다는 특성을 갖고 있다. 그래서 하오문들은 서로 긴밀한 정보망을 지닌 채 상호 간에 팽팽하게 견제하면서도 유대감을 유지하고 있는 것이다.

현악은 담담한 표정으로, 그러나 진중한 어조로 다시 물었다.

"유성보에 대해서 알고 싶네."

"무엇을 알고 싶으십니까?"

"모든 것, 그리고 그들의 움직임 전부."

"……."

유성보에 대해서 무림에 알려져 있는 많은 내용들은 그저 소문일 뿐이다.

그래서 좀 더 내밀하고 세부적인 내용들은 소위 정보라는 이름이 붙여지게 마련이다.

그런 정보는 개방(丏幇)과 하오문만이 다루고 취급한다.

필요에 의해서지만, 개방과 하오문은 천하에 존재하는 것이라면 그 어느 것이라도 조사하고 캐낸다.

오죽하면 황궁 비사까지도 개방과 하오문의 이목을 벗어날 수 없을 정도이겠는가.

"알겠습니다."

방강은 잠시 뭔가를 골똘하게 생각하는 것 같더니 이윽고 공손히 고개를 조아렸다.

"그것이 왜 필요한지 말씀하시면 그에 적절한 정보들만 수집하여 보고를 올리겠습니다."

하오문의 문주 따위가 하기에는 당돌한 질문이었다.

방강은 신표의 굵은 눈썹이 꿈틀 꺾이는 것과 채엽의 손이 어깨의 도를 잡으려고 슬쩍 올라가는 것을 발견했지만 개의치 않고 오히려 한 술 더 떴다.

"말씀해 주시지 않으면 주군께서 필요로 하시는 정보를 수집하기 어렵습니다."

얼핏 조건부처럼 들리는 말이었다. 네가 말해야 나도 하겠다, 라는 식인 것이다.

하지만 조금 더 깊이 생각하면 방강의 말은 옳았다. 먹고 싶은 것을 말해야 주방장이 제대로 된 요리를 손님 앞에 내놓을 수 있지 않겠는가.

그것을 모를 리 없는 현악이다. 이윽고 그의 조용한 말이 실내를 잔잔하게 흔들었다.

"나는 유성보를 짓밟을 생각이네."

"……."

순간 방강은 아무 말도 할 수 없었다. 경악하는 바람에 두 눈을 커다랗게 부릅떴으며, 입을 쩍 벌렸기 때문에 탄성인지 신음인지 모를 숨소리만 흘러나왔을 뿐이다.

놀라기는 신표나 채엽, 강일조도 마찬가지였다.

그들은 현악이 단지 유성보가 다시 파견하게 될 고수들을 중도에서 막으려고 하는 것쯤으로 예측하고 있었다.

그런데 유성보를 무너뜨리다니, 그것은 아무도 꿈에서조차 상상한 적이 없는 일이었다.

그 순간 뇌전 같은 전율이 신표와 채엽, 강일조, 그리고 방강의 온몸을 강렬하게 훑고 지나갔다.

꿈이나 야망을 품는 것은 누구나 할 수 있는 일이다.

하지만 그것을 실행에 옮기는 사람은 소수이며, 또한 그것을 성공시키는 사람은 실로 극소수에 불과하다.

그 사실에 신표들은 겁을 먹거나 위축되기보다는 오히려 자신감이 온몸에 가득 넘치는 것을 느꼈다.

주가구에서 화룡문이란 하오문의 문주로 있는 방강은 엿새 전에 유성보의 일개 당이 무적부를 급습했다가 몰살당했다는 사실을 누구보다 자세히 알고 있었다.

그래서 자신이 무엇 때문에 현악의 부름을 받게 되었는지 나름대로 정확하게 판단했다고 자부하면서 현악 앞에 섰는데, 그의 판단은 보기 좋게 빗나가고 말았다.

그 역시 신표들과 생각이 같았기 때문이다. 그것이 바로 현악과 그들이 다른 점이었다.

방강은 두 다리에 힘이 빠지는 것을 느끼며 주저앉지 않으려고 안간힘을 쓰느라 이마에 송골송골 땀방울까지 맺혔다.

죽음이 두려워서가 아니다. 목숨 같은 것은 하오문에 들어섰을 때부터 이미 포기했었다.

그러나 살다 보면 죽음보다 더 두렵고 무서운 것들을 간혹 만나게 되는데, 지금이 바로 그런 경우였다.

유성보가 마음만 먹으면 천하에 흩어져 있는 수천 개의 하오문들을 깡그리 몰살시키는 것은 여반장과도 같은 일이었다, 그것도 불과 며칠

만에.

방강 자기 한 사람 때문에 천하 하오문에 몸담고 있는 수십만 명의 하오문도들이 떼죽음을 당할 수도 있었다.

그러나 무서움은 그것 때문만이 아니었다.

유성보는 천하인들에겐 막연한 경외와 존경의 대상이다. 그것은 강요가 아닌 스스로 우러난 복종의 의미였다. 완벽한 것에 대해서 한없이 부족한 미물들이 취할 수 있는 최대한의 행위인 것이다.

이윽고 방강은 목젖을 울리며 힘겹게 마른침을 삼키고 나서 갈라지는 목소리로 겨우 입을 열었다.

"주군께선… 천하제패를 원하십니까?"

"아닐세."

"하오시면……."

현악은 초연한 표정과 어조로 대답했다.

"나는 천하제일인이 되고 싶네."

그 말이 그 말 같지만, 엄밀히 따지만 달랐다.

천하제패는 네 사람 모두의 힘으로 일치단결하여 천하의 모든 방파와 문파들을 굴복시키는 것이며, 그 결과로는 어마어마한 힘과 권위, 부귀영화를 얻게 되는 것이다.

그러나 천하제일인이 되는 것은 순전히 혼자의 능력으로 이루어야 하며, 천하의 방파와 문파는 물론 개개인까지도 굴복시켜 천하를 발 아래 두는 것이되, 명예와 권위를 얻을 뿐 천하의 복종을 받아내지 못할 뿐더러 부귀영화하고는 거리가 멀다.

현악이 천하제일인이 되고 싶다고 자신의 의지를 밝혔지만 모두는 실망하는 표정을 짓지 않았다.

방강은 조금 더 용기를 냈다.

"이 점을 분명히 하고 싶습니다."

현악은 가볍게 고개만 끄덕여 그의 말을 종용했다.

"무적부주와 주군의 관계가 무엇인지 알고 싶습니다."

단순히 친구며 우정 따위를 묻는 게 아니라는 것을 현악은 알고 있었다.

"그는 천하제패를 원하고, 나는 천하제일인을 원하네."

그랬기에 현악과 초곤이 상하 주종 관계가 아닐 수 있으며, 친구로서 우정에 금이 가지 않으면서도 같은 길을 갈 수 있었던 것이다. 아니, 엄밀히 따지면 같은 길이지만 같은 길이 아니었다.

두 사람이 천하제패나 천하제일인의 목표를 똑같이 지니고 있었다면 결코 같은 길을 가는 동지가 될 수 없었을 것이다.

두 사람이 힘을 합쳐서 한 마리 호랑이를 잡되, 한 사람은 호랑이의 살과 뼈를 원하고, 다른 한 사람은 호피를 원하기에 같은 마차를 탄 동고동락이 가능할 터였다.

하지만 천하제패를 목표로 하는 사람을 도와서 그 야망을 이루었을 때 얻어지는 것과 천하제일인의 그것은 엄연히 다를 수밖에 없는 법이다.

만약 천신만고 끝에 현악이 정말로 천하제일인이 된다고 하더라도, 천하제일인의 측근들이 얻게 되는 것은 명예의 부스러기 정도일 것이다.

그러나 방강은 현악의 마지막 말을 듣고 나서 아까보다 마음이 많이 진정되었다.

그것은 그가 무욕(無慾)하며 현악을 진심으로 존경하기 때문에 일어날 수 있는 현상이었다.

그는 현악 앞에 무릎을 꿇고 이마를 바닥에 대며 더없이 공손히 아뢰었다.

"주군께 견마지로(犬馬之勞)하게 되어 무상의 영광입니다."

그때 신표와 채엽, 강일조도 일제히 현악을 향해 부복하여 머리를 조아렸다.

현악은 그들을 일어나게 하지 않았다.

대신 늠연한 자세로 그들의 충성심을 겸허히 받아들인 후에 조용히 입을 열었다.

"내일 출발한다."

흑궁녀는 마음이 심란해서 아무 일도 손에 잡히지 않았고, 아무 생각도 나지 않았다.

오직 한 가지, 현악을 따라가고 싶다는 일념만이 극한에 도달한 갈증처럼 가슴을 메마르게 만들고 있었다.

현악이 신표와 무적혈창대만을 이끌고 떠나겠다고 말한 어젯밤에 그녀는 자신의 거처에서 만취하도록 술을 퍼마시며 안타까움과 괴로움을 달래려고 무진 애를 썼지만 허사였다. 술로 풀기에는 그녀의 갈증이 너무 심했다.

오래전 현악과 초곤, 흑궁녀 세 명이 대홍방을 공격했다가 흑궁녀는 거의 회생하기 어려운 중상을 입고 깊은 혼절에 빠져 있던 적이 있었다.

그때 현악은 자신도 중상을 당한 몸인데도 불구하고 매일 밤마다 아무도 몰래 흑궁녀를 찾아와 자신의 본신진기를 아낌없이 그녀에게 주입시킨 후에 한참이나 침상가에 앉아서 이런 저런 독백을 하다가 돌아가곤 했었다.

그 당시 그녀는 오랜 혼절에서 깨어나는 순간 누군가 자신의 젖가슴을 더듬는 것을 깨닫고 크게 놀랐다.

곧 그 손이 그녀의 젖가슴 사이에 밀착되면서 급류처럼 거센 진기를 주입시키기 시작하자 그녀의 놀라움은 더욱 커졌다.

겨우 정신은 차렸지만 눈을 뜰 기력조차 없었던 흑궁녀는 자신에게 진기를 주입시키고 있는 사람이 누군지 궁금하기 짝이 없었다.

진기주입은 반 시진이나 계속된 후에야 끝났고, 그 사람은 침상가에서 조용히 중얼거렸었다.

"염교야, 제발 죽지 마라. 너 죽으면 난 정말 살 맛 안 날 거다. 살아나기만 하면 네 말 잘 들을 테니까 제발 죽지만 마라, 응?"

그때 흑궁녀의 놀라움과 감동이란……

그녀는 감동 때문에 숨을 쉬는 것조차 어려울 정도로 가슴이 미어졌었다.

그렇게 현악이 흑궁녀에게 진기를 주입시켜 준 것은 한 달에 걸쳐서 계속됐고, 순전히 그 덕분에 흑궁녀는 소생할 수 있었다.

그 일이 있기 전에도 흑궁녀는 현악에게 남다른 마음을 갖고 있긴 했었다.

그녀로서는 한 번도 느껴보지 못했던, 말로는 설명하기 힘든 감정이었지만 왠지 끈끈한 정(情)이랄까 유대감 같은 것이었다. 하지만 그것을 꼭 애정이라고 말할 수는 없었다.

그저 굳이 남자가 아닌, 다른 사람에게서는 한 번도 느껴본 적이 없는 살가움 같은 것이었다.

　명령이나 의무감에서가 아닌, 그저 자발적으로 그 사람을 위해 무언가 해주고 싶은 그런 감정이었다.

　그렇지만 단지 그것뿐이었다.

　그녀의 그런 감정이 더 발전하지 못한 이유는 현악이 여전히 받들어 모셔야 할 윗사람이었기 때문이다.

　그런데 그 한 달 동안의 진기 주입 이후 현악은 전혀 새로운 의미로 흑궁녀에게 각인되어 버렸다.

　비로소 현악이 남자로 보이기 시작하더니, 흡사 바짝 마른 초원에 거센 불길이 번지듯 철녀 흑궁녀가 아닌 한 명의 여자 염교는 삽시간에 그를 사랑하게 돼버린 것이었다.

　사랑.

　그녀로서는 꿈조차 꿔본 적이 없는 낯선 단어였다.

　그따위 것은 하릴없이 뒹굴거리는 여자들이나 하는 유치한 놀음이라고 치부했던 그녀였다.

　그런데 어이없게도 그녀 자신이 거기에 빠져 버렸고, 결코 치유되지 못할 불치병에 걸려 버리고 말았다.

　그 불치병을 완치시킬 사람은 오직 현악뿐이었다.

　그러나 현악은 그녀가 그런 병에 걸렸다는 사실조차 까맣게 모르고 있었다.

　또한 흑궁녀 역시도 현악의 그 무엇이 자신의 불치병을 완치시키는지 알지 못했다.

　하지만 그날 이후 흑궁녀는 사적인 자리에서 현악과 마주한 적이 한 번도 없었다.

그저 공석에서 현악의 곁에 앉지도 못한 채 자신의 본연의 임무인 초곤을 수행하는 일에만 전념했다.

간혹 모두 한자리에 모이게 되는 경우에 그녀의 눈길은 언제나 현악의 얼굴에만 못 박혀 있기 일쑤였다.

아무도 눈치채지 못하게, 사랑하는 사람을 아주 잠깐잠깐 바라만 봐야 하는 애타는 심정.

그렇게라도 하지 않으면 심장의 피가 다 말라 버려서 금방이라도 죽을 것만 같았다.

간혹 그녀와 눈길이 마주친 현악이 부드러운 미소를 보내줄라 치면 그녀는 당장 그 자리에서 쓰러져 버릴 것 같은 아찔한 현기증을 느꼈다.

그리고는 걷잡을 수 없는 희열과 기쁨이 파도처럼 엄습했다.

단지 현악의 미소 한 번에 그녀는 자신이 살아 있는 의미를 느꼈고, 살아가야 할 목적을 발견하곤 했다.

그러나 그녀가 현악을 백 번 쳐다보면, 그는 겨우 한 번 쳐다봐 줄까 말까 했다.

그래도 흑궁녀는 포기하지 않고 부지런히, 아니, 미친 듯이 현악을 바라보았다.

언젠가 될지 모르는 어느 한순간, 현악과 눈길이 마주쳐서 그 형언할 수 없는 아름다운 미소를 보게 되기를 갈망하면서.

'무슨 뜻이었을까?

흑궁녀는 벌써 두 시진째 똑같은 의문을 속으로 끝없이 반추하고 있었다.

그때, 현악은 왜 한 달 동안이나 매일 밤마다 죽어가는 그녀를 찾아와서 진기를 주입시켰던 것일까?

그때 현악은 무슨 심정이었을까?

자기 자신도 중상을 입어 치료를 받고 있는 터에, 적사의 눈을 피해가면서까지 흑궁녀를 살리려 했다면 뭔가 특별한 이유라든지 그게 아니면 애틋한 사연이라도 있어야 하는 것이 아니겠는가.

그러나 그 일이 있은 지 계절이 한 번 하고도 절반이 바뀌도록 현악은 그때 일에 대해서는 가타부타 말이 없었고, 흑궁녀 앞에 모습을 나타내는 일조차 드물었다.

'왜 그렇게까지 하면서 날 살렸을까?'

역시 해답 없는 물음을 속으로 중얼거리면서 흑궁녀는 창밖 밤하늘로 시선을 주었다.

그때 그녀 뒤에서 방문이 열리는 소리가 들렸다.

침상을 손보러 온 하녀이겠거니 여긴 흑궁녀는 뒤돌아보지도 않고 계속 생각에 골몰했다.

"무슨 고민이 있느냐?"

"앗!"

난데없이 묵직한 목소리가 들려오자 웬만한 일에는 눈썹도 까딱하지 않는 철심장 흑궁녀는 낮은 비명을 터뜨리면서 튕기듯 벌떡 일어섰다.

"부… 주께서 오셨습니까?"

황망한 얼굴로 뒤돌아선 그녀 앞에 초곤이 늠연한 모습으로 우뚝 서 있었다.

"처음 보겠구나, 너의 그런 모습은."

초곤은 표정을 전혀 드러내지 않은 얼굴로 흑궁녀를 보며 혼잣말처럼 중얼거렸다.

그는 굳이 대답을 들으려는 의도가 아니었음에도 흑궁녀는 어떻게 대답해야 할는지를 몰라 당황하고 난감한 표정으로 어쩔 줄을 몰라 했다.

마치 자신의 비밀스러운 속내를 들켜 버린 것 같은 기분이었다.

"소, 속하는……."

원래 초곤 면전에서는 긴장하고 경직하는 흑궁녀였지만 오늘밤은 더 심했다. 당황하면서 더듬거리기까지 하는 데다가 얼굴마저 붉히고 있지 않은가.

초곤은 '이 녀석, 뭔가 있군' 이라고 잠시 생각했지만, 그녀를 잘 알고 있는 그인지라 아마 연마하고 있는 무공이 잘 풀리지 않아서 그러겠거니 여겼다.

초곤이 알고 있는 흑궁녀는 단 두 가지, 무공 연마와 초곤 자신에 대한 충성심밖에 가지고 있지 않았다.

"술 한잔하자."

초곤이 중얼거리듯이 말하면서 의자에 앉았다.

이상하기는 초곤도 마찬가지였다. 그는 이날까지 흑궁녀에게 단 한 번도 대작을 청한 적이 없었던 것이다.

'그 사람이 떠나는 것 때문에 부주께서도 심란해하시는구나.'

현악이 친구가 된 후 최초로 초곤의 곁을 떠난다. 그것도 현악은 유성보를, 초곤은 장강수로채라는 엄청난 적을 각각 떠맡은 상태였다.

실패할 확률이 구 할인 일이다. 패도적이며 태산 같은 자제력을 지닌 초곤이라고 해도 어찌 초연하기만 할 수 있겠는가.

결국 흑궁녀는 그런 쪽으로 이해할 수밖에 없었고, 그녀의 짐작은 절반만 맞았다.

흑궁녀에게 있어서 초곤은 상전이기 전에 사부였고 오라비 같은 존재였다.

그녀는 기녀인 모친의 뒤를 이어 열세 살 어린 나이에 기녀가 되었었다.

비록 어린 나이지만 타고난 미색인 그녀는 동기(童妓)라면 사족을 못 쓰는 사내들에게 매일 밤 시달림을 당해야만 하는 기구한 삶을 살았다.

막 초경을 시작했으며, 젖봉오리가 겨우 살구만한 어린 그녀가 그 영글지 않은 몸뚱이로 하루에도 여러 남자들을 받아들이는 동안에 그녀는 점차 몸뿐 아니라 정신마저도 황폐해져 갔다.

두어 달 남짓 동안 백여 명의 사내들에게 아무런 저항조차 하지 못한 채 그저 무기력하게 다리를 벌리고 자신의 자궁을 내주어야만 했던 그녀의 가슴속에 증오와 한이 제 모습을 갖추기 시작한 것도 바로 그 시기였다.

그러던 어느 날 그녀는, 그녀를 마음에 쏙 들어 하는 풍사단 향주의 애첩이 되어 그의 손에 이끌려 풍사단 총단에 들어가서 생활하게 되었다.

그러나 변한 것은 없었다.

살던 곳이 기루에서 풍사단으로 바뀌었고, 숱한 사내들에게 짓밟힘을 당하던 것에서, 애정이라고는 눈곱만큼도 없는 아버지뻘 되는 짐승 같은 한 사내에게 짓밟힘을 당하는 것으로 변했을 뿐이었다.

향주는 매일 밤뿐 아니라 대낮에도 뭐가 급한지 숨이 턱에 차서 헐

레벌떡 달려들어 와 놀라는 흑궁녀를 자빠뜨린 뒤 허겁지겁 바지춤을 내려 일을 치르고 휭 하니 나가 버리곤 했다.

그가 일을 치를 때면 흑궁녀는 사지를 늘어뜨리고 다리를 벌린 채 꼼짝도 하지 않았다.

그녀의 작고 여린 몸 위에서 씨근거리면서 연신 숨 가쁜 신음을 터뜨리는 향주와는 달리, 그녀는 매일 조금씩 그러나 빠르게 절망하고 있었다.

만약 그때 그녀가 하릴없이 뒤뜰을 거닐다가 우연히 초곤을 만나는 일이 없었다면, 십중팔구 그녀는 스스로 목숨을 끊어 한 많은 십삼 년의 인생을 마감했을지도 모르는 일이었다.

아무것도 아닌, 어린 계집아이는 초곤이라는 운명을 만남으로서 인생의 새로운 전환기를 맞게 된다.

그녀는 다시는 사내들 아래 깔려서 다리를 벌리고 있지 않아도 됐으며, 불과 이 년 만에 흑궁녀가 되었고, 그의 최측근이 되어 아무도 그녀를 업신여기지 못하는 신분이 되기에 이르렀다.

그것이 전부인 줄 알았었다. 그렇게 평생 죽을 때까지 초곤을 모시고 천하를 종횡하는 것이 자신의 운명이며 기쁨인 줄 알았던 그녀였다.

그런 그녀에게 현악이라는 또 다른 운명이 나타나 그녀를 송두리째 뒤흔들고 있는 것이었다.

"네 거처를 내 방으로 옮겨라."

급히 술상이 차려진 후 반 시진 동안 묵묵히 술잔만 비우던 초곤은 흑궁녀의 잔에 술을 따라주며 그렇게 툭 내뱉었다.

흑궁녀는 초곤의 최측근이며 총령(總領)의 신분과 무적철궁대주라는 신분을 동시에 갖고 있었으므로 당연히 무적전에서 기거했다.

그런데 초곤은 그녀의 거처를 자신의 방으로 옮기라고 했다. 그것은 합방(合房), 즉 부부가 되어 몸을 섞으면서 함께 살자는 뜻이 아니겠는가.

흑궁녀는 물끄러미 초곤을 바라보고 있었지만 그 말이 무슨 뜻인지 금세 깨닫지 못해서 가만히 있었다.

아니, 그녀는 초곤을 마주 보고 앉아 있으면서도 머리 속에서는 가득히 현악을 생각하고 있었기 때문에 초곤의 말을 듣지 못했다.

그러나 초곤은 그녀의 침묵을 수긍으로 잘못 해석했다.

초곤은 그녀가 자신의 말을 거역할 이유가 하나도 없다고, 아니, 오히려 내심 그 말을 기다리고 있었을 것이라고 나름대로 판단하고 있었다.

"미안하다. 너무 오랫동안 너를 내버려 두었구나."

초곤은 흑궁녀를 보며 목소리를 부드럽게 했다.

그는 서른한 살이 되도록 돈을 주고 산 여자 이외의 여자에게 한 번도 손을 뻗거나 자신의 심경을 드러낸 적이 없었다.

그런 그가 흑궁녀에게 자신의 심경, 즉 이제 너와 사랑이라는 것을 시작해 보고 싶다는 내심을 조심스럽게 꺼내놓고 있는 것이다.

그는 우직하면서도 여자의 마음을 읽는 데에는 전혀 소질이 없는 사람이었다.

그렇지만 오랫동안 데리고 있던 흑궁녀가 상전인 자신에 대해서 어떤 마음일는지는 여태까지의 그녀의 행동으로도 웬만큼 짐작할 수 있었다.

그는 흑궁녀가 무조건적으로 자신을 사랑하고 있을 것이라고 거의 단정하고 있었다.

그러나 그것은 초곤의 섣부른 오판이었다. 흑궁녀는 현악을 만나기 전에도 초곤을 사랑하지는 않았다. 다만 그녀에겐 초곤이 전부일 뿐이었다.

전부. 그것은 초곤이 흑궁녀의 하늘이며 천하이기 때문에 그를 제외하고는 아무것도 생각할 수 없으며, 그 어떤 사내도 남자로 받아들일 수 없다는 의미였다.

그래서 언젠가 초곤이 자신에게 손을 뻗으면 자연스럽게 그의 여자가 될 것이라고 여겨왔었다.

두 사람 사이에 사랑이나 애정이 있는지는 그리 중요한 일이 아니었다.

초곤은 흑궁녀가 있기 때문에 다른 여자들에 대해서는 그토록 초연할 수 있었다.

그는 의도적으로 여자들을 멀리했으며, 그의 주위에 여자란 하녀를 제외하곤 흑궁녀뿐이었다.

만약 장차 혼인을 하여 가정을 꾸리게 된다면 그 상대는 당연히 흑궁녀일 것이라고 여겨왔다.

그런 초곤이 이제쯤 가정을 가져야겠다고 판단했다. 그래서 흑궁녀에게 자연스럽게 손을 뻗었고, 그의 예상대로라면 흑궁녀는 기다렸다는 듯이 따라야만 했다.

최소한 반년 전이었다면 당연히 그랬을 것이다. 현악이 흑궁녀를 살리느라 한 달 내내 자신의 진기를 소모하는 정성을 보이지 않았더라면.

이윽고 흑궁녀는 입술을 잘근 깨물었다.

마침내 결심을 한 것이다.

"부주, 드릴 말씀이 있습니다."

착각은 오해를 불러일으켰다.

초곤은 흑궁녀가 자신의 말에 대한 대답을 할 것이며, 그것이 어떤 대답일 것인지 예상했다.

그래서 자신도 그녀의 말에 어떤 대답을 할 것인지에 대해서 이것저 것 단어를 고르는 여유마저 갖는 느긋한 기분으로 그녀의 말을 기다렸 다.

"말해라."

"속하는 현악님을 따라가고 싶습니다."

"……."

초곤은 이날까지 단 한 번도 없었던 상황, 즉 자신이 상대의 말을 잘 못 들었을 것이라는 생각을 하게 되었다.

그 말을 듣는 순간 어떤 번갯불 같은 충격과 더불어 하나의 깨달음 이 초곤의 뇌를 관통했다.

"속하는 현악님을 따라가고 싶습니다."

흑궁녀는 방금 했던 말을 다시 말함으로써 자신의 의지가 확고하다 는 뜻을 전했다.

그리고 초곤은 같은 말을 두 번 들음으로써 자신이 잘못 듣지 않았 음을 명백하게 깨달았다.

냉철함이라면 타의 추종을 불허할 정도의 두 사람이지만 지금은 평 소의 냉철함을 거의 잃고 있는 중이었다.

"현 형이 널 필요로 하는 것이냐?"

현악이 흑궁녀를 필요로 할 리도 없지만, 만약 그런 경우라면 현악 이 직접 초곤 자신에게 흑궁녀를 달라고 했을 것이라고 생각하면서도 초곤은 그렇게 물었다.

그가 알고 있는 현악의 성격은 직선적이었다. 현악은 병적일 만큼 우회적이라는 것을 모르는 강직한 사람이었다.

초곤의 그 말은 어쩌면 곧 흑궁녀가 말하게 될 어떤 불길한 대답을 듣고 싶지 않다는 반발심에서 기인하는 것일 수도 있었다.

"아닙니다."

"그런데 왜 나를 떠나려 하느냐?"

충격적인 상황에서 크게 당황하는 사람들이 대다수인 반면에, 지금의 초곤처럼 오히려 더 냉철해지는 소수의 사람도 있었다.

초곤은 왜 그를 따라가려 하느냐고 묻지 않고, 왜 자신을 떠나려 하느냐고 물었다.

언어의 세심함과 말의 유희를 잘 모르는 두 사람은 미묘한 대화를 어렵사리 이끌어가고 있었다.

"현악님을 따라가고 싶습니다."

흑궁녀는 그 말을 되풀이했다. 아직 초곤에겐 자신의 속내를 내보이고 싶지 않았기 때문이다.

초곤의 음성이 조금 더 냉정해졌다.

"너는 아직 내 질문에 대답하지 않았다. 무슨 이유로 나를 떠나려 하는 것이냐?"

왜 그를 따라가려 하느냐고 묻는다면, 흑궁녀가 그를 사랑하기 때문이라고 대답할 것 같아서 차마 묻지 못했다. 그것은 초곤을 더 비참하게 만들 것이다.

그래서 왜 나를 떠나려 하느냐고, 떠나려는 이유가 내게 있는 것이냐고 완곡하게 물을 수밖에 없었다.

그는 절벽에 매달린 채 곧 끊어지게 될 칡넝쿨을 부여잡고 있는 자신을 발견하고 고소를 금치 못했다.

이미 첫 걸음이 내디뎌졌고, 두 번째 걸음이 바짝 뒤따르고 있다. 여기서 멈춘다면 뒤따르던 두 번째 걸음 때문에 흑궁녀는 균형을 잃은 채 넘어지고 말 것이다.

해서, 흑궁녀는 주저하지 않았다. 언제나 작은 용기는 큰 용기를 이끌어내는 도화선 역할을 해주었다.

"속하는 현악님을 사랑하고 있습니다."

그녀로서는 가히 폭탄선언이었다.

그녀는 깊숙이 고개 숙인 상태에서 나직하지만 단호한 목소리로 선언했다.

그렇다. 그것은 최소한 초곤에게 만큼은 선언이었다.

흑궁녀는 착잡했다.

이런 식의 고백은 정말 하고 싶지 않았다. 그것도 당사자인 현악에게가 아니라 상전인 초곤에게, 한때는 그녀의 모든 것이었던 사내에게 현악을 사랑한다고 고백하게 되다니…….

일그러진 자가당착에 빠진 흑궁녀는 고개를 깊이 숙이고 있었기 때문에 초곤의 얼굴이 얼음덩어리처럼 굳어져서 두 눈에서 안광이 파랗게 일렁이는 것을 발견하지 못했다.

반면에 초곤은 고개를 숙인 흑궁녀의 얼굴에 열망이 가득 떠올라 있는 것을 발견하지 못했다.

그렇게 서로의 표정을 보지 못한 두 사람은 그나마 그것이 행운이었다. 서로의 표정을 보았더라면 일이 더 꼬였을 테니까.

"그러냐?"

초곤은 빠르게 냉정을 되찾고 있었다. 그의 목소리는 갈라지지도 않았고 배신감 때문에 분노하지도 않았다.

한 가지는 분명했다.

그제야 초곤은 자신이 처음에 한 말을 흑궁녀가 듣지 못했다고 판단했다.

그가 알고 있는 흑궁녀는, 그 말을 들었다면 초곤 자신의 곁을 떠나겠다고, 현악을 사랑한다고는 차마 말하지 못했을 것이다.

초곤은 그녀가 아마도 초곤 자신의 곁을 떠나서 현악을 따라가겠다는 말을 해야겠다고 결심하느라 자신의 말을 듣지 못했을 것이라고 추측했다.

사나이라면 포기가 빠른 법이다.

"현 형이 허락한다면 따라가도 좋다."

초곤은 아무 일도 없었다는 듯 중얼거리고는 자신의 술잔에 술을 가득 따라서 마셨다.

"감사합니다, 부주."

흑궁녀는 일어나서 기쁜 표정을 감추지 못하며 들뜬 어조로 거의 외치듯이 말했다.

초곤은 그녀의 그런 모습을 보면서 자신의 마지막 인내심을 잃지 않으려고 무던히도 애를 썼다.

늘 비애는 침묵 속에서 심장에 무자비한 칼질을 해댄다.

상전이 아닌, 그저 한 명의 여자에게 한 명의 사내이고 싶었던 초곤에겐 그 밤이 정말 잔인한 밤이었다.

◆제57장◆
영웅의 정한(情恨)

영웅의 정한(情恨)

흑궁녀의 얼굴은 사색으로 변했다.

"……."

그녀는 아무 말도 하지 못하고 커다랗게 뜬 눈에 자신의 귀를 의심하는 표정으로 현악의 얼굴만 바라보았다.

굳이 말로 하지 않아도 그런 그녀의 표정이 묻고 있었다.

왜? 왜? 안 되느냐고.

초곤의 허락을 받아낸 흑궁녀는 그 길로 단숨에 현악에게 달려가고 싶은 것을 꾹 참았다가 동이 트기를 기다린 후에야 현악의 거처인 현무전으로 달려왔다.

그러나 현악은 혼자가 아니었다. 흑궁녀는 거기까지는 생각하지 못했었다.

흑궁녀가 잠 못 이룬 것과는 다른 이유로 현악 역시 밤을 지새우고 있었던 것이다.

둥근 탁자에는 현악과 적사, 신표, 채엽, 강일조, 방강 등이 둘러앉아 앞으로의 일들을 계획하고 있었다.

현악을 제외한 모두는 핏발이 곤두선 눈에 얼굴에는 흥분된 표정이 역력했다.

그때 흑궁녀가 들어선 것이었다. 그녀는 방문 밖에서 한참을 기다렸지만 더 이상 기다리지 못했다.

초곤에게까지 허락을 받아낸 판국에 거칠 것이 없었다.

그녀는 미소로 자신을 맞이하는 현악에게 대뜸 자기도 현악을 따라가겠다고 선언하듯이 말했다.

그러나 현악의 대답은 완곡한 거절.

"왜… 안 되는 건가요?"

흑궁녀는 현악을 바라보면서 안타까운 표정으로 겨우 신음 소리 같은 목소리를 입 밖으로 흘려냈다.

그녀의 표정은 너무도 해쓱해서 그녀를 쳐다보는 중인들이 안타까울 정도였다.

"너와 적사는 부주 곁에 있어야 한다."

현악은 담담하게 말했지만 흑궁녀의 귀에는 흡사 벼락 소리처럼 크게 들렸다.

"부주께서도 허락하셨어요!"

흑궁녀는 그 문제라면 걱정하지 말라는 듯 거의 외치듯 말했다.

그러나 현악은 바닷가의 절벽처럼 끄떡도 하지 않았다.

"내가 허락하지 않는다."

흑궁녀는 또 무너지고 있었다.

"왜죠?"

그녀의 생각으로는, 초곤이 허락한 마당에 현악이 허락하지 않을 이유가 없었다.

"너와 적사는 부주의 사람이다."

너무도 간단명료한 대답이었다. 그리고 그 말처럼 흑궁녀를 좌절시키는 것도 없었다.

적사는 처음에 흑궁녀가 들어설 때부터 씁쓸한 표정으로 그녀를 응시하고 있었다.

그는 흑궁녀가 현악을 사랑하고 있음을 오래전부터 익히 짐작하고 있었다.

반년여 전 현악이 한 달 동안 매일 밤 흑궁녀에게 진기를 불어넣어 주어서 그녀를 소생시켜 준 이후, 그녀가 언제 어디서라도 현악을 바라볼 때면 어김없이 눈빛이 꿈을 꾸듯 몽롱하게 변하는 것을 적사는 자주 발견했다.

그뿐만이 아니라 그녀가 현악을 사랑하고 있다는 징후는 수두룩하게 적사의 눈에 띄었다.

그것은 마치 흑궁녀가 '나는 현악을 사랑한다'라고 얼굴에 커다랗게 방을 써 붙이고 다니는 것과 진배없었다. 그것을 민감하고 날카로운 적사가 놓칠 리 만무했다.

적사는 씁쓸한 표정으로 흑궁녀를 응시했다.

현악의 논리는 간단하면서도 확고했다. 한 번 맺어진 인연은 그 무엇으로도 갈라놓지 못한다. 한 번 맺어진 인연은 어떤 상황이라도 변할 수 없다, 는 것이었다.

흑궁녀는 그런 현악을 다 알지 못했다.

"나는……."

흑궁녀는 말하다가 한숨을 쉬듯이 말을 흐렸다.

그녀는 하마터면 '나는 당신을 사랑하고 있어요! 숨이 끊어질 만큼!' 이라고 외칠 뻔했다.

그녀는 '속하' 라든지 '저' 라고 평소처럼 스스로를 낮출 정신마저도 없어서 그저 '나' 라고 했다.

현악은 일어서서 흑궁녀에게 다가가 그녀의 어깨에 팔을 두르며 미소 지었다.

"염교, 내가 돌아올 때까지 부주를 잘 보필하고 있어라."

평소와 조금도 다름없는 모습.

그의 그런 모습은 누가 보더라도 상전과 수하 이상의 친밀한 모습이었다.

현악의 잘못은 바로 그런 것이었다. 그러나 그는 자신의 그러한 친근한 행동들이 흑궁녀를 사랑에 빠뜨렸다는 사실을 까맣게 모르고 있었다.

흑궁녀의 얼굴이 놀라움에서 실망으로, 또 좌절로 변했다. 마지막으로 그녀의 얼굴에 떠오른 것은 슬픔. 그리고는 두 눈에 가득 차 오르는 물기.

탁!

흑궁녀는 현악의 팔을 뿌리치며 달려나갔다.

"교야!"

현악은 급히 흑궁녀를 불렀지만 그녀는 이미 방문 밖으로 나간 후였다.

흑궁녀의 심정을 알 리 없는 현악은 어깨를 으쓱하며 이해할 수 없다는 표정을 지어 보였다.

그는 중인을 향해 돌아섰다. 돌아서는 도중에 그는 흑궁녀에 대한 일은 깡그리 잊어버렸다.

"자! 이제 출발이다!"

그는 고개를 끄덕이며 나직하지만 힘있게 말했다.

*　　　*　　　*

"쾌검왕?"

혁련무룡은 미간을 좁히며 중얼거렸다.

그는 객잔의 객방을 나서려다가 다시 문을 닫고 돌아섰다.

"쾌검왕이 분명한가?"

"그렇습니다."

그때부터 혁련무룡의 심장이 잔고동을 치기 시작했다. 쾌검왕에 대한 좋지 않은 기억들이 지독한 피부병처럼 기분 나쁘게 온몸에서 스멀거렸다.

혁련무룡은 지그시 어금니를 악물고 두 눈에서 지독한 안광을 뿜으면서 물었다.

"지금 그자는 어디에 있지?"

보고를 하던 철룡전주(鐵龍殿主)는 자신이 천하에서 두 번째로 존경하는 소보주의 이런 모습을 처음 대하고는 적잖이 놀라는 표정을 떠올렸다. 하지만 그는 즉시 얼굴에서 그런 표정을 지우며 공손히 아뢰었다.

"몇몇 무림인이 그자를 주가구에서 목격했다는 보고가 들어왔습니다."

"주가구?"

혁련무룡은 근래에 주가구라는 말을 들은 기억이 있었는데, 무슨 일 때문에 자신이 그 지명을 어렴풋이 기억하고 있는지는 기억해 내지 못했다.

"내가 주가구라는 말을 들은 적이 있었나?"

이번 임무에 혁련무룡을 수행하게 된 철룡전주는 매사에 완벽을 기하여 신임을 얻으려고 무던히 애쓰는 중이었다.

"무적부라는 신생 방파가 본 보의 주가구 분타를 괴멸시킨 일 때문에 본 보에서 혈룡전(血龍殿) 휘하의 삼당을 주가구에 파견한 일이 있었습니다."

말을 듣고 보니까 혁련무룡은 그것에 대해서 들었던 기억이 어렴풋이 떠올랐다.

아마도 삼당은 무적부를 초토화시켰을 것이라는 게 혁련무룡의 생각이었다.

"그는 주가구에서 무엇을 하고 있지?"

"무적부를 개파한 주역이라고 합니다."

"무적부?"

혁련무룡은 가볍게 움찔했다.

그 순간 그는 무언가 석연치 않다는 느낌을 본능적으로 받았다.

"삼당은 어찌 됐느냐?"

방금 전까지만 해도 삼당이 무적부 정도는 단숨에 짓밟았을 것이라고 낙관했던 그였다.

하지만 쾌검왕이 무적부를 개파한 주역이라는 말을 듣는 순간 그의 판단도 바뀌었다.

　예전에 쾌검왕이 무당의 청송자를 죽였고, 소림의 혜각 선사와 양패구상을 했으며, 운몽산혈전에서 무당검수들과 무림고수들 여럿을 죽여서 쾌검왕이라는 이름이 한동안 무림을 적잖이 들썩였으며, 새로운 소살성(小殺星)의 등장이라는 소문이 자자했다.

　그런 쾌검왕을 혁련무룡은 단 한 번 만난 적이 있었다.

　쾌검왕이 혜각 선사와의 일전에서 중상을 입고 도주하던 중에 거의 잡을 뻔했는데 단우옥이 갑자기 쓰러지는 바람에 그를 놓치고 말았던 일이었다.

　그리고 혁련무룡은 오랜 시간이 흐른 후에야 단우옥이 그 당시에 쾌검왕을 살리려는 의도에서 스스로 주화입마에 들었을지도 모른다는 생각을 조심스럽게 했었다.

　그게 사실이라면……

　그는 사실이 아닐 것이라고 강하게 부정했지만, 부정의 강도가 강하면 강할수록 그 일이 더욱 사실일 것 같다는 생각을 떨쳐 버리지 못했다.

　혁련무룡은 단우옥이 갓난아기 때부터 보아왔다.

　그는 마치 친오라비처럼 어린 그녀를 업고 정원을 뛰어다녔으며, 조금 더 커서는 그녀와 산과 들로 손을 잡고 뛰어다녔고, 언제나 함께 학문을 논하고 비무를 하면서 장차 두 사람이 천하에 나가 사마외도를 무찌르며 협행을 하게 될 것을 굳게 약속했다.

　두 사람에게 이성은 서로 뿐이었다.

　그들 자신도, 양 명문대파도 두 사람이 미래에 부부가 되리라는 사실을 믿어 의심하지 않았다.

그런데 둘 사이에 쾌검왕이라는 전혀 예상치 못했던 복병이 등장한 것이다.

"아직 보고를 접하지 못했습니다."

철룡전주는 고개를 숙이며 대답했다.

문득 불길한 생각이 혁련무룡의 골수에 스며든다. 그에게 있어서 쾌검왕은 재수없는, 아니, 암적인 존재였다.

이유는 오직 하나이면서도 명확했다. 쾌검왕이 단우옥과 긴밀한 관계, 아니, 서로 심상치 않은 사이인 것 같았기 때문이다.

혁련무룡은 평소에 자신과 단우옥이 혼인하지 못할 것이라고는 눈곱만큼도 생각해 본 적이 없었다.

만약 둘 사이를 방해하는 것이 천하 전체라 하더라도 그는 천하와 싸워서 무찌를 자신이 있었다.

그러나 문제는 단우옥이었다.

그녀가 인간 축에도 끼지 못하는 벌레 같은 백정 출신의 쾌검왕이라는 자에게 마음을 주고 있는 것이다.

그녀의 마음까지는 어쩔 도리가 없었다. 영특한 혁련무룡은 그런 상황에서 어설프게 나섰다가는 도리어 일을 망칠 수도 있다는 사실을 잘 알고 있었다.

그러므로 기다리는 것뿐이었다.

단우옥은 원래 총명하고, 또 혁련무룡을 생각하는 마음이 지극했으므로 시간이 지나면 자신이 잘못 생각하고 있었다는 사실을 깨닫게 될 것이다.

그래서 백정 따위는 훌훌 떨쳐 내버린 후 다시 돌아올 것이다, 라고 판단하고는 거기에 대해서는 한마디 언급도 하지 않은 채 지금껏 침묵을 지키면서 묵묵히 기다리고 있는 혁련무룡이었다.

하지만 운몽산혈전 이후, 아니, 더 정확히 말하자면 쾌검왕을 만난 이후 단우옥은 분명히 변했다.

우선 단우옥의 말수가 눈에 띄게 적어졌다. 원래 별로 말이 많지 않은 그녀가 말수까지 줄어들자 하루 종일 거의 입을 다물고 있는 것이나 다름없었다.

둘째, 예전에는 자신에게 일어났던 일들이나 자신이 하고자 하는 일에 대해서 숨김없이 혁련무룡에게 말해 주고 조언을 구했던 단우옥이었다.

하지만 그때 이후부터 단우옥은 쾌검마를 추적하는 것 외에는 일체 입을 다물었다. 쾌검마에 대한 것도 혁련무룡이 물어야만 겨우 대답하는 정도였다.

셋째, 그녀는 말수가 적어진 대신 자주 먼 하늘을 망연하게 바라보는 이상한 습관이 생겼다.

혁련무룡은 사람이 누군가를 몹시 그리워할 때 그런 모습과 표정으로 변한다는 사실을 잘 알고 있었다.

평소에 그 자신이 단우옥을 애타게 그리워하면서 그런 표정을 곧잘 지었기 때문이다.

믿을 수도 없고 믿기 힘든 일이지만, 단우옥은 쾌검왕을 그리워하고 있는 것이 분명했다.

넷째, 해남도를 떠나온 단우옥은 천하에 아는 사람이 혁련무룡 하나뿐인데도 그를 내버려 둔 채 거의 혼자 활동했으며 연락도 거의 하지 않았다.

그래서 혁련무룡은 그녀의 근황에 대해서 철저히 모른 채 냉가슴만

앓고 있어야만 했다.

원래 그런 하잘것없는 이유로 누군가를 의심하지 않는 성격인 혁련무룡은 그녀가 쾌검왕과 함께 있기 때문에 자신을 멀리하는 것이 아닌가 하고 의심까지 하기에 이르렀다.

그러나 방금 철룡전주의 보고에 의하면 쾌검왕은 중원의 변방이나 다름없는 주가구라는 곳에서 무적부를 개파하고 있었으므로 두 사람은 함께 있지 않은 것이 분명했다.

"무적부주는 어떤 인물인가?"

"전혀 알려져 있지 않습니다."

깊은 생각에 잠겨 있던 혁련무룡이 불쑥 묻자 철룡전주는 모르는 것이 죄라도 되는 듯 급히 고개를 조아렸다.

"쾌검왕과 무적부라는 방파에 대해서 정확하고도 상세히 지급으로 알아보도록!"

혁련무룡은 즉시 철룡전주에게 명령했다. 그는 혈룡전 휘하 삼당이 이미 몰살당한 것이 거의 틀림없다고 판단했다.

상대는 쾌검왕인 것이다.

혁련무룡은 쾌검왕을 절정고수라고도, 그렇다고 삼류로도 평가하지 않았다. 그에 대한 소문만 들었을 뿐 한 번도 싸워본 적이 없었기 때문이다.

그러나 자신과 쾌검왕이 일 대 일로 싸우면 자신이 백전백승할 자신이 있다고 확신했었다.

"존명!"

철룡전주는 허리를 접고는 급히 방문 밖으로 튀어 나갔다.

이 년여 전 혁련무룡은 철룡전 휘하 제육당을 이끌고 쾌검마 추적대에 참가했다가 수하들을 모두 잃고 패장이 되어 혼자 유성보에 돌아왔다.

쾌검마를 죽이지도 못했을뿐더러 그의 묵혈쌍검도 손에 넣지 못하고 빈손으로 돌아온 그를 부친 유성검협 혁련중도는 별로 나무라지 않았다.

오히려 크게 꾸지람을 들었다면 혁련무룡은 부친에게 덜 죄송했을 것이지만, 오히려 별다른 꾸지람을 듣지 않았다는 것이 그를 더 괴롭게 만들었다.

그러나 그는 묵혈쌍검보다 단우옥과 쾌검왕의 모호한 관계에 대해 더 신경이 쓰였기 때문에 그 일은 곧 잊었고, 자신의 휘하 사전주들에게 틈나는 대로 쾌검왕에 대해서 조사하도록 지시를 내렸다.

그리고는 지난 칠팔 개월 동안 쾌검왕에 대한 보고가 전혀 없자 그 역시 점차 뇌리에서 잊혀져 가던 중에 조금 전 철혈전주의 보고를 접한 것이다.

'풍사단이다!'

문득 그는 내심 낮게 외쳤다.

운몽산혈전에서 중상을 입은 쾌검왕은 단우옥에게 구해져서 풍사단 홍동지단으로 옮겨져 치료를 받고 있었다.

혁련무룡은 단우옥을 미행하여 홍동지단 전문 앞까지 갔다가 쾌검왕에게서 혈인검을 탈취하지 않고 그냥 발길을 돌렸다. 그 이유는 순전히 단우옥을 존중했기 때문이다.

혁련무룡은 지금도 그때의 결정을 후회하지 않았다. 아니, 또다시 그런 상황이 재연된다 하더라도 그는 다시 그럴 것이다.

단우옥이 잠시 딛고 섰다는 이유만으로, 그녀가 딛고 선 흙마저 사랑할 만큼 그녀를 사랑하고 있는 혁련무룡이었으므로 그것은 전혀 이상한 일이 아니었다.

'쾌검왕과 풍사단이 연합하여 주가구에 무적부를 개파한 것이다!'

그는 내심 무거운 신음을 흘렸다.

그 당시 단우옥이 갑자기 주화입마에 들었기 때문에 혁련무룡이 쾌검왕을 포기할 수밖에 없었을 때, 그는 마침 몰려온 자신의 수하들에게 쾌검왕을 잡으라고 명령했다.

그런데 그들은 풍사단, 즉 흑궁녀가 이끄는 사파고수들과 싸웠고, 그 결과 양쪽 모두 전멸하고 말았다.

흑궁녀 혼자만 가볍지 않은 상처를 입은 채 살아났지만, 혁련무룡은 그것까진 알아내지 못했다.

이후, 혁련무룡은 쾌검왕의 종적이 묘연해졌다는 소문과 함께 풍사단이 해체됐고, 그들이 하늘로 증발한 것처럼 산서 땅에서 씻은 듯이 사라졌다는 소문을 들었다.

그런데 산서 땅에서 사라진 쾌검왕이 주가구에서 무적부를 개파한 주역이 됐다는 것이다.

그것은 쾌검왕이 그동안 줄곧 풍사단과 행동을 함께했다는 뜻이 아니고 무엇이겠는가.

혁련무룡은 무언가 심상치 않음을 감지했다. 무적부에 대해서 많은 것을 알고 있지도 않은 지금, 그는 본능적으로 주가구에서 무슨 일인가 벌어지고 있음을 직감할 수 있었다.

'풍사단이라는 사도 방파가 스스로 해체한 후 중원 변두리인 주가구에 새로운 방파를 개파했다. 과연 그것은 무엇을 의미하는가?'

분명하지는 않지만, 해답은 곧바로 나왔다.

"무언가를 획책하고 있다! 필경 꿍꿍이가 있는 것이다!'

이제 곧 철룡전주가 가지고 올 보고를 들으면 더 자세한 것을 알게 되겠지만, 혁련무룡은 자신의 직감과 본능이 거의 틀림없을 것이라고 판단했다.

"소부주, 단 소저께서 기다리십니다."

그때 방문이 열리고 수하 한 명이 공손히 허리를 굽히며 보고했다.

보고를 접하는 순간 혁련무룡은 모든 생각을 접었다.

아무리 급한 일이라고 해도, 아무리 중대한 일이라고 해도 단우옥보다 급하고 중대한 일은 없다.

단우옥을 기다리게 하는 것은 죄악이었다.

"미안해, 옥 매. 오래 기다렸지?"

객잔 이층에서 급히 내려온 혁련무룡은 주루로 사용하고 있는 일층 창가 자리에 앉아 있는 단우옥에게 빠르게 다가가며 미안한 표정을 지었다.

하지만 단우옥은 그의 말을 듣지 못하고 창밖만 망연히 바라보고 있었다.

그녀의 그런 모습은 이미 혁련무룡에게 익숙해져 있었다. 하지만 혁련무룡은 그런 모습을 볼 때마다 아픔이 새로웠다.

혁련무룡이 쾌검마를 추적하던 단우옥과 다시 재회한 것은 불과 보름 전의 일이었다.

보름 전, 단우옥은 쾌검마 추적에 큰 어려움을 겪으면서 실마리를 찾느라 부심하고 있던 중이었다.

그 즈음의 단우옥은 쾌검마에 대해서는 천하에서 따를 자가 없을 정도로 전문가가 되어 있었다.

그녀는 쾌검마의 행동 반경을 완벽하게 파악했으며, 그가 무작위가 아닌, 이미 정해져 있는 무림고수들을 하나씩 죽이고 있다는 새로운 사실 하나를 추가로 알게 되었다.

그 즈음 그녀는 언제라도 쾌검마를 급습할 수 있는 준비가 되어 있었다. 그의 은신처까지도 알아내는 성과를 거두었기 때문이다.

쾌검마는 목표로 삼은 무림고수를 죽이는 일을 하지 않을 때에는 언제나 그 은신처에서 자운과 함께 생활했다.

언젠가 쾌검마가 은신처를 떠났을 때 단우옥이 몰래 은신처를 찾아간 적이 있었다.

그 은신처는 예전에 자운이 단우옥에게 설명했던 적이 있는 바로 그 초옥이었다.

단우옥은 초옥 옆 계류에서 산나물을 다듬고 있는 자운을 발견했고, 반가움에 서로 얼싸안고 난 연후에 자신이 그녀를 구하러 왔다고 말해주었다.

하지만 자운의 말은 그녀에게 전혀 예상하지 못했던 충격을 안겨주었다.

"언니, 저는 가지 않겠어요. 저는 그분 곁을 떠날 수 없어요."

그 말을 들은 단우옥은 놀라우면서도 이해할 수 없다는 표정을 지었다.

그러나 잠시 후 그녀는 충격적인 사실을 깨닫고 말았다. 자운은 쾌검마를 사랑하고 있었던 것이다.

몇 달 전에, 단우옥은 자운을 구하러 온 쾌검마를 발견하고 허공 중에서 그의 정수리를 공격한 적이 있었다.

그때 쾌검마는 충분히 피할 수도, 반격할 수도 있었지만 자신의 앞에 서 있는 자운을 보호하느라 그녀를 가볍게 품에 안은 채 슬쩍 몸을 비틀어 자신의 어깨에 상처를 입기까지 했었다.

또한 그때 쾌검마는 단우옥을 능히 죽일 수 있었는데도, 그녀를 죽이지 말라고 외치는 자운의 말에 순순히 따랐었다.

그런 사실들은 쾌검마도 역시 자운을 사랑하고 있다는 뜻이 아니고 무엇이겠는가.

현악의 사부이기도 하며 의형인 쾌검마가, 나중에 혈인검을 돌려받기 위해서 어음처럼 납치했던 현악의 누이동생 자운과 서로 사랑하는 사이가 되었다.

일견 불가능한 것처럼 들리지만, 그것은 충분히 예견된 수순일지도 몰랐다.

아름다우며 순수하기 짝이 없는 자운. 자신을 납치한 흉수가 스스로의 상처를 치료하느라 힘겨워하는 광경을 목격하고는 안타까운 마음에 제 스스로 팔을 걷고 흉수를 치료할 정도로 그녀의 영혼은 숭고했다.

제아무리 혈살성인 쾌검마라고 해도 어찌 그런 자운에게 사랑을 느끼지 않았겠는가.

"어둡기 전에 그분이 돌아오실 거예요. 그분은 제 말을 잘 듣기 때문에 언니를 죽이진 않겠지만, 언니는 선친의 원수인 그분을 용서할 수 없겠지요? 저는 걱정이 돼요. 언니가 그분을 죽이려다가 오히려 다치거나 변을 당할까 봐요. 언니, 저를 봐서라도 지금은 그냥 돌아가 주면 안 될까요?"

단우옥은 자운의 그런 간곡한 부탁이 아니더라도 쾌검마의 은신처인 그 초옥을 떠나올 수밖에 없었다.

그녀의 목숨이 여벌로 몇 개쯤 되지 않는 한 단신으로 쾌검마에게 덤벼들지는 못하기 때문이었다.

그녀는 이미 쾌검마와 한차례 싸웠고, 그래서 자신이 그의 적수가 못 된다는 사실을 깨달았었다.

그녀는 혁련무룡이 준 유성보의 정기신환을 복용한 후 무려 백 년의 내공을 지니게 되었다.

무림오대검법 중 하나인 해남도의 봉황십이검법을 완벽하게 터득했으며, 백 년 내공을 지닌 그녀가 쾌검마에게 불과 몇 초식조차 견뎌내지 못한다는 사실은 믿어지지 않는 일이었지만 어쩔 수 없는 명백한 현실이었다.

쾌검마는 그 정도로 막강했다.

자운과 이별하여 초옥을 떠나면서 단우옥은 두 번 다시 자운과 쾌검마를 그 초옥에서 볼 수 없을 것이라고 예측했다. 그리고 그녀의 예상은 적중했다.

며칠 후 그녀가 초옥을 다시 찾았을 때 쾌검마는 이미 은신처를 옮긴 후였다.

아마도 자운이 단우옥을 보호하느라 거처를 다른 곳으로 옮기자고 부탁했을 것이라고 단우옥은 짐작할 수 있었다.

물론 쾌검마에게 단우옥이 찾아왔었다는 말은 하지 않았을 것이지만, 그것을 짐작하지 못할 쾌검마가 아닐 것이다.

쾌검마는 은신처를 옮겼고, 그에 대해서 놀랄 만큼 전문가가 되어 있는 단우옥은 순전히 쾌검마가 움직인 궤적만을 추리하여 그의 새로운 은신처를 찾아냈다. 쾌검마가 은신처를 옮긴 지 불과 닷새 만의 일이었다.

단우옥은 해남도에 비합전서를 보내 해남도에서 가장 우수한 검수백 명을 불렀다.

하지만 그들이 단우옥에게 당도하려면 아무리 빨라도 한 달 보름 이상은 걸릴 것이다.

그리고 또 한 가지 중요한 사실.

단우옥은 쾌검마의 살인 행각이 거의 끝나가고 있음을 간파하고 있었었다.

사흘 혹은 닷새에 한 번 살행을 일삼던 쾌검마가 요즘 들어서 정확하게 이틀에 한 번씩 살행을 떠났다.

또한 예전에 멀게는 천여 리까지 살행을 떠났던 것과는 달리 근래들어서는 멀어야 기껏 이백여 리를 넘지 않았다.

그것은 그의 살인 습관이, 가장 먼 거리의 목표부터 죽이기 시작해서 차츰 가까운 거리로 좁혀들며, 가장 가까운 곳의 목표를 죽이는 것을 마지막으로 살행을 끝낼 것이라는 사실을 뜻했다.

쾌검마의 마지막 살행은 이틀 전이었는데, 은신처로부터 팔십여 리거리에 은거하고 있던 전대 고수였다.

살행이 모두 끝나면 쾌검마는 자운을 데리고 아무도 모르는 곳으로 잠적할 것이라고 단우옥은 판단했다.

그가 살행이라는 목적을 끝내고 잠적한다면 다시는 그를 찾아내지 못할 것 같았다.

그러므로 그를 죽일 수 있는 기회는 그가 살행을 끝내기 전이어야만 했다.

아마도 해남검수들이 도착하기 전에 쾌검마는 살행을 끝내고 잠적할 것이 분명했다.

그래서 단우옥은 부득이 혁련무룡에게 도움의 손길을 뻗을 수밖에 없었다.

쾌검마를 죽일 수 있는 방법은 협살(挾殺)뿐이라는 것이 오랜 추적 끝에 단우옥이 내린 결론이었다.

혁련무룡은 단우옥의 부름에 기꺼이 응했다. 쾌검마를 죽여서 유성보의 위명을 드높일 수 있으며, 그가 지니고 있는 묵영검을 취할 수 있는 기회이기도 했다.

아니, 그런 것들이 아니더라도 혁련무룡은 만사 제쳐 두고 달려왔을 것이다.

그의 영원한 연인 단우옥의 부름이 아니던가.

그는 유성보의 사전 중에서 철룡전과 무룡전(武龍殿)의 본전고수(本殿高手) 사십 명과 휘하 팔 개 당 사백 명을 모조리 이끌고 단숨에 달려왔다.

본전고수 한 명은 당주 세 명을 합쳐 놓은 것만큼 강한 실력의 소유자였다.

현재 혁련무룡이 이끌고 있는 전력은 과거 소림사와 무당파, 유성보 삼 파가 쾌검마 추적대를 결성했던 것보다 최소한 세 배 이상 강한 전력이었다.

쾌검마는 그 당시에도 삼 파의 추적대에 의해서 중상을 입고 산서까지 쫓겨갔으니, 이 정도 전력이면 쾌검마를 주살하고도 남음이 있으리라는 것이 혁련무룡의 판단이었다.

어쨌든 혁련무룡은 단우옥과 함께 보낸 지난 열흘 동안이 꿈만 같았다.

비록 한곳에서 머물지 못하고 쾌검마의 행로에 따라 이리저리 떠도느라 객잔에서 머무는 신세, 그것도 단우옥과는 각 방을 사용했지만, 잠자는 시간을 제외한 거의 하루 종일 그녀와 함께 있다는 사실 때문에 그는 촌각이 아까울 정도였다.

'또 저런 모습인가?'

그런데 부랴부랴 달려 내려온 혁련무룡은 단우옥이 망연히 창밖을 바라보고 있는 모습을 발견하고 달려가던 걸음을 멈추고 말았다.

지난 열흘 동안 단우옥은 틈만 나면 늘 저런 모습이었다. 그리고 그녀가 그런 모습으로 누굴 그리워하는지 뻔히 알고 있다는 것이, 혁련무룡의 아픔이며 좌절이었다.

사랑하는 여자와 같은 하늘을 이고 같은 땅을 딛고 서 있다는 사실만으로도 더없이 기뻐하는 한 남자는, 그녀와 열흘 동안 함께 식사하고 함께 호흡했으며 함께 대화했다는 사실 때문에 꿈속을 헤맬 만큼 행복해하고 있는데, 정작 그 여자는 줄곧 다른 사내를 그리워하고 있었던 것이다.

'모순이다, 이것은!'

그는 사랑하는 여자의 껍데기와 함께 지내며 행복에 겨워하고 있는 것이었다.

'빌어먹을! 도대체 얼마나 나를 더 비참하게 만들 셈이냐, 쾌검왕!'

혁련무룡은 창밖을 응시하고 있는 단우옥을 무섭게 쏘아보면서 쾌검왕에 대한 정한(情恨)을 새삼스레 불태웠다.

"하하! 옥 매, 무슨 생각을 그렇게 골똘하게 하고 있지?"

밝게 웃기까지 하면서 단우옥의 맞은편에 앉는 혁련무룡은 방금 전의 무서운 정한은 상심 때문에 새롭게 생긴 또 하나의 심장 속에 꽁꽁 묻어두었다.

"아! 언제 오셨어요, 무룡 가가?"

단우옥은 적잖이 당황하는 표정을 감추지도 못한 채 붉어진 얼굴로 혁련무룡을 바라보았다.

너무도 순진무구한 그녀는, 자신을 사랑하는 남자 앞에서 다른 남자를 생각하다가 들킨 죄책감을 얼굴 가득 떠올린 채 어쩔 줄을 몰라 했다.

대다수의 다른 여자들이었다면 두 개의 얼굴로 시치미를 떼고 딴청을 부렸을 것이다.

혁련무룡은 그래서 더 속이 상했다.

이런 상황에서는 단우옥이 딴청을 부려주는 배려(?)라도 해주었으면 하고 바라고픈 심정이었다. 그랬다면 그의 마음이 이토록 아프지는 않았을 것이다.

"이틀 후 자정이라고 했지?"

혁련무룡은 이제 오직 한 여자 앞에서만은 아픔을 묻고 상심을 묻으며 내심까지 묻어야 하는 것이 버릇처럼 돼버렸다. 그는 애써 밝은 표정을 지으며 그렇게 물었다.

그런데 단우옥은 누군가를 애타게 그리워하던 행위에서 현실로 돌아오는 데에 약간의 시간이 걸렸다. 머리 속과 가슴속에서 그리워하던 사람의 잔상을 지워내야 혁련무룡의 말에 대답을 해줄 수 있었기 때문이다.

그녀는 스스로의 마음을 조절하는 것에 혁련무룡처럼 능수능란하지 못했다.

그런 것을 간파한 혁련무룡은 그것마저도 인내심을 갖고 기다려 주었다.

"아니에요. 소매의 계산이 약간 틀렸어요. 공격 시기는 사흘 후 동틀녘쯤이 좋을 것 같아요."

수만 방울 천상의 이슬로 온몸의 때와 더러움을 씻어내는 행위가 있다면, 그것은 바로 단우옥의 목소리일 것이다.

그녀의 옥음을 듣는 순간 혁련무룡은 바보스럽게도 여태까지의 원망이나 정한을 깡그리 씻어내 버렸다.

슥—

"고수들을 이대로 배치해 주세요."

단우옥은 자신의 감미로운 목소리에 심취해 있는 혁련무룡 앞으로 세 장의 겹쳐진 종이를 가만히 밀어냈다.

종이에는 쾌검마를 공격하게 될 때 단우옥 자신과 혁련무룡, 철룡전주와 무룡전주, 사십 명의 본전고수들과 사백 명의 정예 고수들 각각의 실력에 따라서 위치와 그들 각자의 공격 방향, 쾌검마가 도주할 경우 어떤 방법으로 차단하며, 또 어떻게 대처하고 추적해야 할 것인지에 대해서 너무도 상세하게 적혀 있었다.

총명이 하늘에 닿은 단우옥에게 이날까지 수도 없이 감탄했던 혁련무룡이었지만, 세 장의 종이에 적힌 내용을 보자 벌린 입이 다물어지지 않았다.

이 계획은 완벽함 그 자체였다. 이것만 보더라도 예전에 단우옥이 쾌검마 추적대에 속해 있었더라면, 쾌검마는 이미 죽은 목숨이었을 것이다.

만약 그녀가 일국의 군사이거나 장수라면 천 번 만 번의 전투에서도 그녀가 속한 부대는 결코 패하지 않을 것이 분명했다.

그리하여 그녀가 군대 전체를 움직일 수 있는 지위에 오르게 된다면, 땅이 끝나고 하늘이 끝나는 곳까지의 모든 영토가 그녀의 군대에게 짓밟히고 말 것이다.

'옥 매를 절대 쾌검왕 따위에게 뺏길 수 없다!'

혁련무룡은 지그시 어금니를 악물며 다시 한 번 속으로 힘주어 다짐했다. 이처럼 현명하고 아름다운 단우옥을 어떻게 그따위 백정 놈에게 두 눈 뻔히 뜨고 뺏긴다는 말인가. 열흘 삶은 호박에 이도 안 들어가는 소리였다.

그가 추측한 것처럼 쾌검왕과 그 무리들이 뭔가를 획책하려는 꿍꿍이를 품고 있다면, 그리고 그것이 천하무림에 해악을 끼치는 것이라고 가정한다면, 또한 장차 단우옥이 쾌검왕의 여자가 된다면, 그 순간부터 혁련무룡에게서 폭발하게 될 복수는 누구도 예측할 수 없을 만큼 가공할 것이다.

"어쩌면……."

단우옥이 말문을 열어놓고 잠시 뜸을 들었다.

"쾌검마가 도주할 경우 한 명의 소녀와 동행하게 될는지도 모르겠어요."

"소녀? 그녀는 누구지?"

단우옥은 모란 꽃잎 같은 입술을 꼭 다물었다.

그녀의 침묵은 혁련무룡의 궁금증을 더욱 자극했다.

"쾌검마의 여동생인가?"

쾌검마의 나이가 서른 가까이 됐다는 사실을 알고 있는 혁련무룡이라서, 단우옥이 말하는 소녀가 그의 부인일 리는 없을 것이라고 판단하여 그렇게 물은 것이지만 역시 단우옥은 대답하지 않았다.

그녀는 대신 다른 말을 들려주었다.

"무슨 일이 있어도 그녀를 다치게 해서는 안 돼요."

"쾌검마를 살려주는 한이 있어도 말인가?"

단우옥은 생각할 것도 없다는 듯 고개를 끄덕였다.

"그래요."

충격적인 말.

부친을 죽인 불공대천지수를 놓아주는 한이 있더라도 그 원수와 함께 있는 소녀를 살려야 한다니…….

'대체 그 소녀가 누구란 말인가?

또 다른 의문이 혁련무룡의 가슴속에서 뭉클뭉클 피어났다.

◆제58장◆
사신(死神)

사신(死神)

현악 일행이 유성보가 두 번째로 파견한 삼 개 당 백오십 명의 유성보 정예 고수들과 마주친 것은 무적부를 떠난 지 이틀 만의 일이었다.

그들과 마주친 장소는, 서로 죽이고 죽으면서 피를 뿌리기 안성맞춤인 드넓은 초원 한복판이었다.

"형님, 백오십 명 정도인 것으로 미루어 유성보 사전 휘하 삼 개 당 정예 고수들인 것 같습니다."

채엽이 전면을 보며 공손히 입을 열었는데, 그의 목소리에는 긴장이 역력하게 배어 있었다.

일행은 이미 적사에게 유성보에 대해서 상세히 설명을 들었기 때문에 깊이 머리를 쓰지 않고도 마주 달려오고 있는 백오십 명이 누군지 쉽게 알아볼 수 있었다.

천신처럼 우뚝 서 있는 현악의 좌우에는 채엽과 강일조, 그리고 신표가 전면을 주시하며 서 있었다.

현악은 이번 길에 강일조의 딸 강초련도 데리고 왔다.

극음지체인 그녀를 어쩔 수 없이 제자로 받아들였지만, 무공을 전수할 변변한 시간이 없었기 때문에 데리고 다니면서 가르칠 생각인 것이다.

얼마 전에 현악 일행보다 십여 리쯤 앞서 나가던 무적혈창대의 척후가 유성보 고수들을 발견하여 즉시 현악에게 보고했고, 현악은 세 명의 무적혈창대 고수에게 강초련을 호위하여 안전한 장소에서 기다리라고 명령했다.

또한 무적혈창대 전원에게 큰 포위망을 만든 상태에서 싸움에는 일체 개입하지 말되 도주하는 적이 있다면 가차없이 주살하라고 명령했다.

현악은 무적혈창대가 아직 미완이라고 판단했다. 하지만 그들이 대성한다면 그들의 조직명 그대로 '무적혈창대' 가 될 것이라고 예견하여 그들을 이끌고 다니면서 수련시킬 작정이었다.

만약 지금의 무적혈창대 실력으로 유성보 고수 백오십 명과 싸운다면 사십구 명 전원 전멸하게 될 것이다. 반면에 유성보 고수들은 열 명에서 열다섯 명쯤 죽일 수 있을 것이다, 라는 것이 현악의 날카로운 예상이었다.

그러므로 그들이 웬만큼 실력을 쌓기 전까지는 그들을 보호해야 할 필요가 있었다.

현악은 자신과 채엽, 강일조, 신표 네 명만으로 백오십 명의 유성보 정예 고수들을 상대할 생각이었다.

그는 그동안 자신이 꾸준히 연마한 극쾌검을 이 싸움에서 유감없이 발휘해 볼 심산이었다.

하지만 그 자신은 그것이 극쾌검인 줄 여전히 모르고 있었다. 다만 섬쾌와 쾌검마류의 중간쯤 될 것이라고 어렴풋이 추측하고 있을 뿐이었다.

현악은 자신은 물론이지만, 신표 정도라면 이 싸움에서 무난히 살아남을 수 있을 것이라고 예상했다.

문제는 채엽과 강일조였는데, 현악은 그렇다고 해서 곧 벌어질 싸움에서 그 두 사람을 제외시키지 않았다.

현악은 자신이 전력을 다한다면 백오십 명의 구 할 정도는 죽일 수 있을 것이라고 예견했다.

그리고 신표가 나머지 일 할의 절반을, 채엽과 강일조가 나머지 절반을 죽인다면 현악의 계획은 성공인 셈이다.

그는 이 싸움에 여러 의미를 두고 있었다.

첫째는 물론 무적부를 공격하러 가는 유성보 고수들을 중도에서 제거함으로써 맡은 바 소임을 다하는 일이었다.

둘째는 자신을 비롯한 신표, 채엽, 강일조 모두가 치열한 생사의 싸움 경험을 쌓는 것이다.

셋째, 유성추혼 혁련무룡이 현악의 장차 부인인 단우옥의 연인이라고 천하가 인정하고 있다는 사실이 싫었다.

봉황일미 단우옥은 누가 뭐래도 현악 자신의 여자였다. 과거에 어떤 놈이 그녀와 친했든, 찜을 해놓았든 상관없었다.

현악이 첫눈에 반한 소녀. 그의 목숨을 여러 차례 구해준 소녀가 바로 단우옥이었다.

뜨겁고도 날카로웠던 입맞춤.

아무도 모르는 둘만의 굳은 약속.

단우옥은 현악에게 자신을 위해서 꼭 살아 있어달라고 부탁했고, 현악은 삼 년 후에 굉장한 인물이 되어 그녀에게 청혼하겠다고 말했었다.

현악은 그 약속을 지키기 위해서, 강자가 되기 위해서 스스로를 거의 죽일 만큼 가혹하게 다루었다.

그리고 이제 그 약속을 지키기 위한 진짜 거보를 떼어놓은 것이다.

유성보 고수들은 유성보 내에서의 분류, 즉 유성십류(流星十流) 중에서 당주급이 육류, 본당고수(本堂高手)들이 칠류(七流)이니 가히 무림 최정예 고수들이라고 할 수 있었다.

신표, 채엽, 그리고 강일조는 이 싸움이 그들을 새롭게 태어나게 하는 전환점이 될 것이다. 만약 그들이 살아남는다면 말이다.

현악이 그들을 이끌고 온 것은, 머지않아서 벌어지게 될 무적부와 장강수로채의 대격전에서 그들을 구해내려는 얄팍한 수작이 아니었다. 그는 그런 식의 권모술수를 모르는 사람이다.

오히려 그들을 더 가혹한 위험에 빠뜨리는 것을 반복하고, 더 극렬한 싸움에서 수없이 생과 사를 넘나들게 함으로써 채엽과 강일조라는 무른 쇠를 천강만련의 강철로 만들고자 하는 의도였다.

그 위험한 시험에는 당연히 현악 자신도 포함된다. 그는 한쪽에 물러나서 뒷짐만 지고 있는 주군이 아니었고, 그러는 것은 그의 생리에도 전혀 맞지 않았다.

백오십 명의 유성보 고수는 백여 장 전면에서 대열을 흐트러뜨리지 않은 채 여전히 현악 일행을 향해 쏘아오고 있었다.

키가 허리 혹은 가슴까지 이르는, 한겨울의 메마른 풀을 휘날리며 질주해 오는 그들의 모습은 가히 압권이었다.

그 위세는 바로 천하제일방파 유성보의 명성이요, 위세였다.

현악은 천천히 자신의 좌우를 돌아보았다.

채엽과 신표, 강일조 모두 긴장하고 있는 모습이 역력했다.

그러나 신표는 긴장하는 표정 중에도 두 눈에서 은은한 투지와 살기를 뿜어내고 있었다. 한판 붙어보자는, 백전노장의 모습 그대로였다.

채엽은 긴장한 얼굴로 두 눈을 딱 부릅뜨고 어금니를 힘껏 악문 채 전면을 쏘아보고 있었다.

강일조는 세 명 중에서 가장 긴장하고 있었다. 그는 온몸에 너무 힘을 준 탓에 몸을 가늘게 떨기까지 했다.

그는 예전 수룡채의 일개 조장이었던 시절, 수많은 싸움에 참가했고 무수한 죽을 고비를 넘겼던 경험이 있었다.

하지만 그것은 다른 수로채의 고만고만한 녹림인들과의 싸움이었기 때문에 진짜 싸움이라고 할 수는 없었다. 무림고수들끼리의 싸움에 비하면 그것은 동네 애들 싸움에 불과했다.

지금 달려오고 있는 고수들은 천하제일방파인 유성보의 정예 고수들이었다. 그들이야말로 진짜 고수이며, 그들과의 싸움이야말로 진짜 싸움인 것이다.

그러므로 강일조가 극도로 긴장하고 있는 것은 당연했다.

하지만 유치한 싸움이든, 진짜 싸움이든 실력이 달리거나 자칫 실수하다가는 목숨을 잃게 되는 것은 마찬가지.

그러니까 죽음 따위가 무서워서 강일조가 긴장하고 있는 것은 아니라는 뜻이다.

진짜 싸움에 대한 긴장인 것이다. 기대감과 흥분, 두려움 따위가 한

데 마구 어우러진.

"편하게 마음먹고, 지니고 있는 솜씨를 마음껏 발휘하라."

긴장하고 있는 세 사람의 귓전을 현악의 음성이 잔잔하게 흔들었다.

그의 말은 참으로 시기적절해서 세 사람에게 큰 위로와 힘이 돼주었다.

가장 선두에서 경신술을 전개하여 쏘아가고 있던 궁한(芎汗)은 오십여 장 전면에 나란히 서 있는 네 사람을 쏘아보았다.

그는 유성보 창룡전(蒼龍殿) 네 개 당 중에서 제일당의 당주로서 이번 제일, 제이, 제삼의 세 개 당을 이끌고 있는 지휘자의 신분이었다.

유성보 주가구 분타가 무적부에 의해서 사라졌다는 보고는 사실 유성보주에게까지 올라가지 않았다.

유성보주는 천하무림에서 가장 영향력있는 서너 명 중의 일인으로서 그깟 사사로운 일에까지 신경을 쓸 만큼 한가한 사람이 아니었다.

유성보뿐 아니라 무림에서 벌어지는 웬만한 대소사들은 거의 유성보의 쌍각(雙閣)으로 불리는 천일각(天一閣)과 지황각(地皇閣)이 관장하고 있었다.

천일각은 유성보 내의 일을, 지황각은 무림에서의 일을 각자 전담하고 있는 것이다.

다시 말하자면 천일각주는 유성보주와 소보주를 제외한 유성보의 명실 공히 제삼인자의 신분이었고, 지황각주는 사인자의 쟁쟁한 신분이었다.

천일각주는 최초에 주가구 분타가 괴멸됐다는 보고를 접하고 별로 대수롭지 않은 사안이라 판단하여, 사전 휘하의 일 개 당을 파견하는 것으로 충분히 무적부를 소탕할 수 있으리라 낙관했다.

그런데 얼마 후에 돌아온 보고는 혈룡전 휘하 제삼당이 전멸했다는 것이었다.

그래서 천일각주는 두 번째에는 최초에 파견했던 전력의 세 배인 삼 개 당을 파견하기에 이르렀다. 물론 그 일은 유성보주에게 보고되지 않았다.

십칠일 전, 창룡전 제일당주 궁한은 자신의 직속 상전인 창룡전주가 아니라 천일각주로부터 직접 하명을 받는 영광을 얻었다.

"시골구석의 하찮은 무적부라는 방파 따위가 대유성보의 위명을 실추시켰다. 네가 가서 실추된 위명을 바로 세우고 오너라."

성공하면 궁한은 천일각주의 신임을 얻게 될 것이다. 그러나 실패하면 그는 시골구석의 하찮은 방파 따위조차도 제대로 처리하지 못한 무능력자로 전락하고 말 것이다.

하지만 궁한은 자신과 삼 개 당이 이번 임무를 실패할 것이라고는 단 일 할도 점치지 않았다.

그는 나름대로 무적부를 상대할 계획을 면밀하게 구상했다. 자신의 주도면밀한 계획과 백오십 명의 정예 고수라면 무적부에 개미 새끼 한 마리 살려두지 않을 자신이 있었다.

그는 지금 자신들의 진로를 가로막은 채 서 있는 네 명이 누군지 알지 못했다.

아니, 알 필요조차 없었다.

"치워라."

그는 나직한 중얼거림으로 명령을 대신했다.

그의 머리 속에는 임무를 완성하고 유성보에 복귀한 후 천일각주에게 어떤 말로 보고할 것인지를 생각하느라 분주했다.

슈욱! 슉!

쏘아가는 백오십 명 대열 속에서 네 명의 고수가 더 빠른 속도로 전면의 현악 일행을 향해 쏘아갔다.

굳이 지목하지 않더라도, 이동 중에 방해를 받으면 그것을 전담하는 고수들이 따로 정해져 있었다. 방금 쏘아나간 네 명은 바로 그들의 일원이었다.

현악 등은 각자 다섯 걸음의 거리를 두고 나란히 늘어선 채 자신들을 향해 곧장 쏘아오는 네 명의 유성보 고수를 주시했다.

순식간에 거리가 오 장에서 삼 장으로 좁혀졌다.

차차차창!

쏘아가는 네 명의 유성보 고수가 거의 동시에 검을 뽑았다.

가장 먼저 현악과 신표가 각각 자신들 어깨의 혈인검과 비창을 움켜잡았다.

거리가 일 장 반으로 좁혀졌을 때 쏘아오던 네 명의 유성보 고수 중 우측에서 두 번째 고수의 몸이 뚝 정지하는가 싶더니 쏜살같이 뒤로 튕겨져 날아갔다.

그의 목 한복판에는 앞에서 뒤까지 동전만한 구멍이 뻥 뚫려 관통된 상태지만 한 방울의 피도 뿜어지지 않았다.

현악은 오른손을 어깨의 혈인검에서 떼고 있었다. 찰나지간에 이미 발검과 착검이 끝난 상태였다.

정확한 거리는 일 장 반.

현악은 이제 검기를, 그것도 극쾌검기를 일 장 반까지 뿜어낼 정도가 되었다.

나머지 세 명의 유성보 고수는 자신들의 동료 한 명이 당했다는 사실을 미처 알아차리지 못했다.

비명도 없었고, 일말의 격타음도 없었으며, 그들 모두는 전면의 적을 일검에 죽이겠다는 생각만 팽배해 있었기 때문에 다른 것에 신경을 쓸 겨를이 없었다.

퍽!

"끅!"

현악의 극쾌검기에 적중되어 튕겨진 고수 바로 옆, 그러니까 가장 우측의 고수 역시 쏘아져 오던 몸이 뚝 멈춰지더니 쏜살같이 뒤로 튕겨져 날아갔다.

그는 자신의 목에 깊숙이 꽂힌 시커먼 한 자루의 창을 두 손으로 움켜잡은 채 입을 크게 벌리고 있었다.

그것은 한 명이 현악의 극쾌검기에 적중된 직후의 일이었고, 격타음과 신음성이 들렸기 때문에 나머지 두 명의 유성보 고수는 움찔하며 급히 뒤돌아보았다.

순간 그들은 왔던 곳으로 앞서거니 뒤서거니 튕겨져 날아가는 두 명을 발견하곤 크게 놀랐다.

공격 수칙에는 공격이 진행되는 동안에는 무슨 일이 있어도 동요해서는 안 된다고 분명하게 명시되어 있었지만, 그들은 이런 상황에 그런 것까지 준수해야 할 만큼 대범하지 못했다.

신표는 현악을 쳐다보며 가벼이 감탄하는 표정을 지었다. 분명히 자신이 먼저 비창을 던졌는데 현악의 극쾌검기에 적중된 자가 먼저 튕겨졌기 때문이다.

훽! 훽!

차창!

채엽과 강일조가 순간적으로 놀라고 있는 두 명을 향해 기회를 놓치지 않고 도검을 뽑으며 벼락같이 쏘아갔다.

거리는 불과 일 장 남짓. 미리 검을 뽑은 상태지만 쏘아오던 중에 놀라서 뒤돌아보며 순간적으로 자세가 흐트러진 두 명과 그들을 죽일 목적으로 득달같이 덮쳐 가는 두 명.

같은 순간 채엽과 강일조의 도검에서 역천도법과 섬비류운검법이 뿜어져 나갔다.

흑사도풍류를 완벽하게 터득한 채엽은 얼마 전에 초곤으로부터 역천도법을 전수받아 현재 연마 중이었고, 강일조는 섬비류운검법을 거의 완벽하게 익힌 상태였다.

"크악!"

"흐악!"

처절하면서도 구슬픈 두 마디의 비명성이 초원의 허공으로 멀리 퍼져 나갔다.

채엽과 강일조는 각자 맡은 바 한 명씩을 죽이고는 즉시 현악의 곁으로 돌아와 우뚝 섰다.

두 사람은 처음 사람을 죽인 것이 아닌데도 심장이 쿵쾅거리며 심하게 뛰면서 거친 흥분을 느꼈다.

진짜 싸움에서, 그것도 일류고수를 단 일 초식에 죽였다는 믿어지지 않는 사실에 흥분을 감추지 못하는 그들이었다.

채엽과 강일조는 지금 새로 태어나고 있었다. 필경 오늘은 그들의 제이의 생일이 될 것이다.

반면에 궁한은 눈살을 찌푸리고 있었다.

아직 목적지에도 도착하지 못한 상황에서 별것 아니라고 여겼던 정체불명의 고수들을 만나 순식간에 네 명의 수하를 잃었다.

그는 평소 눈이 날카롭다고 자부하는 인물인데도 불구하고, 방금 전자신의 수하 네 명 중에서 최초에 죽은 수하가 어떤 수법에 당했는지미처 발견하지 못했다.

그 사실이 그를 더 우울하게 만들었다.

'뭐였지?'

자신을 포함한 백사십육 명의 고수는 점차 정체불명의 네 고수와 가까워지고 있는데, 궁한은 더욱 눈살을 찌푸리면서 내심 속을 끓었다.

그는 기본이 충실한 인물이었다.

그러므로 상대를 알아야 싸움에서 승리할 수 있다는 가장 기본적인철칙 중 하나를 소홀히 하지 않으려고 부심했지만 끝내 뜻을 이루지는못했다.

두 번째로 수하를 죽인 단창을 쓰는 자의 솜씨는 아주 깔끔하고 번개 같았다.

세 번째, 네 번째 도와 검을 쓰는 두 명은 한 번도 본 적이 없는 도법과 검법을 사용했다.

그렇더라도 그렇게 쉽사리 수하 두 명을 죽일 수 있었던 것은 수하들이 놀라서 순간적으로 자세가 흐트러졌기 때문이라고 판단했다.

궁한은 흑의단삼을 입고 어깨에 붉은 검을 멘 약관의 청년이 무리의우두머리이며 제일고수라고 간파했다. 하지만 그가 누군지는 알 수 없었다.

그리고 등에 다섯 자루 단창을 나란히 메고 있는 깡마른 중년의 흑삼인이 두 번째 고수, 갈의경장에 도를 쓰는 자가 세 번째, 청의경장에 검을 쓰는 자가 네 번째라고 정확하게 순위를 매겼다.

거리는 십여 장으로 좁혀졌다.

멈출 수는 없다. 그렇다고 피한다는 것은 더 더욱 있을 수 없는 일이었다.

결정은 이미 나 있었다.

유성보는 어떤 싸움에서든 피하지 않는다. 그것이 여러 철칙 중에서도 최우선이었다.

궁한은 한 가지 결정을 더 내렸다. 수하들을 덧없이 희생시키는 것보다는 자신이 몸소 나서서 흑의단삼의 약관 청년을 상대하겠다는 것이었다.

'열 명이면 충분하리라!'

속으로 최후 결정을 내린 궁한은 여태까지보다 절반쯤 더 빠른 경신술을 발휘하여 허공으로 비스듬히 솟구치면서 현악을 향해 쏘아가며 짧게 외쳤다.

"제일당 일조! 공격하라!"

싸움이 없는 평시에도 하루에 다섯 시진 이상 맹렬하게 수련하는 유성보 고수들이었다.

수련에는 무공 수련만 있는 것이 아니라 진법의 활용이라든지, 합공, 공격 형태, 포위지세, 추적술 등이 총망라되어 있다.

차차차창!

일단 지휘자인 궁한의 명령이 떨어지자 대열의 선두 중에서 열 명이 일제히 검을 뽑으면서 활짝 펼쳐진 부챗살의 형태로 현악 일행을 향해 쏘아낸 화살처럼 덮쳐 갔다. 과연 웬만한 방, 문파의 고수들에게서는 볼 수 없는 잘 훈련된 광경이었다.

현악은 표표히 선 채 전면을 보면서 자신의 좌측에 나란히 서 있는 채엽과 강일조에게 나직한 어조로 일깨워 주었다.

"결코 당황하지 말고, 한꺼번에 여럿을 상대하려 들지 말 것이며, 가장 가까운 곳의 적 한 명을 목표로 삼되, 이번 싸움에서는 전개하는 일초식마다 공수(攻守)를 함께 겸비하는 방법을 배우라."

물론 채엽과 강일조는 그 말뜻을 금세 이해하지 못했다.

그러나 그 말뜻을 이해하려고 노력할 여유가 없었다. 적들이 이미 삼 장 전면에서 유성분광검법을 전개하면서 덮쳐 오고 있었기 때문이다.

채엽과 강일조는 공력을 극한으로 끌어올려 오른팔에 집중하면서 빠르게 동공을 굴려 가장 가까운 곳에서 공격해 오는 적을 찾아냈다.

쐐액!

제일 먼저 신표의 비창 두 자루가 허공을 일직선으로 갈랐다.

궁한은 지상에서 일 장 반의 높이 허공에서 현악을 향해 내리 꽂히다가 두 자루 비창이 뇌전처럼 자신의 발 아래 허공을 스쳐 가는 것을 힐끗 내려다보며 아차 싶었다.

적에 대해서 간파하는 능력은 궁한이 최고였다. 그 말은 그의 수하들은 그 짧은 순간에 미처 적에 대해서 파악하지 못했을 것이라는 뜻이기도 했다.

그렇다고 공격 명령을 내리면서 무엇을 조심하고 무엇을 경계하라고 일일이 설명할 여유가 없었다.

퍽! 퍽!

궁한의 발 아래 약간 뒤처진 곳에서 가볍고도 둔탁한 두 개의 음향이 터졌다.

음향으로 미루어 비창은 단단한 부위가 아닌 복부나 목을 관통했음이 분명했다.

아니, 아마도 처음처럼 목 부위에 적중됐을 것이다.

그러나 궁한은 그 순간 생애 최후의 실수를 저지르고 말았다.

쾌검왕을 상대로 선공을 시도하면서 비록 찰나지간이지만 한눈을 팔았다는 사실이 그것이었다.

"……!"

그는 극히 짧은 순간 한눈을 팔았으나 다시 자신이 목표로 삼았던 현악을 내려다보면서 막 초식을 펼치려다가 현악의 오른쪽 어깨에서 흐릿한 혈선(血線) 한줄기가 자신을 향해 섬전처럼 뿜어지는 것을 발견했다.

그것은 불행 중에서 잡은 하나의 행운이랄 수 있었다. 쾌검왕의 극쾌발검을 육안으로 볼 수 있었으니 말이다.

하지만 그는 놀라움 때문에 동공이 커지거나 입을 벌리지도 못했다. 현악의 극쾌검은 그럴 자비마저 베풀지 않았다.

단지 온몸의 피가 믿을 수 없을 만큼 빠르게 얼어붙는 것이 역력하게 느껴졌다.

"……."

그러나 그게 끝이었다.

궁한은 자신의 목 한복판이 벌에 쏘인 듯 따끔한 것을 느꼈을 뿐이었다.

삼십칠 평생 궁한이라는 이름을 갖고 있던 주인이 급속도로 죽어가고 있음에도 몸뚱이는 극쾌검기를 적중당하기 전에 주인이 내렸던 명령을 수행하고 있었다.

궁한의 몸은 여전히 공격 자세를 취한 상태였고, 오른손의 검은 유성분광검법 오 단계 중에 삼 단계인 단쾌(斷快)를 전개하고 있었다.

하지만 초식은 중도에서 정지하고 말았다.

더 이상 공력이 팔과 검에 주입되지 못했고, 더 중요한 것은 적을 공격하려는 주인의 의지가 더 이상 존재하지도, 전달되지도 않았기 때문이다.

허공 중의 궁한은 자신의 목에 구멍을 뚫은 자가 착검하지 않은 상태에서 한 번도 보지 못한 쾌속함으로 몇 차례 검을 떨치는 것을 목격했다.

그 동작에서 방금 전 자신의 목을 관통한 혈선을 발견하지는 못했지만, 그것으로서 몇 명의 수하들이 궁한 자신의 저승길에 동반하게 될 것이라는 안타까운 생각을 흐릿해져 가는 정신으로 떠올리며 기우뚱 자세를 흐트러뜨리는 것과 동시에 숨이 끊어졌다.

현악이 순식간에 다섯 명의 유성보 고수를 죽였고, 신표가 비창으로 둘을 죽이고 나서 투창을 뽑아 들고는 한 명을 목표로 하여 쏟아져 나갔으며, 나머지 두 명은 채엽과 강일조가 누구에게 뺏길세라 눈에서 불꽃을 뿜으며 마주쳐 나갔다.

서걱!

신표는 목표로 삼은 유성보 고수가 발출한 검풍을 슬쩍 허리를 굽혀 등 위쪽으로 흘려보내고는 신형을 멈추지 않고 쏘아 나가며 수중의 투창의 번뜩이는 칼날로 그자의 목을 뎅겅 베어버렸다.

몸통에서 분리된 수급이 먹물을 뿜는 문어처럼 피보라를 뿜으면서 수직으로 솟구쳐 올랐다.

　그는 신형을 멈추지 않은 채 마주쳐 오는 백삼십오 명의 유성보 고수들을 향해 짓쳐 나가는 중에 현악이 자신보다 오 장여나 앞서서 비조처럼 쏘아가는 것을 발견했다.

　'과연 주군이시군!'

　그러나 감탄은 잠시, 그는 가일층 공력을 끌어올려 전속력으로 현악을 뒤따랐다.

　하지만 그가 무림에서도 일절로 손꼽히는 해남도의 성명신법 표허무종을 전개하는 현악을 따라잡는 것은 불가능했다.

　질주하던 백삼십오 명의 유성보 고수는 자신들을 향해 곧장 마주쳐 오는 현악을 보곤 바짝 긴장했다.

　그들은 방금 전 현악이 무슨 수법을 전개했는지는 미처 보지 못했지만, 그 수법에 자신들이 하늘처럼 여기는 우두머리 제일당주가 허무하게 죽어가는 광경을 똑똑히 목격했다.

　또한 그가 자신들의 동료들을 향해 몇 차례 검을 그어대자 동료들이 그대로 튕겨져 날아가는 광경도 연이어 목격했다.

　그가 누군지, 무슨 수법을 전개했는지는 알 수 없었지만, 상대는 일류고수 이상 절정에 가까운 고수가 분명했다.

　현악은 혈인검을 오른손에 움켜쥔 채 백삼십오 명 유성보 고수의 한복판으로 무섭게 쇄도해 갔다.

　그는 목표로 한 상대를 죽이기 위해서 더 이상 착검도 발검도 하지 않아도 좋을 경지에 이르렀다.

　유성보 고수들이 현악을 맞이하기 위해서 신형을 멈추며 분분히 검을 뽑으면서 대열을 학의 날개처럼 벌리려고 했다.

그러나 그보다 더 빨리 선두의 세 명이 보이지 않는 강풍에 휩쓸린 것처럼 상체가 뒤로 확 젖혀지면서 튕겨졌다.

물론 그들은 어느새 뿜어져 온 현악의 극쾌검기에 목 한복판이 적중된 것이었다.

그것 때문에 바짝 뒤따르던 고수들이 멈칫했고, 그 순간 다시 선두를 형성하고 있던 세 명이 극쾌검기에 적중되어 튕겨졌다.

슈욱!

그리고 현악이 유성보 고수들 한복판으로 뚫고 들어간 것은 거의 동시에 이루어졌다.

자고로 들개 무리가 아무리 숫자가 많아도 한 마리 맹호의 상대가 될 수는 없는 법이다.

유성보 고수들은 진법을 펼칠 여유도 없었다. 자신들의 대열 한복판에서 이리저리 번쩍이며 휘몰아치는 현악에겐 진법이 별무소용이었다.

그들은 그제야 현악이 움직일 때마다 그에게서, 아니, 그의 검에서 이리저리 흐릿한 혈선이 번쩍번쩍 뿜어지는 것을 발견했고, 혈선이 도착하는 곳에서는 어김없이 동료들이 튕겨져 날아가는 것을 목격해야만 했다.

현악은 그야말로 무인지경인 양 종횡무진 유성보 고수들 한복판을 철저하게 유린하며 짓밟았다.

벌써 순식간에 십오륙 명이 목 한복판에 동전만한 구멍이 뚫려서 나뒹굴었다.

이 순간의 현악은 사신(死神)이었고 혈살성이었다.

그 누구도 그의 상대가 되지 못했고, 그 누구도 그의 극쾌검기를 피하지 못했다.

현악 앞에서의 유성보 고수들은 살아 있으되 그저 죽을 순서를 기다리며 우왕좌왕하는 반송장이나 다름없었다. 그들은 더 이상 저 유명한 천하제일방파 유성보의 정예 고수들이 아니었다.

바로 그때 신표가 양손에 각각 투창을 움켜쥔 채 아비규환 속으로 뛰어들었다.

현악이 맹호라면, 신표는 피에 굶주린 늑대였다.

현악을 만나기 전의 신표였다면, 유성보의 정예 고수 한 명하고 백중지세였을 것이다.

그 당시의 그는 한 마리 들개였을 뿐이다.

그러나 지금의 신표는 강해졌다.

그저 강해진 것이 아니라 살법(殺法)을 깨우치고 전술을 터득한 진정한 강자가 된 것이다. 그리고 그는 지금도 매순간 빠르게 강해지고 있는 중이었다.

그렇다고 현악이 그에게 무공을 전수한 것도 아니었다. 현악은 단지 그에게 긴 창을 자르고 여러 개의 창을 지니되, 비창과 투창으로 구분하라고 깨우침만 주었을 뿐이다.

굳이 한 가지가 더 있다면, 현악이 그에게 길을 열어주었다는 사실이다.

그것은 어쩌면 무공을 전수한 것보다 더 큰 가르침이며 의미일 수도 있었다.

신표는 날렵하게 움직이면서 기쾌하게 양손의 투창을 휘두르고 그어대며 또한 찔렀다.

유성보 고수들은 현악에겐 저항조차 못하고 속수무책으로 당할 수밖에 없었지만, 신표에겐 맹렬하게 반격을 해댔다.

신표는 등과 어깨에 몇 군데 가벼운 상처를 입었지만 무시한 채 신들린 듯이 두 자루 투창을 휘두르며 유성보 고수들 사이를 누비고 다녔다.

그는 지금 자신의 능력 배 이상을 발휘하고 있었다. 물론 그 이유는 현악의 영향이 컸다.

현악을 본받으려는, 주군을 실망시키지 않으려는 충성심과 웅심이 크게 작용한 탓이었다.

채엽과 강일조는 자신들이 목표로 삼았던 한 명씩의 상대를 죽인 후 망설임없이 유성보 고수들 속으로 뛰어들었다.

그런 행동은 예전 같았으면, 아니, 이 싸움이 시작되기 전까지만 해도 꿈도 꾸지 못할 일이었다.

그리고 그들은 본격적인 싸움에 합류하여 좌충우돌 정신없이 도검을 휘두르는 와중에 현악이 했던 말을 아주 조금씩 체험하기 시작했다.

"이번 싸움에서는 전개하는 일 초식마다 공수(攻守)를 함께 겸비하는 방법을 배우라."

아직 확연하게는 알 수 없었지만 그 말이 무엇을 요구하며 뜻하는 것인지, 자신들의 몸에 상처가 하나씩 늘고 자신들의 도검이 상대의 검과 한차례 격돌할 때마다 가랑비가 메마른 대지를 적시듯 조금씩 깨우쳐 갔다.

그러나 싸움 경험이 많지 않은 데다가 실력도 뛰어나지 못한 두 사람에겐 한 걸음 한 걸음이 곧 사지(死地)였다.

잘해야 유성보 고수 한 명을 상대하기도 벅찬 두 사람 각자에게 한꺼번에 대여섯 명이 무시무시한 합공을 해오자 두려움 이전에 크게 당황할 수밖에 없었다.

두 사람은 십여 차례 호흡할 정도의 짧은 시간에 이미 대여섯 군데가 넘는 상처를 입었다.

그러나 다행히도 치명적인 상처는 아니었다. 게다가 두 사람은 지나치게 흥분한 상태였기 때문에, 자신들이 어디에 얼마만한 상처를 입었는지 확인할 겨를도 없었으며 아픔은 더 더욱 느끼지 못했다.

이상하게도 깨달음은 늘 위기의 순간에 찾아온다.

아무리 한꺼번에 쏟아지는 합공이라고 해도 미세한 선후(先後)의 순서가 있는 법이다.

하지만 공격을 당하고 있는 사람의 눈이 빠르지 못하다면 그 공격 순서를 간파해 낸다는 것은 쉬운 일이 아니었다.

채엽보다 먼저 눈이 빠른 강일조가 그것을 어렴풋이나마 간파하기 시작했다. 그것은 그가 섬비류운검법을 수련했기 때문에 가능한 일이었다.

그때부터는 강일조의 싸움이 훨씬 쉬워졌다.

자신이 가장 먼저 공격해야 할 상대를 손쉽게 정할 수 있었기 때문이다.

가장 가깝게, 그리고 빠르게 공격해 오는 적이 바로 목표로 삼아야 할 자였다.

원래는 뜻이 가면 몸도 가는 게 원칙이지만, 깨달음을 얻은 강일조는 뜻과 몸을 일치시키는 방법까지 터득하기 시작했다.

공격해야 할 상대를 정한 순간 상대의 공격보다 더 빠른 공격을 전개했다.

무엇보다도 빠른 섬비류운검법이라면 충분히 가능한 일이었다.

유성보 본당고수들은 제칠류로서 유성분광검법의 일단계와 이단계까지를 익히는데, 지금 그들이 전개하고 있는 것은 이단계인 노도(怒濤)였다.

노도가 다른 무림고수들에게는 심장을 떨리게 하는 검법초식일는지 몰라도 섬비류운검법보다는 한 수 아래였다.

푹!

"허윽!"

강일조의 검이 목표로 삼은 적의 심장을 깊숙이 찌르자 적은 답답한 신음을 터뜨렸다.

검이 심장을 터뜨리는 순간, 강일조는 이미 검을 뽑으면서 두 번째 목표를 눈으로 좇고 있었고, 심장에서 뽑혀진 검이 그자의 목을 향해 번개같이 베어갔다.

그렇게 강일조는 일 초식에 공수를 겸비하라는 현악의 말을 '공격으로서 방어를 겸한다' 라는 방법으로 깨우치고 있었고, 어느새 그것을 실전에 사용하고 있었다.

그러나 채엽은 약간 다른 방법으로 현악의 말을 깨우치고 있는 중이었다.

역천도법은 더없이 위력적이며 패도적인 도법이었다.

그것은 그만큼 공력이 많이 주입돼야 하며 동시에 많이 소모됨을 의미했다.

처음에 채엽은 한 명의 적을 정하고 나서 일 초식의 역천도법을 그에게 모조리 퍼붓는 평소의 방법을 선택해서 싸웠다.

공격을 당한 유성보 고수는 너무도 위력적인 역천도법을 제대로 막아내지 못하고 중상을 입거나 그 일 초식으로 목숨을 잃었다.

그러나 한 명에게만 전력을 쏟아 부은 채엽도 결코 무사하지는 못했다.

온몸에 허점이 수두룩하게 드러난 상태에서 여러 자루의 검이 자신의 한 몸에 쏟아지는 것을 고스란히 감당해야만 한 것이다.

'비, 빌어먹을!! 도대체 일 초식에 공격과 방어를 어떻게 겸비하라는 거야?'

그는 한꺼번에 세 군데에 검상을 입은 채 바닥을 구르면서 속으로 투덜거렸다.

쉬이익!

쉭! 쉬익!

그가 쓰러졌다고 해서 적의 공격이 사정을 봐주지는 않는다. 아니, 오히려 더욱 무시무시한 공격이 채엽의 한 몸으로 소나기처럼 퍼부어졌다.

'젠장! 이러다가는 첫 싸움에서 어이없이 죽고 말겠어! 역천도법은 태풍처럼 강하기만 해서 공격과 방어를 겸비하는 것은 도무지 무리라구!'

파파팍!

채엽은 기를 쓰고 데굴데굴 구르면서 쏟아지는 검우(劍雨)를 간신히 피했고, 여러 개의 검풍들이 그의 몸 양옆 풀바닥을 두드려서 풀과 흙을 허공으로 흩날렸다.

하지만 그는 자신의 급소를 노리고 쏘아오던 가장 치명적일 수 있는 검 두 자루가 중도에 멈췄다는 사실을 알지 못했다.

채엽의 목과 심장을 노리던 두 자루 검이 멈춘, 아니, 사라진 이유는 그 검의 주인 두 명이 현악의 극쾌검기에 적중되어 멀리 튕겨져 날아갔기 때문이다.

사실 현악은 채엽과 강일조 주변에서 그리 멀리 벗어나지 않은 상태에서 적들을 주살하다가 두 사람이 위기에 처하면 슬쩍슬쩍 극쾌검기를 뿜어내 위험 요소들을 제거해 주고 있었던 것이다.

'태풍?!'

얼굴과 몸에 흙과 풀을 뒤집어쓴 채엽은 방금 자신이 내심으로 투덜거린 말 중의 한 부분을 떠올리며 깜짝 놀랐다.

무언가 흐릿한 깨달음이 그의 뇌리를 자극했다.

역천도법은 태풍처럼 주위를 휩쓸어 버린다. 공력이 높을수록, 완성도가 높을수록 더 넓은 반경을 휩쓴다.

'휩쓴다! 그것은?'

짜릿한 깨달음을 얻은 채엽은 세 자루의 검이 자신에게 쏟아지는 것조차 몰랐고, 현악이 극쾌검기로 그 세 자루 검의 주인들을 죽인 사실은 더욱 몰랐다.

'그, 그렇다! 우핫핫!'

마침내 위기 속에서 깨달음을 얻은 채엽은 속으로 껄걸 웃고 나서 벌떡 튕기듯 일어나자마자 가장 가까운 곳의 적을 향해 벼락같이 역천도법을 전개했다.

현재 채엽이 감당해야 할 적은 모두 네 명. 그중 한 명을 목표로 삼고 나머지 셋을 방어해야 하는 것이다.

쐬아아!

목표로 삼은 적에게 소용돌이치는 도풍이 뿜어졌고, 그 주위로 어딘가 어설픈 여풍(餘風)이 어지럽게 흩어졌다.

도풍에 가슴 한복판이 적중된 적은 가슴이 피투성이로 변해 비칠거리면서 물러나다가 주저앉았다. 하지만 죽지 않았고 중상을 입지도 않았다.

또한 방어하겠다고 마음먹은 세 명 적의 검들이 채엽의 온몸을 노리고 쏘아들었다.

방금 초식은 채엽의 의도대로 펼쳐지지 않아서 실패라고 할 수 있었다.

그의 의도라는 것은 역천도법을 펼치되 목표로 삼은 한 명의 적에게 칠 할의 위력을, 나머지 삼 할을 주위로 흩어지게 하여 방어로 삼으려는 것이었다.

그런데 목표로 삼은 적에게는 절반 정도의 위력이, 나머지 절반은 여풍이 되어 주위로 흩어졌는데 공격과 방어 어느 것 하나도 제대로 이루어지지 않았다.

채엽은 미친 듯이 상체를 이리저리 흔들고 허리를 비트는 것으로도 모자라서 또다시 풀바닥에 몸을 날려서야 세 자루 검을 간신히 피할 수 있었다.

'우라질! 어째서 뜻대로 안 되는 거지?'

그는 얼굴을 풀 더미에 처박은 아주 짧은 순간에 속으로 욕을 퍼부어댔다.

삭!

순간 엉덩이가 화끈했다. 베인 것이다.

그러나 그는 고통을 전혀 느끼지 못했다. 희한하게도, 엉덩이를 베이는 순간에 또다시 깨달음이란 놈이 그의 뇌리를 강하게 두드렸기 때문이다.

'두 번이다!'

그는 재빨리 데구루루 옆으로 구른 후 재차 벌떡 일어서서 자신의 주위를 쓸어 보았다.

그는 막 자신에게 공격을 퍼붓고 있는 네 명을 발견하는 즉시 본능적으로 순서를 정했다.

가장 가까운 곳에서 공격해 오는 적을 공격하고, 나머지 셋을 방어한다.

'실패하면 죽는다!'

죽음을 각오해야만 깨달음이 얻어진다.

쾌애액!

채엽은 눈을 딱 부릅뜨고 어금니가 부서질 정도로 악문 채 죽이겠다고 결정한 적을 향해 전력으로 일도를 쏟아냈다.

방금 전처럼 칠 할로 공격하고 삼 할을 어쩌고 하는 것이 아니라 공력을 모조리 공격에 주입시켰다.

도에서 뿜어진 커다란 송곳 같은 도풍이 목표로 삼은 적을 향해 뿜어지는 것을 보면서 채엽은 재빨리 두 번째 도를 휘둘렀다.

쏴아아!

일초삼변(一招三變).

방어를 하겠다고 작정한 일도였으므로 도풍은 세 개의 소용돌이로 분산되어 세 명의 적에게 쏟아져 갔다.

퍽!

"흐악!"

쩌쩌쩡!

목표로 삼은 한 명이 도풍에 얼굴이 묵사발 피떡이 되어 처절한 비명을 터뜨리며 비틀거리면서 물러나는 것과 거의 동시에, 나머지 세 명은 자신들에게 쏘아오는 도풍을 막느라 어지럽게 검을 휘둘러 대기 바빴다.

'서, 성공이다!'

그러나 완벽한 성공은 아니었다.

채엽은 급히 자신의 몸을 훑어보니 옆구리와 가슴, 허벅지의 옷이 베어져 있었다.

만약 채엽의 두 번째 출수가 촌각이라도 늦었더라면, 적들의 세 자루 검에서 뿜어진 검풍들은 그의 옷자락이 아니라 몸뚱이를 뚫고 베었을 것이다.

그러나 채엽은 일 도가 아니라 이 도(二刀)를 거의 일 도처럼 빠르게 연이어 전개하는 방법으로 공수를 겸비한다는 사실을 마침내 깨달았으니 거의 성공한 것이나 진배가 없었다. 남은 것은 부단한 실전 경험뿐이었다.

채엽의 살기 어린 눈빛이 남은 세 명 중에서 한 명의 얼굴에 고정되는 순간,

쿠아앗!

어느새 그의 도에서 발출된 역천도법의 날카로운 도풍이 그자를 향해 뿜어졌으며,

쾌애액!

나머지 두 명에겐 방어를 위한 도풍 두 개가 일초이변으로 나누어 뿜어졌다.

픽! 픽!

쩡!

"으악!"

"컥!"

그런데 공격을 목적으로 뽑어진 도풍은 당연히 한 명의 적 가슴을 짓이겨 놓았을 뿐 아니라, 방어를 목적으로 발출한 두 개의 도풍 중 하나가 또 한 명의 적의 어깨를 강타해 버렸다.

그것은 전혀 기대하지 않았던 의외의 수확이었다.

'강한 방어는 공격이 될 수도 있다!'

깨달음의 연속이었다.

서걱!

채엽은 방어용 도풍에 어깨가 적중되어 비틀거리는 적의 목을 가차 없이 잘라 버렸다.

그의 가슴과 단전에서 말로 형언키 어려운 자신감이 활화산처럼 솟구쳤다.

난데없이 강해진 채엽을 보면서 남은 두 명의 적이 주춤거리면서 미처 공격할 생각을 못하고 있었다.

"으핫핫핫! 얼마든지 덤벼라, 하루살이 같은 놈들아!"

그는 우렁찬 웃음을 터뜨리면서 도를 휘두르며 두 명의 적을 덮쳐 갔다.

◆제59장◆

일검다검기(一劍多劍氣)

일검다검기(一劍多劍氣)

현악의 극쾌검기는 지나치게 강했다.

만약 적이 일렬로 서 있다면 한꺼번에 세 명은 관통할 수 있을 정도의 위력이었다.

현악은 그것으로 단지 한 명만을 죽인다는 것이 비효율적이라는 사실에 마침내 생각이 미쳤다.

언제나 깨우침이 창조를 촉발시키는 법이다. 그리고 실전이 무사를 강하게 만드는 법.

'일검에 두 줄기의 검기를 발출할 수는 없을까?'

현악은 자신의 착상이 결코 어이없는 욕심이나 허무맹랑하다고는 생각하지 않았다.

그는 연이어 두 번 검기를 발출하는 것이 아니라 일검에 두 줄기 검기가 발출되는 것을 원했다.

그렇게만 할 수 있다면 이후 그는 다수를 상대로 하는 싸움을 훨씬 유리하게 대처할 수 있을 것이다.

엄청 빠르게 두 번 연이어 검기를 발출하는 것과 엄청 빠르게 두 번 연이어 발검해서 네 줄기의 검기를 발출하는 것은 엄연히 큰 차이가 있다.

검은 단지 체내의 공력을 어떠한 모양을 갖추어 발출시키는 도구에 지나지 않는다. 공력을 검에 주입시키면 검기가 되고, 도에는 도기, 장법이라면 장력이 될 것이다.

그렇다면 공력을 검에 주입시키기 전에 두 줄기로 나누면 될 것이다. 최소한 이론상으로는 그랬다.

그런 궁리를 하면서도 현악의 몸은 행운유수처럼 유성보 고수들 사이를 구불구불 쏘아가며 부지런히 극쾌검기를 뿜어내 닥치는 대로 주살하고 있었다.

하지만 그는 여태 채엽과 강일조 근처를 크게 벗어나지 않았다. 그들을 보호해야 하기 때문이다.

그가 힐끗 채엽과 강일조를 번갈아 쳐다보니 두 사람은 제법 일류고수처럼 당당하게 싸우고 있었다.

아니, 비단 당당하게 싸울 뿐만 아니라, 싸움 전에 현악이 주문했던 대로 일 초식에 공수를 겸비한 초식을 나름대로 터득하여 쏟아내면서 유성보 고수들을 핍박하고 있는 광경이 현악의 눈에 들어왔다.

채엽은 현악의 말처럼 일 초식에 공수를 겸비한 것이 아니라 번개같이 이 초식을 전개하여 앞의 초식으로는 공격을, 뒤에 초식으로는 방어를 겸한 공격을 하고 있기는 했지만, 어쨌든 공수 겸비를 깨달으라는 현악의 말을 실현시킨 셈이었다.

'이제 됐다!'

현악은 자신이 채엽과 강일조를 잠시 동안만 멀찍이 떨어져 있어도 되겠다 싶었고, 이 참에 일검이검기(一劍二劍氣)를 시험해 보려는 마음이 들었다.

마침 그가 쏘아가는 전면의 좌우에 두 명의 유성보 고수가 눈에 띄었다.

그들은 신표의 공격을 피해서 몇 걸음 물러나다가 오히려 더 강한 현악을 발견하고는 일순간 그 자리에서 얼음덩어리처럼 몸이 굳어버렸다.

그들은 현악에게 걸려든 동료들이 단 한 명도 살아남지 못하는 것을 방금 전까지 똑똑히 목격했다. 현악에게서 도망치거나 피하는 것은 사실상 불가능했다.

그러나 그들은 멀쩡하게 서 있다가 이승을 하직할 정도의 삼류가 아니었다.

자신들이 맹호의 먹이로 정해졌다고 느낀 순간, 그들은 최후의 발악을 결심했다.

그것이 무엇이든 생에서의 마지막으로 발휘하는 초식은 대단할 수밖에 없을 터.

좌아아―

두 명의 유성보 고수는 유성분광검법의 이단계인 노도를 정말 노도처럼 전개하면서 전면의 좌우 양쪽에서 현악을 향해 마주쳐 공격해 왔다.

임전불퇴(臨戰不退). 즉, 싸움에 임하면 절대 물러서지 않는다라는 것은 과연 명문대파의 수하다운 행동이었고 자세였다.

현악은 쏘아오는 두 명의 적을 향해 마주쳐 쏘아가다가 아차 싶은 생각이 들었다.

두 명의 적은 전면이라고는 하지만 좌와 우, 양쪽에서 쇄도하고 있었다.

그 순간 현악은 일검이검기를 발출하려면 검봉을 어느 곳으로 향해야 하는가라는 의혹에 빠져 버린 것이다.

검을 좌측의 적에게 겨눈다면 제이의 검기는 검의 옆면, 즉 검면(劍面)에서 발출시켜야 한다.

하지만 그것은 생각하는 것만으로도 어불성설이었다. 검기가 어찌 검면에서 뿜어지겠는가?

현악이 고민하고 있는 사이에 그와 두 명의 유성보 고수 간의 거리는 이 장으로 좁혀들고 있었다.

즉시 결정하고 초식을 전개하지 않는다면 당하는 쪽은 현악이 될 것은 자명한 사실.

제아무리 천지개벽의 신공절학을 지니고 있으면 무얼 하겠는가? 전개하지 않으면 자신의 육신 따윈 한낱 이빨 빠진 칼에도 베어지는 것을.

쉬이익! 쉬익!

마침내 일 장 반까지 쇄도한 두 명의 유성보 고수가 발출한 노도의 검풍이 현악의 지척까지 당도했다.

그런데도 현악은 아직 검봉을 어디로 향할 것인지조차 결정하지 못한 상태였다.

"마음을 통해서 공력을 뿜어내라."

그 순간 쾌검마의 말이 현악의 뇌리를 종처럼 거세게 두드렸다.

'그렇다! 검은 도구일 뿐이다!'

현악은 내심 부르짖었다.

공력을 지니지 않은 무사들이 그저 도검으로만 싸운다면야 검이 가야 적을 베거나 찌를 수 있다지만, 공력을 지닌 고수가 무에 그런 것을 따지겠는가.

현악은 자신의 우매함을 꾸짖으며 이미 일으켜진 공력을 체내에서 이 분(二分)시킨 후 검에 주입시키면서 검을 좌도 우도 아닌 정면을 향해 힘껏 뻗어냈다.

다음 순간 현악은 눈을 부릅떴다.

혈인검에서 단지 한줄기의 극쾌검기가 그저 정직하게 정면을 향해 번갯불처럼 발출되는 것을 발견했기 때문이다. 그것도 평소보다 더욱 강한 극쾌검기가.

뿜어진 극쾌검기는 쏘아가다가 정면 이 장 반 거리에 이르러 위력이 많이 약해진 상태에서 채엽과 싸우고 있던 한 명의 유성보 고수의 옆구리에 적중됐다.

"흐악!"

그는 어이없는 표정으로 현악을 쳐다보면서 비틀비틀 옆으로 물러나다가 채엽의 도에 정수리가 쪼개져서 즉사했다.

그러나 문제는 현악이었다.

그가 실공(失攻)하는 바람에 전면의 좌우 양쪽에서 쇄도한 두 개의 검풍은 그의 얼굴과 가슴을 노리고 이미 두 자 이내까지 들이닥치고 있었다.

현악은 근래에 들어서는 좀처럼 처해보지 못했던 위급 상황에 직면하여 어이없는 심정 중에서도 다급한 표정이 얼굴에 역력하게 떠올랐다.

스웃─

찰나 그의 몸이 마치 아래쪽에서 갑자기 불어온 강풍에 떠오르듯이 수직으로 둥실 상승했다.

파아아─

두 개의 검풍은 간발의 차이로 아슬아슬하게 그의 발밑을 스쳐 지나갔다.

만약 표허무종이 아니었다면, 그는 극쾌검기를 지닌 고수이면서도 유성보의 칠급고수에게 죽임을 당하는 어이없는 장면의 주인공이 됐을 것이다.

죽을 고비를 수없이 넘겼던 현악이지만 이 순간만큼은 등줄기로 서늘한 기운이 훅 하고 끼쳐 오는 것을 느껴야 했다.

산서 운몽산에서나 주가구에 처음 와서 대홍방을 공격하다가 만신창이가 되어 저승의 문턱에 한 발을 들여놓았을 때에도 느끼지 못했던 두려움 같은 것이었다.

그 당시의 그는 아무것도 모르고 그저 미친 듯이 설쳐 대기만 하는 선불 맞은 멧돼지 같았다. 그랬으니 죽음 같은 것은 조금도 두려워하지 않았다.

그런데 그는 방금 일말의 두려움을 느꼈다. 왜였을까? 예전에는 몰랐지만, 지금은 무림이 무엇이고 인생이 무엇인지 조금쯤은 깨달았기 때문인가? 그게 아니면 조금 철이 든 것일까?

아니, 그게 아니었다.

아주 짧은 순간이지만 현악의 눈앞에 아지랑이처럼 떠올랐다가 사라지는 한 사람이 있었다.

단우옥이었다.

그렇다.

자신이 죽어버리면 다시는 단우옥을 만나지 못할 것이고, 그녀의 복사꽃처럼 해사한 미소를 보지 못할 것이며, 그녀의 사근사근 귓바퀴를 간질이는 고즈넉한 옥음도 듣지 못할 것이다.

그래서 현악은 갑자기 죽음이 두려워졌던 것이다.

그것은 그가 그만큼 단우옥을 속 깊이 사랑하게 되었다는 반증이기도 했다.

허공으로 떠오른 현악은 방금 자신을 저승으로 보낼 뻔했던 두 명의 유성보 고수에게 번개같이 두 차례 검을 뻗어 둘 다 목줄기를 관통시켰다.

허공 중에서 현악은 잠시 갈등에 빠졌다.

계속 일검이검기를 시도할 것인가, 아니면 그것은 나중에 따로 한가할 때 연마하기로 하고 이 싸움에서는 여태까지처럼 일검일검기로만 싸울 것인가 하는 것이었다.

그러나 그는 오래 고심하지 않고 일검이검기를 계속 시도하는 쪽으로 결심을 굳혔다.

단우옥을 생각한다면 죽지 않고 반드시 살아 있어야 하겠지만, 천하를 발 아래 두겠다는 야망을 하루빨리 실현시키려면 고여서 썩는 물이 되어서는 안 된다. 흐르는 물이 되어 나날이 새롭게 발전하고 새롭게 탄생해야만 한다, 라고 자신을 채찍질하였다.

'공력을 분리한다!'

그는 내심 자신에게 최면술을 걸 듯 크게 외쳤다.

인간이 새가 아닌 이상 허공 중에 오래 머물 수는 없다.

현악은 다시 가까운 곳에 있는 두 명의 유성보 고수를 목표로 삼고 독수리처럼 그들을 향해 비스듬히 날아갔다.

그들 두 명 중 한 명은 대다수의 고수들과 복장이 달랐다. 아마도 당주급인 듯했다.

그들은 허공 중에서 자신들을 향해 소리없이 접근하는 현악을 아직 발견하지 못한 것 같았다.

현악으로서는 잘된 일이었다. 만약 실패하더라도 잠시 동안은 자신이 위험에 빠지는 일은 없을 것이기 때문이다.

현악은 체내에서 확실하게 공력을 두 개로 분리시켰다. 하지만 그것은 조금 전과 별반 다르지 않았다.

'이게 아니다!'

조금 전과 똑같은 조건과 방법으로 공격한다면 똑같은 결과가 나올 것은 당연지사.

'후훗! 이럴 땐 쌍검이었으면 좋겠군!'

그는 공격을 펼쳐야 할 적기를 놓치고 있음에도 헛웃음이 목구멍으로 치밀었다.

일검에 이검기를 발출한다는, 누가 들으면 어이없는 표정으로 손을 내저을 얼토당토않은 궁리를 하면서도, 그는 자신의 무력함 때문에 속에서 쓴 물이 올라올 정도로 착잡한 심정이 되었다.

"쌍검?!"

문득 그는 방금 자신이 속으로 중얼거린 말을 다시 되뇌었다.

양손에 한 자루씩, 두 자루의 검을 쥐고 있다면 이검기를 발출하는 것은 가능할 것이다.

'양손에 쌍검을 들었다 여기고 공력을 양손으로 분산하기 직전에 혈인검에 주입시킨다면?'

포기할 만도 한데, 지독한 고집쟁이인 그는 마침내 또 하나의 방법을 궁리해 내기에 이르렀다.

그러나 또 하나의 난제가 기다리고 있었다. 검을 어느 곳으로 겨누느냐는 것이었다.

그것도 곧 결정됐다. 일단 당주급이 강할 테니 당주를 향해 검을 겨누는 것으로 정했다.

한데 문제는 또 남아 있었다. 현악이 궁리를 길게 하다 보니 거리가 너무 가까워져 버린 것이다.

거리는 불과 반 장 남짓. 더 이상 지체한다면 아예 진검으로 적을 찌르는 사태가 벌어질 것이다.

현악은 끌어올렸던 공력을 양손으로 보내다가 한순간 모두 오른팔에 주입시키면서 당주급을 향해 검을 그어댔다.

픽!

"크악!"

여태까지와는 달리 둔탁한 음향이 터졌다.

게다가 여태까지보다 절반이나 위력이 감소된 검기가 처음 겨냥한 목 부위가 아니라 당주의 턱에 적중됐다.

"크아아ㅡ!"

당주는 턱이 절반이나 날아가 피투성이가 되어 비틀거리면서 처절하게 비명을 질러댔다.

현악의 눈이 목표로 했던 또 한 명의 고수를 향했으나 그는 놀란 얼굴로 당주와 현악을 번갈아 쳐다보면서 멀뚱하게 서 있었다. 어디 한 군데 다치지 않은 멀쩡한 모습으로 말이다.

현악의 시선이 한곳에 멈췄다.

원래 목표로 했던 고수와는 방향이 사뭇 다른 위치에 있던 한 명의 고수가 한쪽 엉덩이에 검기를 적중당해 피가 푹푹 뿜어지는 엉덩이를 감싸 안은 채 절뚝거리면서 도망치고 있는 모습이 그의 시야에 들어왔다.

현악은 어이없는 표정을 지으면서 땅에 내려섰다.

검 한 자루로 두 개의 검기를 발출하는 것으로 치자면 일단은 성공한 셈이었다.

그러나 자신이 원하는 상대를 제대로 맞히지 못한다면 일검백검기인들 무슨 소용이 있으랴.

현악은 빠르게 사위를 둘러보았다.

일견하기에도 신표와 채엽, 강일조는 제정신이 아닌 듯했다.

그들은 피에 굶주린 듯, 사람 백정인 듯 좌충우돌하면서 미친 듯이 도검과 창을 휘둘러 적을 주살하고 있었다.

유성보 고수 백오십 명은 어느새 절반이나 죽은 상황이었다.

하지만 아직 칠십여 명이나 남아 있는데도 신표들 세 명은 조금도 위축되지 않고 오히려 기세에서 그들을 압도하며 거의 도륙이나 다름없는 살행을 계속하고 있었다.

문득 현악은 그 광경을 보면서 인생의 덧없음을 느꼈다.

무인으로 사는 한 그 역시도 언젠가 저렇게 죽을지도 모른다는 사실에 생각이 미치자 서글픈 기분마저 들었다.

지금 이곳에서 죽어가고 있는 유성보 고수들이나 언젠가 비명횡사

할 자신이 단지 죽는 순서의 차이만 있을 뿐이 아니겠는가.

아니면 인생이란 그저 태어나서 먼저 죽고 나중에 죽는 그 차이의 다름 아닐 수도 있었다. 그 차이가 며칠이 될 수도, 수십 년이 될 수도 있다.

현악은 고개를 절레절레 가로저었다.

'어차피 죽을 목숨이라면 정말 값지게 살다 가야 하지 않겠는가.'

그는 맑은 눈으로 유성보 고수들을 쳐다보았다.

'그래서 그대들을 죽여야만 드넓은 천하로 나갈 수 있다면……'

슈우—

현악은 표허무종을 전개하여 유성보 고수들을 향해 쏘아가면서 오직 한 가지 생각만 했다.

일검이검기를 제대로 터득하는 것.

싸움은 반 시진 만에 종결됐다.

"헉헉헉……"

거친 숨소리가 대초원 한복판에서 들려왔다.

서 있는 사람은 현악 혼자뿐이었다. 나머지는 모두 풀밭 위에 쓰러져 있었다.

그렇다고 쓰러져 있는 사람들 모두가 죽은 것은 아니었다.

신표와 채엽, 강일조는 한데 모여 하나같이 사지를 벌리고 하늘을 향해 누운 채 가슴을 들썩이며 거친 숨을 토해내고 있었다.

멀쩡한 사람은 현악뿐이었다. 나머지 세 사람은 그야말로 만신창이였다.

신표는 유성보 고수를 일곱 명 죽였고, 채엽은 네 명을, 강일조는 세 명을 죽였다.

모두 기대 이상의 성과를 올렸다. 무엇보다도 값진 소득은 무엇으로도 얻을 수 없는 실전 경험을 쌓았으며, 천금을 주고도 살 수 없는 몇 가지 깨달음을 얻었다는 사실이다.

그리고 모두 살아남았다는 것.

세 사람은 온몸에 무수히 많은 상처를 입었지만 치명상은 한 군데도 없었다.

현악이 암암리에 그들을 보호했기 때문에 가능한 일이었다. 그 사실은 신표만이 알고 있었다.

채엽과 강일조는 자신들이 갑자기 실력이 늘었거나 운이 좋아서 죽지 않았다고 여기면서 숨이 끊어질 정도로 헐떡이는 중에도 기분이 아주 흡족해서 실실 미소를 흘려내고 있었다.

문득 신표는 삼 장쯤 떨어진 거리에 혼자 우뚝 서 있는 현악을 쳐다보았다.

수하가 주군 앞에 퍼질러 누웠다는 것은 있을 수도 없는 일이지만 지금은 어쩔 도리가 없었다.

신표뿐 아니라 세 사람 모두 몸에 단 한 움큼의 기력조차 남아 있지 않은 상태였다.

그러고서도 숨을 쉬고 있다는 사실이 자신들이 생각하기에도 신기할 지경이었다.

현악은 어딘지 쓸쓸한 얼굴이었다.

무적부를 섬멸하러 가던, 유성보가 두 번째로 파견한 백오십 명의 고수를 오히려 이쪽에서 전멸시켰는데도 현악은 그리 기쁜 표정이 아니어서 그를 보고 있던 신표는 적잖이 의아할 수밖에 없었다.

그때 현악이 눈을 감았다.

그는 그 상태로 한동안 묵묵히 서 있었다.

문득 신표는 현악의 입술이 미미하게 달싹이는 것을 발견했다.

현악은 무슨 말인가 중얼거리고 있었다. 그러나 무슨 말인지 신표에게는 들리지 않았다.

그때 현악의 마지막 중얼거림이 신표의 고막을 여리게 두드렸다.

"부디 극락왕생하기를……."

신표는 적잖이 놀라는 얼굴로 현악을 쳐다보았다.

*　　　*　　　*

여명이 터오기 직전, 혁련무룡은 철룡전주의 보고를 받았다.

"결론부터 말씀드리자면, 쾌검왕과 전 풍사단 총단주 흑사신이라는 자가 합세하여 주가구의 대홍방과 수룡채를 차례로 접수한 후, 주가구 일대 오십여 리 이내의 소방파 삼십여 개를 모조리 분타로 삼는 과정에서 본 보의 주가구 분타를 괴멸시켰으며, 삼십 개 소방파를 굴복시키고 나서 무적부를 개파했습니다."

혁련무룡은 대홍방에 대한 기억은 어렴풋이나마 있었다. 아마도 대홍방주는 벽력도 전굉이라는 인물이었을 것이다. 성품이 대쪽 같으며, 협객으로 알고 있었다.

"벽력도 전굉은?"

"쾌검왕의 수하를 자청했다고 합니다."

"수하를 자청?"

전혀 뜻밖의 일이었다. 벽력도 전굉이 쾌검왕을 수하로 거둔다면 몰라도 그 반대라니…….

"그들이 대홍방을 접수한 상황을 자세히 설명하라."

"쾌검왕과 흑사신이 흑궁녀라는 한 명의 수하만을 데리고 대홍방과 정면 대결을 벌였다고 합니다."

"정면 대결?"

"대홍방은 주가구 일대 제일방파로서 휘하 무사만 삼백여 명을 보유하고 있습니다. 그런데 쾌검왕과 흑사신 단 두 명이 그들과 대적하여 그들 중 백여 명 이상을 죽였습니다. 직후 벽력도 전굉이 나섰다가 쾌검왕과 일 초식을 나누고 몇 마디 말을 주고받더니 즉시 수하를 자청했다는 것입니다."

"일 초식만을 나누고 말인가?"

"당시 그곳에 있다가 대홍방을 떠난 대홍방 수하의 말에 의하면, 벽력도가 쾌검왕의 수하를 자청하자 쾌검왕은 벽력도에게 승부를 내자고 말했답니다."

혁련무룡은 가볍게 눈살을 찌푸렸다.

"수하를 자청하는 사람에게 승부를 내자고 했다고?"

"쾌검왕은 벽력도에게 '맹수는 자신보다 강한 상대에게만 복종한다고 들었어. 나는 자네의 진실한 복종을 원한다. 그러니 자넬 이겨야겠지'라고 말하면서 끝까지 승부 내기를 원했답니다. 그 당시의 쾌검왕은 서 있기조차 어려울 정도로 극심한 중상을 입은 상태였다고 합니다."

"……."

혁련무룡은 둔기로 뒤통수를 묵직하게 얻어맞은 것 같은 충격을 받았다.

그가 산서에서 한 번 봤던 쾌검왕은 자신보다 서너 살은 아래로 보이는 일개 어린 소년에 불과했다.

운몽산혈전이니, 소혈살성이니 떠들어대는 살 떨리는 소문과는 멀게만 여겨지는, 그 얼굴에는 아직 치기마저 남아 있던 그런 소년일 뿐이었다.

그러나 이후 그 얼굴은 혁련무룡의 의지와는 상관없이 뇌리에 뚜렷이 각인되어 이날까지 지워지지 않고 있었다.

혁련무룡은 아직 어린 소년이며 쾌검마와도 연관이 있는 사람이 자신의 연적이라는 사실을 인정할 수가 없었다.

하지만 세월이 흐를수록 그 어린 소년은 점차 연적으로 뚜렷이 자리매김을 했고, 이제는 연적의 존재를 넘어서 오히려 단우옥의 마음을 거의 다 차지해 버린 원수 같은 존재가 되어버렸다.

그러므로 쾌검왕이라는 이름에 대한 혁련무룡의 선입관은 좋을 리가 없었다.

천민을 조상으로 두었으며, 백정이었던 부친의 업을 이어받아 소년 백정이 되었고, 우연히 쾌검마를 만나 어줍지 않은 일초검법을 전수받은 후 하늘 높은 줄 모른 채 무림을 들쑤시고 다니는 돼먹지 않고 시건방지기 짝이 없는 놈.

대충 그 정도가 여태까지 혁련무룡이 생각하고 있는 쾌검왕이라는 존재였다.

그런데 아닌 것이다.

철룡전주의 보고는 혁련무룡의 선입관을 완벽하게, 그리고 한꺼번에 뒤집어놓기에 부족함이 없었다.

수하가 되기를 자청하는 자에게 진실한 복종을 원한다면서 승부를 내자고 했다는 것이다.

게다가 자신은 서 있기조차 어려울 정도의 중상을 입은 상태에서 말이다.

그것은 진정한 대장부만이, 진정한 군림자(君臨者)만이 행할 수 있는 행동이었다.

만약 혁련무룡 자신이 그와 같은 상황에 처했다면, 그도 쾌검왕처럼 행동했을 것이라고는 감히 자신할 수 없었다.

그렇다고 혁련무룡의 입장에서 그게 정말이냐고, 틀림없느냐고 철룡전주를 다그칠 수도 없는 노릇이었다.

아니, 보고는 정확할 것이다. 유성보의 문파고수들은 최종 보고를 올리기 전에 그 내용을 지나칠 정도로 확인 또 확인한다는 것을 그는 누구보다도 잘 알고 있었다.

"수룡채마저 접수하여 무적부를 개파한 이후 쾌검왕은 불과 세 명의 수하를 이끌고 주가구 앞을 흐르는 영하의 칠십여 리 상류에 근거지를 삼고 있는 오룡채를 접수, 무적부는 주가구는 물론 서화현까지 백여 리 일대를 지배하는 지역의 강자로 급부상했습니다."

이날까지 혁련무룡을 놀라게 할 만한 일은 그리 많지 않았다. 그러나 그는 지금 분명히 놀라고 있었다.

"대홍방만 쾌검왕과 흑사신이 같이 공격했을 뿐입니다. 아니, 그것도 쾌검왕이 벽력도를 수하로 거두었기 때문에 일단락되었지, 그렇지 않았다면 결말이 어떻게 났을지 모르는 일이었습니다. 이후 수룡채와 오룡채는 순전히 쾌검왕 혼자 접수했습니다. 그러므로 무적부의 개파와 그 지역 백여 리 일대의 지배가 가능했던 것은 칠 할이 쾌검왕의 힘이었다는 분석이 나옵니다."

혁련무룡은 가슴속에 무거운 돌 하나를 들여놓은 것 같은 기분이 들었다.

그가 모르고 있는 사이에 자신의 연적, 아니, 단우옥의 마음을 송두리째 탈취했다고 인정할 수밖에 없는, 이른바 연수(戀讐)는 욱일승천하고 있었던 것이다.

그러나 한 가지 위안이 있었다.

"수룡채와 오룡채는 장강수로채 휘하가 아니던가?"

"그렇습니다. 모르긴 해도 장강수로채는 조만간 무적부에 대해서 어떤 행동을 취할 것입니다."

그것이었다.

장강수로채가 비록 녹림 방파였지만 유성보조차도 함부로 대하지 못하는 거파 중의 거파였다.

장강수로채는 휘하에 칠십이 개의 수로채를 두고 있어서 예로부터 달리 칠십이수로총채라고도 불렸는데, 이제 칠십수로총채로 불려야 할 상황이 되었다.

그것을 인내하고 감수할 장강수로채가 아닐 것이다. 그들은 머지않아 마땅히 대대적인 무적부 섬멸을 개시할 것이다.

더구나 혁련무룡에겐 또 하나의 위안거리가 남아 있었다.

무적부가 유성보 주가구 분타를 괴멸시켰으며, 유성보에서 파견한 일 개 당 오십 명의 고수를 전멸시켰다는 사실이 그것이었다.

다시 말하자면, 무적부는 유성보 주가구 분타를 괴멸시킴으로써 만들지 않아도 될 뻔한 유성보라는 어마어마한 대적(大敵)을 만들었다는 사실이다.

무적부가 장강수로채라는 대적을 만든 것이 혁련무룡의 작은 위안이라면, 그들이 유성보를 건드린 것은 큰 위안이 되어주었다.

그로써 혁련무룡 자신의 손으로 직접 무적부를 철저히 괴멸시키고 쾌검왕을 찢어 죽일 수 있는 명분을 얻었으므로.

"즉시 비합전서를 띄워서 무적부로 향하고 있는 창룡전 휘하 삼 개 당을 불러들여라."

삼 개 당으로는 쾌검왕이 버티고 있는 무적부를 어떻게 하지 못할 것이다.

잘하면 양패구상 정도겠지.

그것으로는 안 된다. 이제 쾌검왕은 누구의 손에도 맡길 수 없는 존재가 돼버렸다. 혁련무룡 자신의 손으로 자근자근 짓이겨 줘야만 속이 풀릴 것 같았다.

문득 혁련무룡은 철룡전주가 미적거리는 것을 발견하고 흐릿한 불길함이 일었다.

"실은… 창룡전 휘하 삼 개 당이 전멸… 했습니다."

역시 불길한 느낌이 들어맞았다.

하지만 의문이 남았다.

"그들이 그렇게 빨리 주가구에 도착한 것인가?"

"아닙니다. 그들은 주가구를 이백여 리 남겨둔 부구현(扶溝縣) 근처 초원 지대에서 전멸했습니다."

혁련무룡의 뇌리를 스치는 것이 있었다.

"또 쾌검왕인가?"

"그렇습니다. 본 보의 창룡전 휘하 삼 개 당 백오십 명은 쾌검왕과 그의 세 명의 수하에게 단 한 명의 생존자도 없이 전멸당했다고 합니다."

"……!"

혁련무룡은 잠시 동안 할 말을 잃었다.

유성보 삼 개 당 백오십 명의 정예 고수가 무적부 전 세력도 아닌 겨우 쾌검왕과 그의 수하 세 명에게 전멸됐다는 것이다.

그는 자신이 단신으로 백오십 명의 유성보 칠급 정예 고수와 대적한다고 가정해 보았다.

어렵게, 아주 어렵게 승리할 수 있을 것 같았다. 그러나 그 자신도 결코 무사하지는 못할 것이다. 죽지는 않더라도 중상을 모면키 어려울 터이다.

"쾌검왕은 어떤가?"

혁련무룡은 쾌검왕이 얼마나 중상을 입었느냐를 물었으나 철룡전주는 쾌검왕의 진로를 묻는 것으로 받아들였다.

"쾌검왕 일행은 빠르게 북상하고 있습니다."

어쨌든 뜻은 전달됐다. 쾌검왕이 북상하고 있다면, 중상을 입지 않았다는 뜻이다.

게다가 '빠르게' 북상한다면 거의 상처를 입지 않았다는 뜻이기도 했다.

혁련무룡이 받는 충격은 계속됐다. 자신조차도 백오십 명의 유성보 고수와 단신으로 싸운다면 중상을 모면키 어려울 텐데, 쾌검왕은 말짱하다는 것이다.

"세 명의 수하는 어떤 자들인가? 벽력도가 속했던가?"

"아닙니다. 셋 중 가장 강한 자가 옛 수룡채 시절 단주였던 자이고, 또 하나는 풍사단 홍동지단주였던 자이며, 마지막 한 명은 수룡채에서 말단 조장을 지냈던 자입니다."

철룡전주는 마치 자신의 눈으로 본 듯이 낱낱하고도 정확하게 보고했다.

혁련무룡의 얼굴에 기어코 어이없다는 표정이 떠오르고 말았다.

세 명의 수하라는 자들이 하나같이 녹림인, 아니면 사파인, 그것도 단주며, 지단주, 조장 따위의 쓰레기 같은 자들뿐이었다.

원래는 그들 셋이 한꺼번에 덤벼도 유성보 칠류급 정예 고수 한 명을 어쩌지 못해야 당연했다.

혁련무룡의 내심을 짐작했는지 철룡전주가 조심스럽게 아뢰었다.

"그들 셋이 본 보 고수 열네 명을 죽였습니다."

"당치도 않은!"

혁련무룡은 버럭 소리를 질렀다. 그런 것은 전혀 그답지 않은 행동이었다.

철룡전주는 움찔하며 입을 다물고 혁련무룡의 표정을 살폈다. 그는 지금 소보주가 얼마나 어이없어하는지 짐작할 수 있었다. 하지만 소보주와 단우옥과 쾌검왕의 삼각 관계를 알지 못하므로 그의 분노까지는 짐작하진 못했다.

소리는 질렀지만, 혁련무룡은 그것이 정확한 보고라는 것을 잘 알고 있었다.

"감비당(監飛堂)의 보고입니다."

잠시가 지나도 혁련무룡의 안색이 풀리지 않자 철룡전주는 자신이 거짓 보고를 올린 것이 아니라는 해명을 할 필요를 느끼고 조심스럽게 입을 열었다.

감비당은 유성보 쌍각 중 천일각 직속 기관이다.

감비당은 당명(堂名)이 대변하듯이 정보 수집과 감시, 추적, 미행, 연락 등을 주된 직무로 한다.

감비당 고수 오십 명은 결코 싸움을 하지 않는다. 유성보 고수가 위험에 처해 있는 광경을 목격해도 은밀한 장소에서 자신을 드러내지 않은 채 지켜보기만 할 뿐이다.

자신이 약간의 도움을 주기만 하면 동료가 분명히 죽지 않을 텐데도 절대 돕지 않는다.

그들은 자신의 임무 외의 일에는 일체 관여하지 않도록 교육되어 있었다. 철저하게 자신들의 임무만을 고수하는 것이다.

그들에게 있어서 유성보 고수는 동료가 아니라 감시하고 보고해야 할 수많은 대상 중에 하나일 뿐이다.

감비당이 천하의 모든 정보와 소문에 정통한 개방과도 친밀하고 천하의 거의 모든 하오문을 장악하고 있다는 사실은 무림에는 거의 알려지지 않은 사실이었다.

유성보는 명문정파지만, 유성보 휘하인 감비당만은 임무를 위해서라면 정사간을 넘나들기를 마다하지 않는다.

유성보에서 고수들이 파견되면 어김없이 암중에 감비당 고수 한두 명이 뒤따른다.

파견되는 고수가 많으면 감비당 고수도 많아진다. 그러나 최대 세 명을 넘지 않는다. 그들의 역할이 끝까지 살아남아서 유성보에 보고하는 것이기 때문이다.

유성보가 무적부에 최초에 혈룡단 제삼당을 파견했을 때엔 한 명의 감비당 고수가 은밀하게 뒤따랐다.

그는 제삼당이 전멸하는 광경을 놓치지 않고 처음부터 끝까지 목격했으며, 그 사실은 일차 비합전서로 유성보에 전해졌고, 이차로 본인이

귀환하여 자신이 보고 들은 모든 상황들을 낱낱이 보고한 후 기록으로
남긴다.

그러므로 물론 유성보가 두 번째 무적부에 파견한 창룡전 휘하 삼
개 당에도 감비당 고수가 따라붙는 것은 당연했다.

부구현 남쪽 초원 지대에서 유성보 삼 개 당이 전멸한 후, 그 사실을
간략하게 적은 서찰은 비합전서로 세 시진 만에 천일각주의 손에 도착
했다.

철룡전주는 혁련무룡의 명령이라면서 천일각에 비합전서를 띄웠고,
천일각주가 직접 작성한 서찰이 다시 비합전서로 철룡전주에게 보내져
왔기 때문에 그가 보고하는 내용은 거의 정확하다고 봐야 할 것이다.

혁련무룡은 이날까지 감비당이 잘못된 보고를 올린 것을 본 적이 없
었다.

그러므로 여태 자신이 들은 쾌검왕에 대한 보고는 불행히도 정확할
것이다.

다만 그 자신이 믿고 싶지 않은 것일 뿐.

쾌검왕 수하 세 명이 유성보 고수 열네 명을 죽였다면, 쾌검왕이 백
삼십육 명을 죽였다는 얘기가 된다.

'놈이 그 정도였다는 말인가?'

혁련무룡의 머리 속으로 의혹이 먹구름처럼 피어났다.

그는 산서 운몽산에서 쾌검왕과 직접 싸워본 적은 없었지만, 십여
장 거리를 두고 그를 추적한 적이 있었다.

그러나 당시의 그는 아무리 부상을 입었다고는 하지만 그 정도로 강
해 보이지는 않았다.

그리고 안택현에서 쾌검왕에 대한 여러 소문과 보고들을 종합했을

때에도 그가 강하다고는 생각하지 않았다.

또한 백정이었던 일개 어린 소년이 쾌검마에게 불과 서너 달 무공을 전수받았을 뿐인데 강해지면 얼마나 강해졌겠는가?

'그렇다면?'

결론은 둘 중 하나다.

'놈은 그사이에 대단한 기연을 얻었거나, 아니면 지난 이 년여 동안 쾌검마의 검법을 지독하게 연마해서 놀라운 성과를 이루었을 것이다.'

그러나 혁련무룡은 후자일 가능성은 희박하다고 생각했다. 제아무리 쾌검마의 검법이 뛰어나다고 해도, 아무리 혹독하게 연마를 했다고 해도 이 년여라는 짧은 시간 동안 그 정도로 강해졌다는 것은 설득력이 없었다.

그러나 그 대답 역시 곧 듣게 될 것이다.

"쾌검왕이 사용한 무공은 무엇이었나?"

"극쾌검기였다고 합니다."

철룡전주는 기다리고 있었다는 듯 대답했다.

'극쾌검기!'

혁련무룡은 하마터면 낮게 소리를 지를 뻔할 정도로 놀랐다.

'믿을 수가 없다! 쾌검마에게 쾌검을 전수받은 지 채 이 년도 지나지 않았는데 벌써 극쾌검기를 시전한다는 말인가?

그렇다면 쾌검왕은 가능성이 희박하다고 여긴 후자, 즉 지난 이 년여 동안 피나는 수련 끝에 지금의 실력을 터득했다는 뜻이 되는 것이다.

기연이 아니었던 것이다.

혁련무룡은 등줄기에 잔물결 같은 전율이 이는 것을 느꼈다. 두려움이 아니라 경외심 때문이었다.

중오하는 놈이지만, 그 불가능한 일을 해낸 자에 대한 순수한 존경이 파도처럼 일었다.

유성분광검법도 쾌검이다.

쾌검마의 쾌검이 오직 빠르기에만 치중하는 것이라면, 유성분광검법은 빠르기와 다변(多變)을 똑같은 비중으로 중시 여기고 있다는 점이 달랐다.

즉, 유성분광검법의 '유성'은 '쾌'이고 '분광'은 '다변'인 것이다.

혁련무룡은 무가의 후손답게 네 살 철모르던 어린 나이에 무공에 입문했다.

최초에는 심법을 주로 운기했고, 이후에는 본격적으로 무공을 배우기 앞서 체질을 무골로 변화시키기 위해서 연신연기(練身練氣)에 주력했다.

그리고 처음 검을 잡은 것이 열두 살 때였다.

지금 그의 나이 이십 세, 팔 년 동안 단 하루도 손에서 검을 놓지 않고 유성분광검법에만 매진해 온 그였다.

그 결과, 그는 이 년 전에야 비로소 유성분광검법 오 단계 중 사 단계인 분광쾌(分光快)를 극한까지 터득했다.

분광쾌의 쾌는, 즉 극쾌검기와 동일한 빠르기를 지니고 있다. 그것에 분광, 즉 극쾌검기를 자유자재로 나누어 공격이나 방어로 전개할 수 있는 능력이 보태졌다.

그러므로 위력 면에서는 분광쾌가 쾌검마의 극쾌검기보다 우위라고 자부하고 있는 터였다.

쾌검왕이 극쾌검기를 연성했다고는 하지만, 아직 초보 단계일 것이 분명했다.

해서 분광쾌를 극성한 혁련무룡과 지금 부딪쳐서 싸운다면 쾌검왕이 백전백패할 것은 명약관화한 일.

아무리 그렇더라도 쾌검왕이 불과 이 년여 만에 극쾌검기를 전개할 수 있다는 사실은 놀라운 일이 아닐 수 없었다.

"음! 쾌검왕이 북상하더라고?"

한참 만에야 혁련무룡은 묵직한 신음을 흘려냈다.

"그렇습니다."

"뭔가 보고할 것이 남았나?"

철룡전주는 혁련무룡의 날카로운 물음에 자신의 속이 훤히 드러나는 것을 느꼈다.

"쾌검왕이 무적부를 떠난 것은 닷새 전입니다. 조금 전에 말씀드린 세 명의 수하 외에 무적혈창대라는 사십구 명의 수하와 한 명의 여제자를 거느리고 있습니다."

도합 오십사 명.

적은 숫자가 아니다.

맨손으로 석 달 만에 주가구 일대 백여 리를 지배하는 패자가 됐고, 거의 단신이다시피 하여 유성보 정예 고수 백오십 명을 전멸시킨 쾌검왕이 일로 북상하고 있다는 것이다.

혁련무룡은 오래 생각하지 않아도 그의 목적이 무엇인지 간파해 낼 수 있었다.

"본 보를 상대하겠다는 것인가?"

이가 시리게 나직이 중얼거리지만 어이없다거나 가소롭다는 기색은 담겨 있지 않았다. 쾌검왕은 더 이상 가소로운 존재가 아니었기 때문이다.

바야흐로 무적부는 장강수로채와 유성보라는 어마어마한 상대를 적으로 삼게 됐다.

무적부도 머리가 있다면 필경 대책을 강구했을 것이다. 온갖 방책들이 난무했을 것이고, 결국은 부딪쳐서 싸우자는 쪽으로 결정한 듯했다.

그 결정은 이란격석으로 종말을 고하겠지만, 과연 석 달 만에 주가구 일대 백여 리의 패자가 될 만한 자들이 궁리해 낼 수 있는 강공책이었다.

그래서 무적부주 흑사신과 주력은 무적부에 남아서 장강수로채를 상대하고, 쾌검왕은 유성보를 상대하기 위해서 일로 장도에 오른 것일 게다.

"푸후……."

기어코 혁련무룡의 입술 사이로 어이없는 실소가 새어 나왔다. 오래 참았던 실소다.

세력이나 실력으로나 그 무엇으로도 무적부는 장강수로채 하나조차도 상대하지 못한다. 최소한 혁련무룡의 생각은 그랬다. 그런데 천하제일방파인 유성보까지 상대해야 하는 것이다.

혁련무룡은 무적부와 쾌검왕에게 가소로움을 넘어서 일말의 연민마저 느껴졌다.

"철룡전주, 쾌검왕의 행보를 매일 보고하도록."

결국 혁련무룡은 철룡전주에게 그렇게 명령함으로써 쾌검왕에 대해서는 이쯤에서 접어두기로 했다.

그는 단우옥을 도와 쾌검마를 협살하는 일이 아니었다면 지금 당장 쾌검왕에게 달려갔을 것이다.

사실 그는 쾌검마를 협살하자는 단우옥의 말을 들었을 때보다, 쾌검왕에 대한 보고를 접한 지금 오히려 더욱 투지가 끓어오른 것이 사실이었다.

하지만 혁련무룡은 투지를 다스려야만 했다. 이제 두 시진만 지나면 동이 틀 것이고, 그는 단우옥과 나란히 쾌검마 협살을 개시하게 될 것이다.

'쾌검마 다음은 쾌검왕, 바로 너다!'

그는 지그시 어금니를 악물면서 내심 중얼거렸다.

◆제60장◆
천지간(天地間)의 기운을 받아들이다

천지간(天地間)의 기운을 받아들이다

부구현 외곽의 아담한 장원.

쿵!

"윽!"

신표가 어깨에 메고 있던 한 명의 장한을 방바닥에 집어 던지자 장한은 답답한 신음을 터뜨리며 나뒹굴었다.

과연 적사의 예측은 적중했다.

만약 중도에서 유성보 고수들을 만나 싸우는 일이 벌어지게 되면 싸움이 끝난 후 분명히 감시가 따라붙을 것이라고, 현악이 출발하기 전에 적사가 주지시켜 주었던 것이다.

지금 방바닥에 나뒹굴어 있는 자가 그 증거였다.

사실 장한은 유성보 감비당의 고수였다. 그리고 어제 현악 일행이 초원에서 유성보 삼 개 당을 전멸시킨 후 그들을 멀찍이에서 따라붙어

미행했다.

만약 적사가 미리 언질해 주지 않았더라면 현악 일행은 언제까지고 감비당 고수를 꽁지에 붙이고 다녔을 것이다.

"으으… 무고한 사람을 왜 붙잡아온 것이오?"

감비당 고수는 쓰러진 채 겨우 고개를 들며 끙끙거렸다.

감비당 고수의 경공술은 과연 대단했다. 그 한 명을 잡는 데 신표와 채엽, 강일조, 무적혈창대 전원이 총동원되고서도 진땀을 흘려서야 간신히 잡을 수 있었으니까.

하지만 워낙 경공술이 뛰어나서 다치게 하지 않고는 잡을 방도가 없었다.

감비당 고수가 이리저리 날아다니는 것을 무적혈창대의 두 자루 비창이 허벅지와 옆구리를 꿰뚫어 땅에 떨어뜨려서야 잡을 수 있었던 것이다.

현악은 의자에 느긋한 자세로 앉아 있었고, 앞쪽 바닥에 감비당 고수가 쓰러져 있었으며, 그 주위에는 신표와 강일조, 채엽이 둘러서서 차가운 눈빛으로 굽어보고 있었다.

"불어라."

그때 신표가 눈을 내리깔며 불쑥 입을 열었다. 무턱대고 불라는 것이었다.

감비당 고수는 목에 칼이 들어와도, 아니, 목이 잘리는 순간까지 자신의 신분을 노출시키거나 자백해서는 안 된다.

"무… 엇을 불라는 것이오? 보다시피 나는 장사꾼이오… 으으……."

하긴, 그는 영락없는 장사꾼 행색이었고, 무기라고는 지니고 있지 않아서 무림인으로 보기에는 무리가 있었다.

신표는 강일조에게 슬쩍 눈짓을 했다.

강일조는 허리를 굽혀 감비당 고수가 메고 있는 두툼한 배낭과 옷을 깡그리 벗겨 곧 벌거숭이로 만들고는, 그가 품속에 지니고 있던 물건들을 하나하나 꺼내 바닥에 늘어놓았다.

그의 품속과 옷에서 나온 물건들은 번쩍이는 비수와 단검, 각종 크고 작은 암기들, 비합전서로 사용되는 전서구 한 마리가 담겨 있는 작은 통, 서찰을 작성하는 휴대용 지필묵 등 종류가 무려 이십여 가지가 넘었다.

채엽이 진열된 물건들을 발끝으로 가볍게 툭툭 차면서 코웃음을 흘렸다.

"흥! 이러고도 장사꾼이라고 우기겠다는 말이지?"

그는 감비당 고수를 굽어보며 조소를 흘렸다.

"후후… 네놈이 유성보의 개라는 것을 알고 있다. 왜 우리를 미행했는지, 이 주위에 네놈 떨거지들은 몇 명이나 더 있는지, 유성보가 무슨 수작을 꾸미고 있는지 알고 있는 것들을 죄다 불어라."

감비당 고수는 더 이상 통하지 않는 억지를 부리지 않았다. 그 대신 그때부터 무슨 말을 물어도 굳게 눈과 입을 다물고는 일체 대답하지 않았다.

차앙!

"이 자식! 불지 않으면 당장 죽여 버리겠다!"

참다못한 채엽은 도를 뽑아 감비당 고수의 목에 대면서 울화를 터뜨렸다.

여차하면 당장이라도 목을 벨 기세였다.

그런데도 감비당 고수는 꿈쩍도 하지 않았다.

문득 현악은 감비당 고수를 주시하며 가볍게 눈살을 찌푸렸다. 그는 현재 공력이 일 갑자, 육십 년 수준이었다.

아니, 서너 달 전에 일 갑자였는데 그동안 거의 하루 종일 운공과 극쾌검 연마를 했으므로 지금 그의 공력은 일 갑자를 약간 상회하는 수준일 것이다.

그런 그가 바닥에 반듯한 자세로 누워 있는 감비당 고수에게서 호흡 소리도, 심장 박동 소리도 들리지 않는 것을 감지하는 것은 어려운 일이 아니었다.

"그만둬라. 그자는 이미 죽었다."

현악은 나직이 중얼거리고는 일어나서 방을 나갔다.

채엽은 움찔하더니 즉시 감비당 고수의 눈을 까뒤집었다.

동공이 완전히 풀렸으며 기이하게도 흰자위가 푸르스름하게 변해 있었다.

채엽이 잔뜩 이맛살을 찌푸렸다.

"제길! 중독돼서 죽었군!"

그는 죽은 감비당 고수의 꽉 다물린 입을 힘주어 벌렸다가 입에서 푸르스름한 액체가 꾸역꾸역 흘러나오자 오만상을 찌푸리면서 뒤로 물러났다.

"음! 청부골산(靑腐骨酸)을 어금니에 물고 있다가 깨물어 죽다니, 지독한 놈이로군!"

원래 무림에서 독을 사용하는 무리는 사천당가나 독문, 사파와 하오문뿐이었다.

정파는 물론이고 마도와 녹림계에서도 독을 사용하지 않는 것을 불문율처럼 여겨왔다.

또한 하오문이 사용하는 독은 기껏해야 춘약이나 미혼약 정도에 불과했고, 사파야말로 필요에 따라서 수십 가지 독을 자유자재로 사용하는 것이 보통이다.

사파고수들치고 몇 가지 독을 능란하게 다루지 못하는 자가 없을 정도였다.

하지만 그런 사파고수들도 독의 달인인 독문(毒門)에 비하면 조족지혈이었다.

독문의 고수들은 수백 가지 독들을 능수능란하게 사용하여 용독(用毒), 제독(制毒), 해독(解毒)하는 것은 물론이고, 온몸이 독 자체인 독인(毒人)들도 부지기수였다.

사파와는 비슷한 점이 조금도 없는 독문을 군이 사파로 분류한 것은 무림에서 독을 사용하는 곳이 사파와 독문뿐이었기 때문이다.

그런데 명문정파인 유성보의 고수가 극독을 사용하다니, 그것도 늘 어금니에 독을 물고 다니다가 자신의 정체가 드러났을 때 그것을 깨물어 자결을 하다니, 실로 경악할 만한 일이었다.

그런 것은 사파나 녹림인들도 꺼려하는 지독한 일이었다. 아마도 전문 살수들이나 가능한 일일 것이다.

아마도 무림에서는 유성보 고수들이 그런다는 사실을 거의 모르고 있을 것이다.

유성보의 그늘진 곳에서는 유성보 고수들조차도 모르는 일들이 벌어지고 있었다.

신표는 무적혈창대 사십구 명에게 부구현 근처 산에서 노숙을 하도록 명령했다.

그 산은 너무 험악하고 깊어서 대낮에도 어스름한 저녁나절처럼 어두웠고, 아주 드물게 약초꾼들이나 사냥꾼들만, 그것도 자신들이 다니는 길로만 다닐 뿐이었다.

무적혈창대는 그곳에서 신표가 정해놓은 너무도 **빡빡한** 계획표대로 수련을 했다.

그렇다고 해도 잠을 잘 시간은 단 두 시진뿐이었다.

그러나 그 두 시진조차도 잠을 잘 수가 없었다. 두 시진 동안 운공을 하면서 잠을 대신하라는 신표의 거역할 수 없는 명령이 내려져 있었기 때문이다.

운공과 잠은 엄연히 다르다. 잠은 아무것도 하지 않은 상태에서 그저 정신과 육체를 편히 쉬도록 하는 것이지만, 운공은 반 가사 상태에서 정신과 육체, 그리고 또 하나 정기(精氣)를 혼연일체시키며 내공을 쌓는 것이다.

무적혈창대는 결성되는 순간부터 지금까지 줄곧 운공으로 잠을 대신해 왔다. 그러므로 이즈음 무적혈창대가 잠을 자지 않는다고 해서 피곤하다든지 행동에 제약을 받는 것은 아니었다. 아니, 이즈음의 그들은 잠을 자라고 해도 굳이 운공하는 것을 택할 정도가 되었다.

잠을 자는 것보다 운공을 하는 것이 여러모로 몸에 이롭고 좋다는 사실을 몸소 체험했으며, 그렇게 해도 전혀 피로를 느끼지 않았기 때문이다.

무적혈창대는 어둠 속에서 준비하고 있었다.

진정한 무적이 되기 위하여.

'이럴 수가······.'

현악은 방금 운공을 끝낸 강초련의 맥을 짚어보다가 놀란 듯 어이없는 표정을 짓고 말았다.

이번이 세 번째 운공이었지만, 그가 강초련의 맥문을 짚어본 것은 처음이었다.

현악 일행은 이 장원에서 이틀째 묵고 있는 중이었다. 아니, 정확히 하루 반나절이었다.

현악이 채엽에게 부구현에서 좀 떨어진 곳에 장원 한 채를 구하라고 지시한 것은 순전히 강초련에게 자령신공을 전수하려는 목적 하나 때문이었다.

어제저녁, 현악은 생포한 유성보 감비당 고수가 죽었다고 판단한 직후 그 자리를 떠나 강초련의 방으로 갔었다.

그는 이 년여 전 쾌검마가 자신에게 그랬듯이 반 시진에 걸쳐서 강초련에게 자령신공의 구결과 운기법을 전수했다.

그것뿐 아니라 그동안 자신이 운공을 해오면서 터득하고 깨달았던 운기하는 요령까지도 아낌없이 가르쳐 주었다.

현악은 강초련이 구결을 모두 외울 때까지 몇 번이고 불러줄 생각이었지만 그럴 필요가 없었다.

그녀가 단 한 번에 그 긴 구결을 모조리 외워 버렸기 때문이다.

현악 자신도 한 번에 구결을 외워서 쾌검마를 놀라게 했던 경험이 있었는데, 이제는 그 자신이 놀랐다.

문득 그는 그 당시 쾌검마가 자신에게 했던 것처럼 강초련에게 지시했다.

"해봐라."

그 당시 현악은 한동안 어리둥절하다가 쾌검마가 읊어준 구결 속에 운기하는 방법이 담겨 있음을 깨닫고는 어설픈 최초의 운기를 시작했었다.

"네, 사부님."

현악은 열아홉 나이에 생애 처음으로 '사부'라는 소리를 듣자 어색한 표정을 지으며 쑥스러워했지만 내색하지는 않았다.

그런데 강초련은 어리둥절하기는커녕 흡사 예전부터 많이 해봤던 것처럼 즉시 가부좌의 자세를 틀고 앉더니 운기를 시작하는 것이 아닌가?

현악의 놀라움은 클 수밖에 없었다.

원래 강초련 같은 절맥(絶脈)을 타고난 사람들은 보통 사람들과는 비교도 할 수 없을 만큼 총명하며 기억력이 탁월하지만 현악은 그런 사실을 알지 못했다.

그때가 어젯밤 술시(戌時)였다.

강초련의 첫 운기는 한 시진 만에 끝났다. 일반적인 운기보다 두 배나 긴 시간이 소요되었다.

아마도 그녀가 극음지체였기 때문에 극양지공인 자령신공이 체내에서 융화하는 시간이 현악보다 훨씬 길었을 것이다.

현악은 한 시진 동안 그녀 앞에 앉아서 꼼짝하지 않고 지켜보고 있었다.

그렇게 생애 최초의 운공을 끝낸 강초련은 크게 놀라는 표정으로 눈을 크게 뜨면서 긴 한숨을 토해냈는데, 눈빛은 마치 신세계를 발견한 듯 해맑게 빛났다.

강초련은 한 시진 동안 휴식을 취한 후 자정인 자시(子時)에 두 번째 운기를 시작했다.

현악은 일각 동안 그녀를 지켜보다가 별 탈이 없을 것으로 판단하고 자신의 방으로 돌아가 잠을 청했었다.

단지 그것뿐이었다.

그런데 그 다음날 강초련은 현악을 비롯하여 모두를 놀라게 만들었다.

그녀는 태어나면서부터 몸이 약해서 이날까지 강일조 부부를 무던히도 걱정시켰다.

그렇다고 뚜렷한 병명이 있는 것도 아니었다.

그녀가 다른 사람들과 다른 것은 그저 온몸이 얼음처럼 차디차다는 사실 하나뿐이었다.

용하다는 의원에게 데려가 봐도 별다른 말을 듣지 못했다. 어떤 의원에게 찾아가도 그저 선천적으로 허약한 체질이라는 말만 되풀이해서 들었을 뿐이다.

그런 강초련이 극음지체라는 사실은 얼마 전에야 흑궁녀에 의해서 겨우 밝혀졌다.

예전의 그녀는 단 하루도 건강한 모습을 보인 적이 없었다. 늘 힘없이 시름시름 앓으면서 하루의 거의 대부분을 누워서 지내는 것이 그녀가 이날까지 십오 년 동안 해온 일의 전부였다.

그런 그녀가 비록 오늘 하루뿐이지만 더 이상 시름시름 앓는 모습을 보이지 않은 것이다.

아니, 그뿐만이 아니라 하는 말과 행동마다 힘이 넘쳤으며, 늘 창백하다 못해서 밀랍처럼 희었던 얼굴에는 불그레한 홍조가 가득 떠올라 있었다.

그래서 언제나 사람들의 이목을 피하기만 했던 예전과는 달리 방실방실 웃으면서 현악의 수발은 혼자 다 들겠다고 설쳐 댔다.

자령신공이 강초련을 그렇게 변화시킨 것이었다. 그것도 불과 두 차례의 운공이 만들어낸 결과였다.

그런데 지금 현악은 자령신공을 겨우 세 번 운기한 강초련의 맥문을 잡은 채 아연실색하는 표정을 얼굴에서 지우지 못하고 있는 중이었다.

강초련의 맥문에 살짝 얹혀 있는 그의 검지와 중지 끝을 통해서 파도 같은 기가 느껴지고 있었기 때문이다.

강초련은 현악의 놀라는 얼굴을 초조한 표정으로 바라보았다. 현악의 표정에서 뭔가 잘못된 듯한 느낌을 받은 것이다.

그러나 감히 입을 열어 물어볼 엄두가 나지 않아 초조한 마음을 간신히 가누며 현악만 바라보았다.

놀라고 있던 현악은 마음을 가라앉히고 자세를 바로 하고는 강초련의 맥을 다시 고쳐 잡았다.

그러자 강초련은 더 긴장해서 눈도 깜빡이지 않은 채 현악을 바라보았다.

현악은 의원도 아니고 의술에 대해서는 새카만 문외한이었다. 다만 자신이 이날까지 운공을 하면서 경험했던 것을 토대로 하여 진맥할 뿐이다.

한순간 현악의 눈이 방금 전보다 더 커졌다.

처음 맥을 잡았을 때는 단지 손가락 끝으로 파도 같은 기만 느껴졌을 뿐인데, 지금은 그 파도 같은 기가 강초련의 체내를 거침없이 휘돌아 다니고 있는 것이 생생하게 느껴졌다.

현악은 부릅뜬 눈으로 강초련을 쳐다보았다.

강초련은 현악의 눈길에 화들짝 놀랐다가 감히 마주 쳐다보지 못하고 사르륵 고개를 숙였다.

"말해 보아라. 지금 몸의 느낌이 어떠냐?"

"……."

강초련은 다시 고개를 들고 현악을 바라보았다. 이어서 조심스럽게 장미 꽃잎처럼 붉은 입술을 뗐다.

"아랫배… 그러니까 단전이 뜨거우면서 뭔가 뭉쳐 있는 것 같은 느낌이에요. 그리고……."

그녀는 흑백이 뚜렷한 큰 눈을 깜빡거리면서 동공을 약간 위쪽으로 향했다. 체내의 느낌을 정리하려는 듯한 표정이었다.

"단전만은 못하지만, 온몸… 어제 말씀해 주신 십이대혈이라는 곳도 뜨거우면서 작은 소용돌이 같은 것이 느껴져요. 그냥… 온몸에서 힘이 뻗치는 것 같아요."

현악은 놀라움을 멈출 수가 없었다.

자신이 한 달 정도 운기해서 느껴지고 얻어진 결과를 강초련은 불과 하루 반나절 세 번의 운기만으로 성취한 것이니 어찌 놀라지 않겠는가.

현악은 그 원인의 첫 번째를 강초련의 극음지체로 꼽을 수밖에 없었다.

그는 극음지체라는 것을 자세히 알지는 못하지만, 극양공인 자령신공이 강초련 체내의 극음지기와 융화하면서 어떤 조화를 일으키는 것일지도 모른다고 나름대로 분석했다.

두 번째는 자신이 그동안 터득했던 자령신공을 운기하는 요령을 상세하게 가르쳐 주었기 때문이라고 꼽았는데, 그 두 가지는 과연 정확한 진단이었다.

"음! 다른 것은?"

다른 것이 있을 리 없었다.

겨우 세 번 운기에 그 정도 성취면 극상이거늘 다른 것이 무에 있을 수 있겠는가.

그는 단지 어떤 생각에 골몰하느라 별 뜻 없는 말을 중얼거렸을 뿐이었다.

그런데 강초련은 고개를 갸웃거리면서 이상하다는 표정으로 조심스럽게 입을 열어 현악의 놀라움에 결정타를 먹였다.

"저… 사실은 어제 자정에 연이어서 다섯 차례 운기를 해보았는데, 운기를 할 때마다 다른 느낌이었어요. 그런데 마지막 다섯 번째 운기를 할 때에는 정수리가 시원한 느낌이 들었어요. 그것은 마치 정수리로 차가운 물이 흘러드는 것 같은 느낌이었어요."

"……."

현악은 강초련의 말을 금세 이해하지 못했다. 그런 현상은 그 자신으로서도 한 번도 경험해 본 적이 없었기 때문이다.

그러나 그는 잠시 후 뒤통수를 한 대 호되게 얻어맞은 것처럼 크게 놀랐다.

정수리로 차가운 물이 흘러드는 것 같은 느낌이라면, 백회혈로 천지간의 기운이 주입되는 현상이 아닌가?

현악은 너무 놀라느라 자신이 어떤 표정을 짓고 있는지도 몰랐다.

강초련은 젊은 사부가 눈과 입을 커다랗게 뜨고 자신을 쳐다보는 것을 보고 잠시 말을 멈췄다가 다시 말을 이었다.

"정수리를 통해서 들어온 찬 기운은 거침없이 전신을 삼 주천했는데, 저는 그것을 멈출 수도 이끌 수도 없는 상황이었어요. 그 기운이 스스로 온몸을 휩쓸고 다니는 느낌이었거든요. 삼 주천 후 그 기운은 십이대혈을 거쳐서 마지막으로 단전에 이르렀는데, 그 기운들이 십이대혈과 단전에 아주 조금씩 축적되는 듯한 느낌이 들었어요."

현악은 너무 놀라서 부지중 강초련의 맥을 놓으며 급히 물었다.

"그게 정말이냐?"

강초련은 자신이 무슨 잘못이라도 한 것처럼 화들짝 놀랐다가 기어드는 소리로 겨우 대답했다.

"네… 사부님."

'이것은……'

현악이 직접 확인을 해봐야 알겠지만, 그게 사실이라면 이건 실로 엄청난 일이었다.

이 년여 넘게 자령신공을 운기한 현악 자신도 그런 현상을 한 번도 겪어보지 못했다.

그런데… 우연찮게 맞이하게 된 여제자가 그것도 단 세 번, 아니, 그녀가 지난밤에 다섯 번 운기를 했으니 도합 여덟 차례 운기하고서 사부인 자신에게 엄청난 깨달음을 안겨준 것이다. 어쩌면 죽을 때까지도 깨우치지 못할 심득(心得)일 수도 있었다.

'아니다! 초련이 극음지체이기 때문에 이 아이에게만 그런 현상이 일어날 수도 있다. 속단하지 말자!'

그럴 가능성도 있었다.

현악은 그것을 직접 확인해 보기로 했다.

"초련아, 이제부터 쉬지 말고 여섯 차례 운기하거라."

다섯 차례에 그런 현상이 일어났다면, 여섯 차례 때에는 어떤 현상일지 궁금했다.

그는 강초련이 침상에서 운기에 들어가는 것을 지켜본 후 자신도 곧바로 바닥에 앉아서 운공을 시작했다.

운기(運氣)와 운공(運功)은 엄연히 다르다.

강초련은 아직 공력이 생성되지 않은 상태이기 때문에 기를 생성시키는 것, 즉 운기를 하는 것이고, 이미 공력이 상당히 축적된 현악의 경우가 바로 운공인 것이었다.

현악이 자령신공을 배운지는 이 년여가 지났지만, 이날까지 그는 운공을 세 번 이상 연이어 한 적이 없었다.

밤새 운공을 하더라도 세 번 운공을 하면 일단 멈추었다가 한동안 검법을 연마하든지, 아니면 잠시 쉬었다가 다시 운공을 시작하곤 했다.

세 번째까지 연이어 운공을 해도 크게 별다른 효과나 새로운 일이 일어나지 않았기 때문이다.

시간이 빠르게 흘렀다.

언제나처럼 같은 반응이었다.

첫 번째 운공으로는 체내 여기저기에 흩어져 있는 기를 고르면서 나쁜 기운은 호흡을 통해서 몸 밖으로 배출시켰다.

두 번째 운공에서는 공력을 온몸의 중요 대혈과 사지백해에 일주천시키면서 혈(穴)을 두드려 단단하게 만들었다.

그리고 세 번째 운공으로는 공력을 머리털과 모공, 혈맥과 신경의 끝 부분까지 보내고 회수함을 반복하면서 몸의 안과 밖을 고루 강건하게 만든다.

여기까지가 현악이 늘 행하던 운공법이었다. 그는 긴장된 마음으로 네 번째 운공을 시작했다.

"……!"

공력을 십이대혈로 보내려던 그는 한순간 움찔했다. 갑자기 공력이 통제되지 않았기 때문이다.

아니, 아예 공력 자체가 일으켜지지 않았다.

아니, 세 번째 운공할 때까지 일으켜져 있던 공력마저도 흡사 고요한 수면에 돌을 던졌을 때처럼 한순간에 산산이 흩어져 버리는 것이 아닌가.

전혀 예상하지 못했던 현상에 현악은 일순 어떻게 해야 할지 갈피를 잡지 못했다.

어쩌면 지금 운공을 중지하지 않으면 주화입마에 들 수도 있을 것이라는 불안한 생각이 엄습했다.

갈등의 순간,

그러나 그는 자령신공을 믿고 또 강초련을 믿어보기로 했다.

여태 수천 번 반복해서 운공했던 자령신공이 갑자기 화를 불러일으킬 리 없었다.

또한 다섯 번째 운기에 정수리로 찬 기운이 쏟아져 들어왔다는 강초련의 말을 반드시 확인해 보고 싶었다.

이것은 어쩌면 현악에게 전혀 새로운 신기원(新紀元)을 열어줄지도 모르는 일이었다.

아니, 반드시 그럴 것이라고 그는 어금니를 악물며 신념을 굳혔다.

마침내 현악은 운공을 멈추지 않고 계속 실행했다.

쿠쿠쿵!

"……!"

순간 온몸의 수천, 수만 개의 땀구멍이 활짝 열리면서 그곳을 통해서 써늘한, 아니, 수만 년 동안 얼어 있던 빙하가 녹은 듯 차디찬 기운이 파도처럼 체내로 밀려들어 오는 것이 아닌가?

그뿐 아니라 그 직후 정수리 백회혈(百會穴)에 커다란 구멍이 뻥 뚫리는 것 같더니, 그곳을 통해서 차다찬 기운이 마치 수백 장 높이에서 떨어져 내리는 폭포 줄기처럼 거칠게 쏟아져 들어왔다.

너무도 강한 충격에 현악의 몸이 크게 진동했고, 하마터면 운공하던 것을 멈출 뻔했다.

'아아! 이것은 바로 천지간(天地間)의 기운이다!'

뒤이어 찾아든 것은 이루 형언키 어려운 감동이었다. 현악은 더없는 경이로움을 느꼈다.

기쁘다든지 놀라움은 그 다음의 문제였다. 그는 그저 삼라만상의 오묘한 조화로움에 자신이 한없이 초라해지는 것과 끝없는 경이로움을 느낄 뿐이었다.

그렇게 백회혈과 전신모공으로 콸콸 쏟아져 들어온 기운들은 기경팔맥과 사지백해를 도도한 급류처럼 거칠 것 없이 주천하면서 점차 내공의 전 단계인 내력과 내기로 변해갔으며, 종국에는 어느 것 하나도 버려지지 않고 고스란히 단전과 십이대혈에 축적되기에 이르렀다.

이제 그것은 수없는 운공과 연공으로 두드리고 다스려져서 현악의 본신진기, 즉 공력으로 화할 것이다.

운공의 첫 번째 기본 원리는 체내에서 일으켜지는 '기'와 몸 밖 천지간의 기운을 체내로 유입하여, 이 두 가지를 서로 융합하고 정제하는 과정에서 대다수는 다시 몸 밖으로 배출되고 극소수만을 자신의 단전에 차곡차곡 쌓는 것의 반복이었다.

두 번째 원리는 그것을 오랜 세월 동안 축적시키고, 또한 그보다 더 오랜 세월 동안 다듬고 정제하며 운용하는 과정을 되풀이하는 것이며,

세 번째에 이르러서야 그것으로 자신의 심신을 강건하게 만들 수도 있고, 몸 밖으로 뿜어내 발경(發勁)할 수 있게 되는데, 비로소 그것을 내공이라고 할 수 있었다.

원래 운공의 첫 번째 과정 중에 몸 밖에서 유입된 삼라만상의 기는 거의 대부분이 다시 몸 밖으로 배출되기 마련이다.

그때 그것을 내보내지 않으려고 아무리 발버둥을 쳐봐야 아무런 소용이 없다.

오히려 자칫 잘못하다가는 그나마 단전에 모아둔 미량의 기운마저도 흩어져 버리고 마는 경우가 왕왕 발생한다.

그런 과정을 셀 수도 없이 반복 또 반복해야 내공의 기초가 되는 내력과 내기를 단전에 축적시킬 수가 있으며, 그것을 수천, 수만 번 단련, 연공시켜서야 비로소 오 년 내공이니 십 년 내공이라고 말할 수 있는 단계가 되는 것이다.

그런데 지금 현악은 백회혈과 전신모공을 통해서 폭포처럼 쏟아져 들어오고 있는 기운의 거의 전부가 체내에 고스란히 축적되고 있는 놀라운 경험을 하고 있었다.

여태껏 극소량을 남기고 대부분을 배출시켜야 했던 것과는 정반대의 현상이 벌어지는 중이었다.

그 기운은 단전과 십이대혈에 아주 빠른 속도로 가득가득 쌓여가는데, 현악은 그것을 미처 정리하지 못해서 애를 먹고 있었다.

지금 현악이 체험하고 있는 현상은 그가 까맣게 모르고 있던 자령신공의 여러 신비스러움 중 하나였다. 하지만 이것이 자령신공이 지니고 있는 오묘함의 전부는 아니었다.

이것은 빙산의 일각일 뿐이었다. 더 무궁무진한 신비가 현악을 미지의 세계로 인도하기 위해서 기다리고 있었다.

강초련은 그저 백회혈이 열리면서 찬물이 흘러드는 것 같은 느낌이라고 말했다.

하지만 현악은 백회혈과 온몸의 셀 수도 없을 정도로 많은 모공이 열리면서 그곳으로 폭포 같은 기운이 항거하지 못할 정도로 한꺼번에 쏟아져 들어오고 있었다.

또한 강초련이 다섯 번 연이어 운공을 해서야 이룰 수 있었던 것을 현악은 네 번째 운공만으로 이룰 수 있었다.

그 원인은 아주 간단했다. 강초련은 이제 자령신공의 입문 단계인 '운기' 여서 일 단계에도 진입하지 못한 상태지만, 현악은 이 단계에 들어서 있었기 때문이다.

그런데 보라.

지금 현악의 머리 위 반 자 높이에는 두 개의 고리가 층층이 떠서 선명한 자색 광채를 흩뿌리고 있지 않은가.

그것은 그가 여태까지는 자령신공 이 단계의 초입이었으나 지금은 중반에 접어들고 있음을 보여주는 것이었다.

즉, 그의 내공은 이제 일 갑자에서 십 년 더 증진된 칠십 년 수준이 되었다.

사실 그는 근래 들어 예전에 비해 내공이 별로 증진되는 것 같지 않아서 애를 먹으면서도 은근히 걱정을 하던 중이었다.

답보 상태는 무인을 좌절하게 만드는 법이다. 더 이상 무공이, 내공이 증진되지 않는다는 사실은 무수한 회의와 함께 자칫 사람을 자포자기에 빠뜨리기도 한다.

그런데도 타고난 천성이 부지런한 현악은 자포자기는커녕 오히려 자신의 노력이 부족한 탓이라 생각하여 한순간도 무공 수련의 노력을 게을리하지 않았다.

세상 모든 일에는 반드시 한계라는 것이 있기 마련이고, 그 한계가 현악에게도 찾아왔었다.

하지만 그 한계를 극복하는 방법 역시 자령신공 안에 있을 줄은 전혀 예상하지 못했다. 운공을 연이어 세 번 이상 하는 것. 바로 그것이 열쇠였다.

현악은 걷잡을 수 없이 일어나는 흥분을 겨우 억누르고 조금 욕심을 내어 연이어 다섯 차례 운공을 시도해 보았다.

네 차례 운공에서 백회혈과 전신의 모공으로 폭포 줄기 같은 천지간의 기운이 쏟아져 들어오더니, 다섯 차례 운공에서도 역시 같은 현상이 이어졌다.

그래서 그는 또 깨달았다, 깨달음은 처음부터 얻어지는 것이 아니라는 사실을.

어쩌면 이것은 지금 그가 행하고 있는 단계에서의 깨달음이고, 앞으로 그가 경험하게 될 미지의 여러 단계에서의 깨달음들이 여전히 남아 있을 것이라는 사실을 말이다.

순간, 현악은 더 이상 운공을 지속할 수 없는 상황에 처하고 말았다.

단전은 물론이고 십이대혈과 전신 중요대혈, 그리고 경락에 가득 들어찬 기운 때문에 온몸이 당장이라도 폭발할 것 같았기 때문이다.

그는 즉시 운공을 멈추고 잠시 그대로 앉아 체내의 기운들을 다스린 후 느릿하게 일어섰다.

슷—

평소처럼 일어섰을 뿐인데 두 발이 바닥에서 반 자가량 둥실 떠올랐기 때문에 그는 깜짝 놀랐다.

그래서 그는 자신의 내공이 방금 전의 운공으로 약간 증진했다는 사실을 비로소 깨달았다.

사실 그는 자령신공에 대해서 아주 많이 모르고 있다고 해도 과언이 아니었다.

쾌검마는 자령신공에 대해서 아무런 언급도 없었다.

그랬기에 현악이 자령신공을 운공하면서 아주 더디게 하나씩 깨달아 나가는 것이 그가 자령신공에 대해 알고 있는 지식의 전부라고 할 수밖에 없었다.

그래서 그는 자신의 내공이 어느 정도 수준인지, 운공을 할 때 자신의 머리 위에 환이 떠 있다는 사실조차도 알지 못했다.

문득 현악은 방문 옆에 강일조가 공손히 시립하듯이 서 있는 것을 발견했다.

아마도 현악과 강초련이 운공하는 중에 들어와서 기다리고 있었던 모양이다.

현악은 강초련이 운기 중이기에 말을 하지 않고 강일조에게 고개를 끄덕여 가까이 다가오라는 시늉을 해 보였다.

강일조는 현악 옆에 공손히 선 후 시선을 강초련의 얼굴에 고정시켰다.

아마도 그는 방에 들어온 이후 줄곧 자신의 딸을 주시하고 있었을 것이다.

지금 강초련의 얼굴은 잘 익은 홍시처럼 붉었다.

너무 붉어서 손가락 끝으로 슬쩍 건드리기만 해도 터져 버릴 것만 같았다.

강일조는 딸이 운기하는 모습을 처음 보았다. 그는 언제나 밀랍처럼 창백하기만 하던 딸의 얼굴이 지나치게 붉은 것을 보고 염려스러운 표정을 지으며 현악을 쳐다보았다.

그러나 현악이 입가에 훈훈한 미소를 머금은 채 강초련을 응시하고 있는 것을 보고서야 안심하여 현악과는 또 다른 감회에 젖어 딸을 바라보았다.

"후우……."

그로부터 반 시진이 지나자 강초련은 운기를 끝내고 몇 차례에 걸쳐서 긴 숨을 토해낸 후 눈을 떴다.

그동안에 현악과 강일조는 한마디 말도 나누지 않고 강초련만 응시하고 있었다.

운기를 끝낸 강초련의 얼굴에서 빠르게 붉은색이 사라지더니 잠시 후에는 은은한 홍조만 남는 것을 보면서 강일조는 자신이 반 시진 전에 딸을 보며 섣부른 걱정을 했다는 것을 깨달았다.

그리고 그는 딸의 극음지체가 치유되고 있는 과정이라는 사실도 깨달았다.

"자령신공이 초련의 극음지체를 치유하는 것 같아서 다행이로군."

현악은 조심스럽게 침상에서 내려서는 강초련을 보며 빙그레 미소 지었다.

그러자 강일조는 갑자기 바닥에 무릎을 꿇고 현악에게 큰절을 올렸다.

"모두가 주군의 크나큰 은덕이십니다. 주군께서 저희 가족에게 베푸신 은혜를 어찌 갚아야 할지 모르겠습니다."

수룡채의 일개 조장의 신분으로 싸움에 나가 중상을 입었으면서도 제대로 치료조차 하지 못해서 죽는 날만 기다려야 했던 강일조였다.

치료를 하느라 많지 않던 가산마저 모조리 탕진했고, 허약한 강초련까지 온 가족이 먹을 것을 구하기 위해서 시장통을 전전하며 다녔지만, 풀죽으로 끼니를 연명하기도 어려운 처지라서 가족 모두가 앉아서 굶어 죽기만을 기다릴 수밖에 없었다.

그때 주가구 시장통에서 강일조의 큰아들 강승명이 만두를 훔치다가 들켜 흠씬 두들겨 맞는 광경을 현악이 발견하지 않았더라면, 강일조 가족이 지금처럼 온전히 살아 있지도 못했을뿐더러, 지금과 같은 상황은 꿈에서조차 상상하지 못했으리라.

강일조 옆에 있던 강초련까지도 현악을 향해 나란히 무릎을 꿇고 절을 올렸다.

"사부님을 위해서라면 소녀의 목숨 따윈 언제든지 바칠 준비가 되어 있어요. 소녀는 사부님의 제자가 되는 순간부터 앞으로 남은 생을 사부님을 위해서 살기로 결심했어요."

강초련은 이마를 바닥에 대고 어깨를 떨면서 작게 흐느끼며 자신의 속내를 고백했다.

현악은 그들 부녀를 굽어보면서 묘한 기분에 사로잡혔다.

남을 돕는다는 것.

절망에 빠진 사람을 구한다는 것.

죽어가는 사람의 목숨을 구한다는 것.

즉, 그러한 선행을 베푼 결과가 너무도 가슴 뿌듯했기 때문이다.

그것은 가슴속에 죽어도 씻어지지 않을 것 같은 한을 담아두고 있는 것과는 전혀 다른 기분이었다.

또한 한 여자를 사랑하는 느낌이나, 천하를 발 아래에 두겠다는 야망과도 많이 다른 느낌이었다.

선행을 베풀고 난 후의 기분.

지금 현악은 그것을 생전 처음 느꼈고, 삶 중에서 그런 것이 있다는 사실도 처음 깨달았다.

현악은 담담히 미소를 지으면서 부녀를 일으켰다.

"일어나게. 그리고 앞으로는 내게 무릎을 꿇지 말게."

"주군, 어이해서……."

"사부님……."

부녀는 동시에 놀라서 현악을 바라보았다. 현악이 갑자기 심경에 변화를 일으켜 자신들을 수하와 제자에서 내치려는 뜻으로 받아들여 더럭 겁이 났던 것이다.

현악은 부드럽게 미소 지었다.

"나도, 자네들도 다 똑같은 사람일세. 지나친 자기 비하는 오히려 나를 불편하게 하니까 앞으로는 그러지 말게."

그는 선행에 이어서 자신도 모르는 사이에 겸손과 평등이라는 것마저도 배워가고 있었다.

강일조와 강초련은 더욱 존경스러운 표정으로 현악을 바라보며 어쩔 줄 몰라 했다.

"사부님."

그때 강초련이 조심스럽게 입을 열었다.

하지만 그녀는 곧 고개를 들고 당당하게 말을 이었다.

"소녀도 사부님의 검법을 배우고 싶어요."

현악은 엷게 미소 지었다.

"검법은 네 부친에게 배우도록 하거라."

"그래, 주군께서 허락하셨으니 내가 너에게 섬비류운검법을 가르쳐주마. 네겐 좋은 호신술이 될 것이다."

강일조는 딸이 건강해지는 것은 물론이고 검법까지 배우고 싶다고 하자 입이 귀에 걸려 기쁨을 감추지 못했다.

그런데 강초련의 말뜻은 그게 아니었다.

"아니에요. 저는 사부님의 검법을 배우고 싶어요."

두 사람은 동시에 할 말을 잃었다.

"신 아저씨와 채 아저씨, 그리고 아버님까지도 사부님의 쾌검은 천하에서 가장 빠르고, '쾌검왕'이라는 별호는 사해팔황을 진동시키고 있다고 말씀하셨어요. 그래서 소녀는 진심으로 사부님의 쾌검을 배우고 싶어요."

신 아저씨는 신표를, 채 아저씨는 채엽을 가리킨다.

현악은 담담하게 미소 지었다.

"초련아, 내 쾌검은 천하에서 가장 빠르지 않단다. 그리고 내 별호가 사해팔황을 진동시키고 있다는 말은 사실이 아니다. 그러니까 너는 그 말을 그대로 믿어서는 안 된단다."

겸손이 아니라 현악의 솔직한 생각이었다.

누구라도 자신의 무공이 천하제일이고 별호가 유명하다고 치켜세워 주면 좋아하기 마련이다.

하지만 현악은 솔직히 그런 말을 듣고서도 기쁜 마음보다는 씁쓸한 기분이 들었다.

그것은 사실이 아니기 때문이고, 무공이라는 것이 익히면 익힐수록 더 어렵고 힘들다는 사실을 요즘 들어 자주, 그리고 많이 느끼고 있었기 때문이다.

그래도 강초련은 물러서지 않았다. 그녀는 당돌함이 지나칠 정도로 현악을 똑바로 주시하면서 또렷이 말했다.

"지금은 아니지만 사부님의 쾌검이 장차 천하에서 가장 빠른 쾌검이 되도록, 그리고 '쾌검왕'이란 별호가 천하를 진동시키도록 만드실 거죠?"

그녀의 그런 언행은 예전에는 결코 볼 수 없었던 것이다.

자령신공은 그녀의 육신뿐만 아니라 정신까지도 강건하게 만든 것 같았다.

방금 강초련이 말한 바가 바로 현악이 목표로 삼고 있는 야망의 밑거름이었다.

현악이 천하제일의 쾌검이 되고, 그의 별호 석 자가 세 살짜리 코흘리개에게조차도 알려질 정도가 된다면, 천하를 발 아래 두겠다는 그의 야망은 어쩌면 이미 이루어져 있을지도 모르는 일이다.

"소녀는 그것을 배우고 싶어요."

강초련은 조금씩 현악을 닮고 있었다.

◆제61장◆
천부적 무골(武骨)

천부적 무골(武骨)

강일조는 크게 당황해서 강초련을 만류했
다.

"초련아! 주군께 이게 무슨 버릇없는 행동이냐? 죽어야만 하는 널
살려주신 것만으로도 감읍할 지경인데, 네가 이러면 아비는 몸둘 바를
모르겠구나!"

하지만 그의 절규 같은 외침에 강초련도, 현악도 아무런 반응을 보
이지 않았다.

두 사람은 마주 서서 한동안 서로의 얼굴을, 아니, 눈을 주시하고 있
었다.

눈도 깜빡이지 않았다.

현악은 강초련의 큰 눈이 더없이 해맑은 중에 그 무엇에도 굴하지
않을 듯한 굴강한 의지로 빛나는 것을 느꼈다.

강초련은 자신의 간절한 의지를 두 눈에 담아 수많은 언어를 대신하여 현악에게 전달하고 있었다.

강일조는 조마조마한 심정으로 두 사람을 번갈아 쳐다볼 뿐 달리 뾰족한 방법이 없었다.

이윽고 현악이 조용히 입술을 떼었다.

"왜 쾌검을 배우고 싶은 것이냐?"

그 대답 여하에 따라서 현악의 가부 결정이 내려질 것이라는 사실을 강초련도 강일조도 직감했다.

강일조는 극도로 긴장했다.

그러나 강초련은 긴장하지 않았다. 진심은 누구에게도 통한다고 굳게 믿고 있었으므로.

"소녀는 사부님을 지켜 드리고 싶어요."

강일조는 눈을 휘둥그렇게 뜨며 놀랐다. 어불성설. 대체 누가 누굴 지켜준다는 말인가?

그런데 현악의 반응은 전혀 뜻밖이었다. 강초련의 말에서 그녀의 마음을 읽은 것이다.

그는 가벼운 너털웃음을 터뜨렸다.

"하하하! 알았다. 내 제자라면 나의 모든 것을 물려받을 자격이 있지! 하지만 나를 지켜주는 것은 내가 노인이 된 이후로 연기시켜 주겠느냐?"

"사… 부님!"

방금 전까지만 해도 당당하던 강초련은 두 눈에 눈물이 가득 차 올라서 감격한 표정으로 현악을 바라보았다.

강일조도 현악이 허락할 줄은 조금도 기대하지 않고 있다가 크게 기뻐했다.

하지만 그는 곧 현실적인 한 가지 문제를 떠올렸다.

그것은 극음지체였고, 여태껏 허약하기만 했던 강초련이 과연 현악의 쾌검을 전수받을 자질을 갖추고 있느냐는 것이었다.

더구나 현악의 쾌검은 일반적인 보통 쾌검이 아니다.

강일조는 겨우 두어 번 남짓 그의 극쾌검기를 먼발치에서나마 구경한 적이 있었으며, 그 두 번 다 극쾌검기의 극쾌, 극강함에 혼이 달아날 정도로 놀라서 한동안 입을 다물지 못했다.

또한 그는 현악이 한 번 연공실에 들어가면 완전히 파김치가 돼서 나오는 것을 수없이 목격했다.

그것은 이미 웬만한 경지에 오른 그조차도 그만큼 혹독하게 수련하고 있다는 뜻이었다.

그것을 과연 강초련이 감당할 수 있을까 하는 것이 강일조의 초조함이었다.

강일조는 조심스럽게 자신의 뜻을 내비쳤다.

"주군, 초련이 주군의 쾌검을 배울 자질을 지니고 있습니까?"

"정신력과 심법 면에서는 오히려 차고도 넘치네. 다만 근골이 어떤가 하는 게 문제인데……."

현악은 말끝을 흐렸다.

강일조는 얼굴에 아! 하고 뭔가 깨닫는 표정을 짓더니 곧 정색하고 강초련에게 주의시켰다.

"초련아, 어서 옷을 모두 벗어라."

그는 그 말만 남긴 채 휭 하니 방을 나가 버렸다.

강초련은 조금도 놀라거나 당황하지 않았다. 정작 당황한 사람은 현악이었다.

순간 현악이 혼비백산할 일이 벌어졌다.

사르룩—

강초련이 다소곳이 선 채 서슴없이 옷을 벗기 시작한 것이다.

"초련아."

현악은 눈을 휘둥그렇게 뜨고 강초련을 부르다가 황급히 외면하고 말았다.

그녀가 어느새 벌거숭이가 된 모습으로 하체의 은밀한 부위만을 겨우 가린 속곳마저도 막 벗고 있었기 때문이다.

외면하고 있는 현악의 귀에 강초련이 속곳을 발목에서 벗겨내는 사스락거리는 미세한 소리가 들려왔다.

실내에는 무덤 속 같은 적막이 흘렀다. 단지 두 사람의 숨소리만 들릴 뿐이었다.

얼마나 오랜 시간이 흘렀을까? 아니, 어쩌면 이곳 실내만은 시간이 멈춰버린 듯했다.

"사부님……."

그때 현악의 귀에 강초련의 기어드는 듯 조심스러운 목소리가 전해졌다.

그 소리에 현악은 퍼뜩 정신이 들었다.

'이게 무슨 추태인가?'

자신은 강초련의 사부다.

사부는 곧 부모와 같은 것이다.

부모가 어찌 자식의 벗은 몸을 보고 이런 반응을 보인다는 말인가?

그가 이러는 것은, 그가 강초련을 하나의 여자로 보고 있으며, 제자로는 여기지 않는다는 뜻이기도 했다.

'바보 같은······.'

그는 스스로를 나무라면서 고개를 돌려 강초련을 쳐다보았다.

"······."

그러나 현실은 전혀 그렇지 못했다.

강초련의 나이 십오 세다. 게다가 허약할 뿐 다른 또래의 소녀들보다 육체적으로 성숙한 편이었다.

그녀는 약간 마른 듯하면서도 여자로서 잘 발달된 몸매를 지니고 있었다.

아니, 말랐기 때문에 큰 키가 더 커 보였고, 또한 늘씬한 몸매가 더 늘씬해 보였다.

그녀의 육체는 벽에 걸려 있는 유등의 불빛을 받아 기묘한 분위기마저 자아내고 있었다.

눈이 부실 정도로 희디흰 살결, 가늘고 긴 목과 가녀리며 동그스름한 어깨의 호선, 크지도 작지도 않은 젖가슴, 잘록한 허리와 그것들을 받치고 있는 듯 단단하면서도 알맞은 탄력과 크기의 둔부, 그리고 상아를 정성껏 다듬고 깎아서 그곳에 세워놓은 듯한 미끈한 두 다리.

문득 현악의 눈길이 강초련의 뽀얀 허벅지가 하나로 모아지는 부위에 이르러 잠시 멈추었다.

십오 세 나이에 어울리지 않을 정도로 무성한 방초(芳草)가 거기에 있었다.

이날까지 그 누구의 눈길이나 손길조차 닿지 않았을 처녀지문이 그 속에 수줍게 숨어 있었다.

현악은 방금 전에 사부는 부모와 같다면서 스스로를 나무랐던 일을 까맣게 잊고는 얼굴이 화끈거리면서 심장이 마구 쿵쾅거리고, 온몸의 피가 뜨겁게 요동치는 느낌을 받으며 강초련의 몸에서 눈을 떼지 못하고 있었다.

그로서는 지금처럼 전라의 여체를 눈앞에 세워둔 채 세세히 살펴보는 일이 난생처음이라고 할 수 있었다.

그는 과거 비연검 청라와 두 차례 몸을 섞었고, 그 두 번 다 그녀의 전라를 마음껏 유린했지만, 그런 상황과 지금은 엄연한 차이가 있었다.

그때는 청라의 육체 같은 것은 제대로 눈에 들어오지도 않았다. 오직 솟구치는 분노를 겁탈이라는 미명 하에 자신의 성기를 빌어 방출했을 뿐이다.

사실 '그 분노의 방출'이라는 것을 엄밀하게 따지자면 첫 번째 경우에만 해당됐다.

두 번째는 거의 '욕정'이었으며, 그 속에는 '욕정의 이름을 빌린 사랑'이 어느 정도 숨어 있었지만 그 자신이 그것을 조금도 깨닫지 못했을 뿐이다.

현악은 자신의 성기가 불끈거리는 것을 느꼈다. 그리고 공력이나 투지가 아닌 전혀 다른 힘이 온몸으로 활화산처럼 뻗치는 것을 느끼면서 약간 숨소리가 거칠어졌다.

그것은 열아홉 살 건장하고 혈기방장한 청년의 지극히 당연한 반응이라고 할 수 있었다.

현악의 눈길이 느릿하게 위로 향했다. 강초련의 배꼽과 젖가슴과 목이 시야에 들어왔다.

"……!"

그리고 그의 시선이 마지막으로 강초련의 얼굴에 이른 순간 그는 숨을 딱 멈추고 말았다.

강초련의 얼굴은 평온 그 자체였다. 그 얼굴에는 부끄러움도, 수치심도, 그 어떤 세속적인 표정도 떠올라 있지 않았다.

단 하나의 표정만이 봄날의 아지랑이처럼 잔잔히 일렁이고 있을 뿐이었다.

그것은 현악에게 향한 무한한 '신뢰'였다.

현악은 다시금 거센 충격을 받았다.

'이런… 나는 도대체 저 아이를 보면서 무슨 해괴망측한 생각을 한 것인가? 금수만도 못한…….'

현악은 강초련의 얼굴에 떠올라 있는 사부에 대한 신뢰의 표정을 보는 순간 방금까지 자신을 지배했던 욕정이 순식간에 씻은 듯이 사라지는 것을 느꼈다.

그는 짧은 시간 동안 한 명의 청년이 되었다가 다시 사부가 되어 그곳에 서 있었다.

"침상에 누워라."

그는 입 안에 침이 말라서 약간 메마른 음성으로 그렇게 말했다.

선과 악을 구분하는 경계라는 것은 어쩌면 이처럼 간단하면서도, 일단 저질러지면 돌이킬 수 없는 것인지도 모른다.

만약 현악이 욕정을 참지 못하고 강초련을 능욕했다면 그는 악인이 됐을 것이고, 그것을 물리치고 사부인 본연의 위치를 되찾은 지금 그는 선인의 위치에 있었다.

세상만사라는 것이 과연 그와 같지 않겠는가. 언제나 사람의 앞에는 두 갈래 길이 놓이게 마련이다.

그래서 어떤 길이 선의 길이고, 어떤 길이 악의 길인지 눈에 선연하게 보이는 경우도 있지만, 악의 길이 선로(善路)처럼 보이고, 선의 길이 악로(惡路)처럼 보이는 경우가 훨씬 더 많았다.

선의 길을 가고자 하는 사람이 자칫 악로로 잘못 접어들면 돌이키기 어렵고, 악의 길에 익숙한 사람이 선의 길로 들어서면 견뎌내기 어렵다.

그렇듯이 인생은 끝없는 선택의 연속인 것이다. 그래서 길을 잘못 들지 않기 위해서 수많은 사람들은 높은 학문과 수양을 힘들여서 닦는 것일 게다.

강초련이 침상에 반듯하게 눕자 현악은 침상으로 걸어가는 짧은 시간 동안 생각했다.

자신이 그녀에게 무공을 가르치는 스승이라면, 그녀는 현악 자신에게 무언중에 인격과 교양을 가르치는 스승이라고.

"두 팔을 들어라."

현악은 초연한 마음으로 강초련의 머리와 목, 어깨를 일일이 만지고 더듬으면서 때로는 지그시 힘주어 눌러보기도 했다. 이어서 그가 조용히 말하자 강초련은 즉시 두 팔을 번쩍 들었다.

그는 무공을 익힐 좋은 근골을 가려내는 법을 누구에게 배운 적도, 행한 적도 없었다.

뿐만 아니라 웬만한 경지의 고수들이 옷을 입고 있는 상대의 머리와 어깨, 팔 정도만 만져 보고도 근골의 좋고 나쁨을 알아낸다는 사실조차도 모르고 있었다.

그 사실을 알고 있다고 해서, 그 역시도 그 정도만으로 상대가 자신의 쾌검식을 제대로 연마할 근골을 지녔는지를 알아낼 자신은 없었다.

어쨌든 강일조는 딸에게 벌거벗을 것을 명령했고, 생전 처음 누군가의 근골을 살피게 된 현악으로서는 옷을 입어라, 벗어라 할 형편이 아니었다.

현악의 두 손은 다시 강초련의 옆구리와 젖가슴 사이의 명치와 아랫배와 단전을 쓰다듬으며 눌러보았다.

"허리를 들어라."

현악의 두 손이 강초련의 등 쪽 척추를 골고루 살폈다.

"다리를 벌려라."

무릎에서부터 허벅지 안쪽과 음문 주변, 그리고 골반을 살폈다.

"돌아누워라."

허리와 뒤쪽의 골반, 엉덩이를 벌리고 음문과 항문 사이의 회음혈을 세심히 살폈다.

"엉덩이를 들어라."

"입을 크게 벌리고 혀를 내밀어라."

이제 더 이상 아무런 속된 감정에 흔들리지 않게 된 사부의 말을 어여쁜 여제자는 크게 수줍어하면서도 고분고분 따랐다.

반 시진 동안, 현악의 두 손은 강초련의 전신 어느 한 군데도 빼놓지 않고 샅샅이 더듬었다.

이윽고 현악은 강초련의 몸에서 손을 뗐다.

그의 얼굴에 가득 떠올라 있는 것은 감탄과 놀라움이었다.

'혹시 이런 체질을 천부적인 무골(武骨)이라고 하는 것은 아닐까?

◆제62장◆
쾌도왕(快刀王)

쾌도왕(快刀王)

자정이 조금 넘은 시각에도 현악은 잠자리에 들지 못하고 자신의 방 열린 창 앞에 서서 정원을 내다보고 있었다.

엉겁결에 수하의 딸을 제자로 떠안게 됐지만, 지금은 그 제자의 자질이 천부적인 무골인 것을 알게 되어 새롭고도 묘한 흥분을 맛보고 있었다.

어쩌면 바로 그것처럼…

여태껏 그에게 있었던 일들은 모두 엉겁결에 일어난 일들이 아니었을까?

이 년여 전의 그날 아침, 비검문에서 주문한 많은 고깃덩이들을 수레에 싣고 비검문을 들어섰을 때부터 그에게 일어나기 시작했던 무수한 일들이…….

그런 의구심이 들 만큼, 정말 뒤도 한 번 돌아보지 않은 채 미친 듯이 앞만 보고 달려온 이 년이었다.

무엇이 그리도 바빴는지… 무엇이 그를 그처럼 열광하게도, 분노하게도 만들었는지… 그리고 무엇이 지금의 그를 이 자리에 서 있게 만들었는지…….

매 순간순간마다는 그 이유들이 너무도 선명해서 그림으로도 그려 낼 수 있을 정도였다.

그런데 이상하게도 그런 것들이 지금은 이미 생명이 끝난 생명체를 대하는 것처럼 너무나 생경하게만 느껴졌다.

어째서 나는 지금 이곳에 있는 것일까?

과연 나는 어디로 가고 있는 것인가?

한 번도 냉정하게 생각해 본 적이 없는 그 자문에 대해서 현악은 오랫동안 대답을 궁리했지만 끝내 뜻을 이루지 못하고 허탈한 쓴웃음을 지으며 고개를 가로저었다.

산서 시골구석에서 조자룡을 꿈꾸던 한낱 비천한 백정 소년은 오간 데 없고, 그래도 조금쯤은 명성이 알려진 '쾌검왕'이라는 존재가 그 자리를 대신하고 있었다.

지금의 그에겐 산서 안택현의 백정 소년 '현악'이라는 과거지사도, 이날까지 백수십 명의 무림인들을 저승으로 보낸 대가로 얻게 된 '쾌검왕'이라는 별호도 낯설게만 여겨졌다.

'나는 과연 어느 쪽인가?'

그는 잠시 생각해 보았다.

그리고는 결국 자신이 쾌검왕 쪽에 더 가깝고 친숙해져 있다는 사실을 깨달았다.

'쓸데없는 생각을, 어차피 멈출 수 없는 마차에 올라탄 것을…….'

후회는 없다.

그리고 그는 내일 새날이 밝으면, 자신이 여태까지 뒤돌아보지 않고 질주했던 것처럼 또다시 앞만 보며 내달리게 될 것이라는 사실을 잘 알고 있었다.

'자운아⋯⋯.'

그날 밤에는 누이동생 자운이 못내 보고 싶었다.

투⋯ 투⋯ 투⋯ 툭!

극쾌검기에 적중된 것이 사람이었다면 무음(無音)이었겠지만, 지금은 상대가 단단한 아름드리 나무여서 아주 미약한 음향이 신새벽의 찬 공기를 가벼이 흔들었다.

현악이 극한의 공력을 주입시켜 발출한 극쾌검기는 일렬로 서 있는 세 그루의 아름드리 나무를 관통한 후 네 번째 나무를 절반 정도 뚫다가 만 상태로 멈추었다.

어제까지만 해도 세 그루를 관통하는 정도였던 위력이 하루 만에 한 그루의 절반을 뚫을 정도로 증진된 것이었다.

현악은 바윗덩이처럼 굳건히 선 채 전면 좌우의 두 그루 나무를 번갈아 쳐다보며 거리와 각도를 가늠해 보았다.

이번에는 일검이검기를 시전해 볼 생각이었다.

어제 초원에서의 유성보 삼 개 당과의 싸움 말미에 그는 일검이검기를 거의 터득했다.

그 터득에는 유성보 고수 백삼십여 명이 살아서 움직이는 표적이 되어주었다.

현악의 오른손이 어깨의 혈인검을 잡는가 싶은 순간, 어느새 발검과 착검이 동시에 이루어졌다.

투툭!

그리고 일검이검기가 목표로 했던 두 그루 나무의 목표 지점에 정확하게 적중되었다.

위력은 일검일검기 때보다는 현격하게 떨어져서 두 줄기 검기가 각각 한 그루 나무를 관통한 후 뒤에 있는 또 한 그루 나무에 박히는 정도였다.

섬쾌 수준인 것이다.

'더 노력한다면 일검삼검기(一劍三劍氣)나 그 이상도 가능하겠군.'

현악은 그런 자신감을 느꼈다가 곧 고개를 가로저었다.

검기가 늘어날수록 위력은 현저히 떨어질 것이다.

지금의 공력으로 일검사검기(一劍四劍氣)를 발출한다면, 검기의 속도나 위력이 형편없이 저하돼서 어쩌면 사람을 살상할 수 없을 정도가 될는지도 모른다.

아니, 일검삼검기만 되도 웬만한 일류고수라면 능히 피하거나 막을 수 있을 것이다.

그러므로 지금의 공력으로 굳이 더 이상의 다검기(多劍氣)를 연마하는 것은 무의미한 일이었다.

그 대신 현악은 다른 것에 착안했다.

'베거나 자르는 검기를 발출할 수는 없을까?'

그가 발출하는 검기는 한 종류뿐이었다. 극쾌검기가 일직선으로 뿜어져서 구멍을 뚫는 것이 그것이었다.

그러나 목표로 하는 물체를 베거나 자를 수 있는 검기를 발출할 수 있다면, 두말할 것도 없이 유용하게 사용될 것이다.

문득 현악은 멍한 표정을 지었다.

'이런! 나는 쾌검마 형의 쾌검마류라는 것을 한 번도 본 적이 없다!'

그랬다.

비단 쾌검마류를 본 적이 없을뿐더러, 쾌검마류에 죽은 시신조차 본 일이 없었다.

그 순간 현악은 자신의 전면에 길이와 높이를 알 길 없는 거대한 절벽이 가로막는 듯한 착각에 빠졌다.

자신의 유일한 정신적 사부인 쾌검마의 성명절학을 단 한 번도 본 적이 없다는 가당치도 않은 사실은, 이날까지 쾌검마류 하나만을 목표로 삼고 혼신을 다해 노력해 온 그를 한순간에 절망의 늪에 빠뜨리기에 부족함이 없었다.

그때 전면을 가로막았던 절벽의 양 끝이 갑자기 크게 안쪽으로 굽으면서 철옹성처럼 현악을 가두어 버렸다.

꼭대기가 하늘 끝에 닿은 듯 높기만 한 절벽이 그를 고스란히 가두어 버린 것이다.

그것은 쾌검마류의 절벽이었고, 그래서 그는 그곳에서 절대 벗어날 수 없을 것만 같았다.

쾌검마류는 그의 전부였다. 전부를 잃은 지금의 그는 한낱 껍데기일 뿐이었다.

뒤이어 기다리고 있었다는 듯 무력함과 허무함이 그의 존재 자체를 마구잡이로 뒤흔들었다.

"나, 나는……."

그는 갇혀 버린 절벽의 울타리 안에서 빠져나올 엄두도 내지 못한 채 그렇게 한동안 서 있었다.

천하를 발 아래에 두겠다는 목적은 남아 있으되, 쾌검마류를 이루고 말겠다는 목표가 사라진 지금 그가 할 수 있는 것은 아무것도 없었다.

휘스스—

그때 한줄기 밤바람이 장원의 뒤, 작은 숲 속으로 불어왔다.

밤바람은 현악의 오른쪽에서 불어와 그의 몸을 휩싸더니 왼쪽으로 불어갔다.

현악의 시선이 무심코 바람이 향하는 곳으로 향했다.

그곳에는 일 장 반의 꽤 높은 장원의 담이 가로막혀 있었다.

휘스스—

밤바람은 한겨울의 수북한 낙엽을 동반한 채 벽으로 향했다가 벽에 가로막혀서 더 이상 나아가지 못하고 일순 주춤하는 듯했다.

밤바람도 현악처럼 원형의 절벽에 갇히고 말았다.

저 녀석도 나와 같은 신세로구나, 라고 생각하며 현악은 쓴웃음이 목구멍으로 치밀었다.

그때였다.

휘르르르—

밤바람이 소용돌이가 되어 수직으로 솟구치며 낙엽들을 말아 올리고 있었다.

그러더니 순식간에 숲에서 가장 높은 나무보다 더 높이 치솟아 사방으로 흩어지는 것이 아닌가?

“……!”

현악은 눈을 크게 뜨고 한 번도 지어본 적 없는 묘한 표정으로 야공을 올려다보았다.

밤바람은 이미 까마득한 허공 중에서 산산이 흩어지고 없었다.

그러나 현악의 가슴속에 크나큰 깨달음을 남겨주었다.

언제나 그렇듯이 깨달음은 결코 먼 곳에 있지 않았고, 복잡하지도 않았다.

"나도 한다!"

현악은 자신도 모르게 낮게 외쳤다.

밤바람은 벽이 가로막으면 위로 솟구친다. 길이 없으면 길을 만드는 것이다.

그러므로 나도 솟구친다. 쾌검마류의 높은 절벽을 뛰어넘는다. 그리고 길을 만들 것이다.

나만의 길을.

"후후후!"

현악의 표정이 풀어지면서 입술 사이로 미소가 새어 나왔다.

아무것도 아닌 밤바람이 그에게 큰 깨달음을 안겨주었다.

"더 이상 쾌검마류에 연연하지 않겠다. 나만의 쾌검을 완성시키고야 말겠다."

쾌검마는 현악에게 쾌검의 시작이긴 했지만 결코 끝은 아닌 것이다.

현악은 주먹을 힘껏 움켜쥐고 가슴속 아주 깊은 곳에서 솟구치는 웅혼한 목소리로 결심했다.

"두고 봐! 쾌검마류보다 더 멋진 쾌검을 이루고야 말 테니까!"

결국 절망은 또 다른 돌파구였다.

*　　　　　*　　　　　*

번쩍!

한줄기 섬광이 작렬했다.

커다란 반월을 닮은 섬광이었고, 한 자루 도에서 발출되었다.

퍽!

"끅!"

세로로 발출된 반월도기(半月刀氣)는 정확하게 한 명의 무림인 얼굴을 절반으로 쪼갰다.

무림인은 짓눌린 듯한 신음을 터뜨렸다. 하지만 피는 한 방울도 튀지 않았다.

무림인은 뒤로 쓰러지는 도중에 잘 익은 수박이 절반으로 쪼개지듯 얼굴이 좌우 절반으로 갈라졌다.

쿵!

그가 땅에 쓰러졌을 때에는 얼굴이 완전히 좌우로 쩍 갈라져서도 여전히 목 위에 붙어 있는 끔찍한 모습이었다.

반월도기는 얼굴만을 쪼갰기 때문에 목에서 떨어져 나가지 않은 것이었다.

관도상, 땅바닥에는 그렇게 머리가 쪼개져서 죽은 무림인의 시체가 다섯 구나 여기저기에 널브러져 있었다.

그리고 홍의, 아니, 혈의(血衣)라고 불러도 무방할 정도로 핏빛이 짙은 색의 경장을 입고 검은 마(麻)로 짠 피풍의를 입었으며, 긴 장발을 목 뒤에서 한 번 질끈 묶은 한 명의 청년이 오른쪽 어깨에 한 자루 도를 메고 태산처럼 늠름한 신태로 서 있었다.

거뭇거뭇한 구레나룻, 코밑과 입 주위에 짧고 검으며 거친 수염, 짙은 눈썹과 부리부리한 호목(虎目), 우뚝하지만 끝이 강하게 굽은 매부리코, 크고 두툼한 입술에 각진 턱.

게다가 칠 척에 가까운 큰 키에 곰처럼 떡 벌어진 강한 어깨마저 지녔다.

일견하기에도 호걸의 모습이요, 대장부의 기상을 지니고 있는 청년의 외모였다.

슥—

혈의청년의 시선이 혼자 남은 채 한쪽에 서서 잔뜩 두려운 표정을 짓고 있는 무림인의 얼굴로 옮겨졌다.

무림인은 혈의청년의 시선이 자신의 얼굴에 닿자 입으로 소리는 내지 않았지만 흑! 하고 헛바람을 들이키며 일순간 겁을 집어먹은 표정을 지었다.

혈의청년은 무림인을 묵묵히 주시한 채 침묵을 지켰다. 할 말이 없었기 때문이다.

다만 무림인이 공격할 뜻을 보이면 마주 공격하여 일도에 주살할 의도는 분명했다.

무림인은 회의경장에 허리에 검은 띠를 묶었고 오른손에는 한 자루 대감도를 쥐고 있었는데, 죽은 무림인들도 같은 복장을 하고 있는 것으로 미루어 모두 같은 방파의 인물들인 듯했다.

혼자 남은 무림인은 혈의청년이 일도에 한 명씩, 도합 오도오살(五刀五殺), 그것도 모조리 머리를 절반으로 쪼개서 죽이는 광경을 눈앞에서 똑똑히 목격했다.

사람의 목숨이란 누구에게나 소중하다. 특히 아무런 사명감도 없이 그저 상관의 한마디 명령에 따라 무작정 혈의청년을 추격해 온 사람의 경우라면 더욱 그러할 것이다.

무림인은 요즈음 하늘 높은 줄 모르고 하남 북부 지역에서 살명을

드날리고 있는 눈앞에 서 있는 혈의청년에 대한 소문을 귀가 따갑도록
들었다.

소문에 의하면, 혈의청년은 공격할 의사가 없거나 자신의 길을 막지
않는 한 결코 상대를 죽이지 않는다고 했다.

혈의청년은 무림에 출도한 지 석 달이 지났지만 그런 철칙은 단 한
번의 예외도 없었다는 것이다.

'꿀꺽!'

무림인은 목젖을 울리면서 한차례 마른침을 삼켰다. 자신이 공격하
지 않는 한 저 살인귀 같은 놈은 결코 자신을 죽이지 않을 것이라는 사
실이 그의 유일한 위안이 되어주었다.

슥―

그때 혈의청년이 미련없이 몸을 돌려 관도를 따라 성큼성큼 걷기 시
작했다.

"반월살도(半月殺刀)! 본 방은 결코 네놈을 순순히 놓아주지 않을 것
이다!"

혈의청년이 다섯 걸음쯤 떼어놓았을 때 무림인은 메마른 듯 갈라진
목소리를 토해냈다.

동료를 모두 잃고 저 혼자만 살아서 돌아가 문책당할 생각을 하다가
잠시 두려움을 잊은 모양이었다.

열흘 전, 혈의청년은 황하 북쪽 제원(濟源)이라는 곳을 지나다가 주
루에 들른 적이 있었다.

그는 그곳에서 세 명의 무림인이 한 명의 여인을 희롱하고 있는 광
경을 우연히 목격하게 되었다.

그는 원래 협의나 정도를 지향하는 사람이 아니지만 강자가 약자를

괴롭히는 꼴을 보고는 참지 못하는 성격이었다.

세 명의 무림인에 의해 여인이 끌려 나가며 살려달라고 구슬픈 비명을 지르는 데도 주위의 많은 사람들이 구경만 하고 있자 혈의청년은 끝내 참지 못하고 나서서 세 명의 무림인을 모조리 죽여 버렸다.

수법은 그의 성명살인수법인 반월도기였고, 역시 삼도삼살(三刀三殺)이었다.

그런데 그가 죽인 세 명 중 하나가 그곳 제원현에서도 행세깨나 하는 무풍방(武風幇) 방주의 아들, 즉 소방주였던 것이다.

무풍방주는 대노하여 즉각 살인자를 수소문했고, 그 결과 살인자가 지난 두 달여간 황하 북부 지역에서 제법 살명을 날리고 있는 반월살도라는 인물인 것을 알아냈다.

무풍방주는 무풍방의 백오십 명 전 수하를 동원하여 반월살도를 추격했다.

하나밖에 없는 아들의 원한을 갚는 일은 그에게 지상과제가 되었다.

그러나 지난 열흘 동안 무풍방은 사십여 명의 수하를 잃었지만, 반월살도의 옷자락조차 건드려 보지 못하는 치욕만을 당했다.

원수는 갚지도 못하고 무풍방이란 이름 석 자는 땅바닥에 떨어지고만 것이다.

이후 무풍방의 추격은 제원에서 이백여 리나 떨어진 이곳 황하 이남의 주선진(朱仙鎭) 외곽에까지 이어졌고, 조금 전에 다섯 명의 수하를 다시 잃었다.

혈의청년은 무림인, 즉 무풍방도의 절규 섞인 외침에 뒤도 돌아보지 않은 채 큰 걸음으로 걸어가며 중얼거렸다.

"내 별호는 쾌도왕(快刀王)이지 반월살도 따위가 아니다. 앞으로는 제대로 불러라."

다시 다섯 걸음을 더 걸었을 때, 그는 방금 자신이 죽인 무풍방도들이나 자신에게 소리쳤던 자에 대한 것은 깡그리 잊어버리고 본연의 목적을 다시금 기억해 내고는 이맛살을 찌푸리면서 투덜거렸다.

"쾌검왕이 주가구라는 곳에 있다고 했으니, 그가 다른 곳으로 떠나기 전에 서둘러야 하는데, 자꾸 쓸데없는 것들 때문에 지체하게 되니 정말 속 터지는군."

그는 지난 이 년여 동안 산서 태악산 깊은 산중에서 짐승처럼 생활하며 오직 쾌도법만을 연마했다.

섬쾌도법.

그것이 그가 연마한 쾌도법의 이름이었고, 백정 짓을 하던 그의 사촌이 자령신공과 함께 전수해 주고 떠났었다.

사촌은 그를 마지막으로 본 자리에서 이렇게 말했다.

"중원에 오면 쾌검왕을 찾아라. 그게 내 별호다."

그렇다.

혈의청년, 그는 다름 아닌 현악의 사촌 곽정이었다.

단우옥의 충고로 별안간 태악산에 은거하여 이 년여 동안 주야로 섬쾌도법만을 연마했던 그가 마침내 석 달 전에 태악산에서 하산했던 것이다.

"현악 녀석, 무림에서 쾌검왕이라는 별호를 모르는 자들이 거의 없는 걸로 봐서는 꽤 성공한 셈이로군?"

곽정은 두 발에 힘을 주어 달리기 시작했다.

그는 일 년 전 태악산 깊은 심처에서 천년산삼 세 뿌리를 한꺼번에 발견하는 흔치 않은 기연을 얻었다.

천년산삼 세 뿌리를 모두 먹어치운 후 그의 공력은 순식간에 오십 년으로 증진됐다. 그게 아니었다면 그는 섬쾌도법을 오 년쯤 더 연마해야만 했을 것이다.

그는 비록 경신술을 모르지만, 일단 달리기 시작하자 쏘아낸 화살보다 더 빨랐다.

곽정이 달려가고 있는 관도는 남쪽으로 뻗어 있었다.

*　　　*　　　*

"하하하! 욘석이 내 코를 비틀어?"

"호호홋!"

황하 강변의 야트막한 언덕 위에 웅장하게 자리잡고 있는 비검문 안에서 젊은 남녀의 명랑한 웃음소리가 흘러나왔다.

"라 매, 욘석을 어떻게 혼내면 좋을지 가르쳐 다오! 응?"

화사한 화복을 입은 준수한 청년이 의자에 앉은 채 두 손으로 잡은 청라의 아들 현백을 머리 위로 쳐들며 청라를 보며 물었다.

말과는 달리 그의 얼굴에는 아이가 귀여워 죽겠다는 표정이 가득 떠올라 있었다.

청년의 옆쪽 의자에 앉은 청라는 손으로 입을 가리고 웃으면서 그 모습을 바라보았다.

"호호호! 백아의 볼기를 치든, 같은 방법으로 코를 비틀어주든 하 가가 마음대로 하세요."

"어디 보자… 볼기를 칠까, 코를 비틀까?"

화복청년 송세하는 현백을 무릎 위에 얹고는 정말 때릴 곳을 찾는 듯 눈을 부라리면서 이리저리 살폈다.

그 모습에 청라는 더욱 웃음을 참지 못했다.

"호호호, 백아를 혼내지 못하면 앞으로는 백아가 오히려 하 가가를 우습게 볼 거예요."

송세하는 현백을 살피다가 곤란하다는 듯 얼굴을 찡그렸다.

"허어~ 어찌 된 녀석이 너무 예뻐서 어딜 봐도 때릴 곳이 없군 그래! 그래서는 곤란하지!"

이어서 그는 현백을 품에 안고 예뻐서 죽겠다는 듯 볼을 비벼대며 웃었다.

"핫핫핫! 차라리 내가 백아에게 우습게 보이는 쪽이 낫겠어!"

그러자 현백은 앙증맞은 고사리 손을 내밀어 또다시 송세하의 코를 잡았다.

"어쿠! 욘석이 벌써 말귀를 알아듣는군! 이것 보라구! 나를 우습게 보고 있잖아!"

모르는 사람이 본다면, 이 광경은 영락없이 화목한 한 가족의 모습이 분명했다.

어쩌면 지금 이 순간 청라는 송세하가 자신의 남편이고, 현백의 아버지라고 잠시 착각하고 있는지도 몰랐다.

문득 청라는 그 광경을 보면서 쓸쓸한 표정을 지었다. 현백의 친부 현악이 생각났기 때문이다.

현악은 그녀에게 있어서 죽을 때까지 안고 가야 할 떨칠 수 없는 슬픔이며 부정할 수 없는 현실이었다.

이즈음, 청라는 현악에 대한 증오나 원망은 눈곱만큼도 남아 있지 않은 상태였다.

가슴속 깊이 품고 있는 것이 있다면 오직 한없는 그리움 하나뿐.

'야속한 사람······.'

현악은 청라가 자신의 아기를 낳았다는 사실조차도 모르고 있을 것이 분명했다.

어쩌면··· 아니, 거의 확실히 그는 아직도 청라를 원수처럼 증오하고 있을 터였다.

청라는 언젠가 현악을 만나게 되면 하려고 많은 말들을 차곡차곡 준비해 두었다.

하지만 막상 그와 마주치면 아무 말도 하지 못할 것이라는 사실도 예상하고 있었다.

현악을 만나면··· 아마 아무 말도 못하고 그 가슴에 안겨서 펑펑 울게 되리라.

그가 미쳤느냐고 뿌리치면 그래도 매달리면서 또 울리라.

그가 때리면 맞고, 그가 죽이려 들면 반항하지 않고 고스란히 죽임을 당하리라.

그러는 이유는 그가 현백의 아버지라서도 아니고, 청라가 그에게 죽을죄를 졌다고 인정하려는 것이기 때문도 아니었다.

오직 사랑하기 때문이었다.

참으로 먼 길을 돌아서 그녀는 자신이 현악을 사랑하고 있음을 깨달았다.

최초에, 비검문 가산 위에 숨어 비검십당의 검법 수련을 몰래 훔쳐보고 있던 백정 소년 현악을 발견한 것은, 이제 와서 생각하니 미리 계획된 운명인 것 같았다.

한 번 걸리면 결코 헤어나지 못하는 덫 같은 운명.

"소문주님, 총당주님, 문주님께서 찾으십니다."

그때 한 명의 수하가 방문을 열고 들어와 두 사람에게 조심스럽게
보고했다.

옥룡야풍 송세하.

그는 반년 전에 비검문에 입문했다.

여덟 달 전 비검문을 재개파하려고 동분서주하던 청라가 어느 주루
에서 파렴치한들의 더러운 수작에 중독되어 농락당하기 직전, 간발의
차이로 그녀를 구해주었던 송세하.

그것이 인연이 되어 두 사람은 급속도로 가까워졌다. 원래 남자를
하찮게 여기던 청라였지만, 송세하는 그녀의 생명을, 그리고 그보다 소
중한 정조를 더럽히지 않게 해준 은인이었다.

만약 그런 인연이 아니었다면 청라는 결코 송세하의 접근을 용인하
지 않았을 것이다.

송세하가 말은 하지 않았지만, 청라는 그가 자신을 마음에 들어 한
다는 사실을 그의 언행에서 짐작할 수 있었다.

그리고 그는 행협을 목적으로 강호를 주유하는 중이라고 말했지만,
어쩐 일인지 오랫동안 길을 떠나지 않고 청라 곁에 머물면서 그녀가
비검문을 재개파하려고 고군분투하는 여러 가지 일들을 열심히 도와주
었다.

송세하는 청라의 은인이다. 게다가 그 당시의 그녀는 너무 힘들고
외로웠다.

말은 하지 않았지만, 그녀는 송세하가 자신의 곁에 있어준 것을 마

음속으로 고마워했다. 아니, 어쩌면 그가 떠날까 봐 가슴을 졸였을지도 모른다.

비검문이 재개파할 수 있도록 터전을 잡는 힘든 과정에서 송세하는 큰 역할을 했다.

그리고는 급한 볼일이 있다며 훌쩍 떠나고 난 뒤 한동안 돌아오지 않았다.

비검문이 개파하고 여러 어려운 일들이 닥치는 와중에도 청라는 틈틈이 송세하를 떠올렸다.

그것은 딱히 남녀 간의 정분(情分)이라고는 말할 수 없는 기묘한 감정이었다.

송세하는 청라를 여자로 볼지 몰라도, 청라는 아니었다. 그녀는 그를 그저 오라비 같고 곁에 있어주면 든든한, 그런 막연한 존재로만 여겼다.

하지만 그 당시에 청라가 돌아오지 않는 송세하를 기다리던 마음은 명백한 그리움이었다.

그녀가 현악을 그리워하는 것과는 다른 차원의.

비검문이 재개파하여 가장 어려웠던 시기는 최초의 석 달간이었다.

그 한복판에 송세하가 불쑥 찾아왔다. 그리고 말했다.

"집안의 일들을 정리하고 왔소. 그리고 행협을 위한 천하주유도 그만두겠소. 그 이유는 가문보다, 행협보다 더 중요한 사람이 이곳에 있기 때문이오. 부디 불초를 비검문에 입문시켜 주시오."

청라는 그가 말하는 '중요한 사람'이 자신이라는 사실을 짐작했다.

그래서 펄쩍 뛰며 귀뺨이라도 올려붙여야 마땅했지만, 솔직히 그녀는 그 말을 듣고 은근히 기뻤다.

그것은 불륜도, 부정함도 아니었다. 그녀는 그저 외로웠고 무엇인가에 목말라 있었다. 그리고 송세하는 더없이 신선한 감로주(甘露酒)였다.

사실 송세하가 청라의 곁을 잠시 떠났던 것은 집안일도 그 무엇도 아니었다.

단지 작전일 뿐이었다. 목마른 사람을 더 목마르게 만드는 작전인 것이다.

당연히 청라는 송세하를 부친에게 소개했고, 이날이 되도록 한 번도 딸로부터 남자를 소개받아 본 적이 없는 청대화는 적잖이 놀라면서도 송세하를 요모조모 뜯어보고 관찰한 후 그의 외모와 인품을 크게 마음에 들어했다.

게다가 그는 딸을 구한 은인이 아닌가. 그의 비검문 입문을 마다할 이유가 없었다. 오히려 쌍수를 들어 반겼다.

하여 비검문에 입문한 송세하는 불과 석 달 만에 비검구식을 모조리 터득하는 능력을 보여 비검문주인 비검협웅 청대화와 청라를 아연실색하게 만들었다.

그래서 그는 단 석 달 만에 비검문 십당 중 하나를 맡는 당주로 전격 승급하기에 이르렀다.

당시 하남에 재개파하여 이 지역의 타 방파들로부터 극심한 견제와 핍박을 당하고 있던 비검문을 위해 송세하는 자신의 한 몸을 아끼지 않고 내던져 싸우고 또 싸웠다.

그는 또한 지략이 뛰어나서 여러 가지 절묘한 방법으로 타 방파들의 공격을 차단, 와해시키기도 했다.

또한 비검문에 우호적인 몇몇 방파를 끌어들여 우군으로 만드는 놀라운 수완을 발휘하기도 했다.

그 결과, 현재 비검문은 이곳 광무현에 재개파한 지 불과 반년 만에 이 지역의 패자(霸者)로 우뚝 서게 되었다.

청대화는 송세하의 공을 높이 사서 그를 일약 비검문 총당주로 승급시켰다.

청대화의 송세하에 대한 신임은 지대했다.

그는 과거 자신의 딸 청라를 굳게 믿었지만, 지금은 송세하를 더 신임할 정도였다.

◆제63장◆
청라, 쾌검왕을 추적하다

청라, 쾌검왕을 추적하다

"아버님, 이것은……."

청대화가 내민 한 장의 서찰을 읽어본 청라와 송세하는 적잖이 놀라는 표정을 지었다.

서찰의 내용 끝에는 하나의 커다랗고 뚜렷한 직인(職印)이 찍혀져 있었다.

그것은 '유성(流星)'이라는 글자를 초서체로 흘린 듯한 멋들어진 모습이었다.

천하 무림에서 그런 직인을 사용할 수 있는 곳은 단 한 곳. 바로 유성보뿐이었다. 서찰은 유성보에서 보낸 것이었다.

"너희는 이것을 어떻게 생각하느냐?"

담담하게 묻는 청대화의 얼굴에는 은은한 기쁨이 깔려 있었다.

알아본 결과, 유성보는 이런 서찰을 하남 무림의 각 지역을 대표하는 방파와 문파들에게만 보냈으며, 광무현 일대에서 서찰을 받은 방파는 비검문뿐이었다.

그 사실은 유성보가 비검문을 광무현 일대의 패자로 인정한다는 뜻이 아니고 무엇이겠는가.

그것이 청대화의 기쁨이었다.

그래서 그는 더 이상 바랄 게 없었다.

현재 비검문은 세력이 산서 안택현에서보다 두 배가량 거대해져 있는 상태였다.

또한 산서 같은 변방과는 비교조차 할 수 없는 중원 한복판 한 지역의 패자가 되었다.

그러나 그보다 더 더욱 경사로운 일은, 이제 유성보마저 비검문을 인정했다는 놀라운 사실이었다.

청라가 놀라고 있는 사이에 송세하는 서찰을 다시 집어 들고 두 번, 세 번 거푸 꼼꼼하게 읽었다.

청대화는 송세하의 그런 모습을 지그시 지켜보며 믿음직스럽다는 표정을 지었다.

그는 자신이 굳이 머리를 쓰지 않아도 잠시 후 저 영특한 총당주가 현 상황에서 가장 적합하고 뛰어난 지략을 내놓을 것이라는 사실을 믿어 의심하지 않았다.

그러나 서찰을 거푸 읽는 송세하의 눈빛이 가끔씩 가벼운 빛을 발하면서 입가에 보일 듯 말 듯 흐릿한 미소가 떠오르는 것을 청대화도 청라도 발견하지 못했다.

'후후… 기다리던 시기가 생각보다 일찍 찾아왔군.'

송세하는 눈빛과 미소를 거두고 서찰을 탁자에 내려놓으면서 속으로 중얼거렸다.

하지만 그는 결코 자신의 의견을 먼저 말하는 법이 없었다. 또한 상대의 의견을 반박하거나 무시하지도 않으며, 언제나 자신의 생각을 조심스럽고도 겸손하게 맨 마지막에 꺼내놓는다.

그런 점 때문에 청대화와 청라는 그를 더 좋아할 수밖에 없었다.

청대화는 크고 화려한 태사의에 깊숙이 몸을 묻은 채 앉아 있고, 그 앞 좌우에 청라와 송세하가 서 있었다.

청라 역시 유성보가 비검문을 인정했다는 사실이 기뻤다. 하지만 그녀는 내심으로 적잖이 놀라고 있었다.

산서에서 그토록 지겹게 추격하던 쾌검왕이라는 별호를 방금 읽은 서찰에서 발견했기 때문이다.

서찰의 내용은 대충 이랬다.

당금 무림을 어지럽히는 무적부의 쾌검왕이라는 자가 현재 북상 중인데, 쾌검왕은 만나는 무림인마다 닥치는 대로 죽이고 있으며, 그것을 제지하려는 유성보 고수들마저 대거 죽였다. 그러니 혹여 쾌검왕이 귀파의 세력권 안에 들어오면 그 사실을 즉시 유성보에 통보해 줄 것이며, 할 수 있으면 유성보가 당도할 때까지 그 지역 내에 쾌검왕을 붙잡아둘 수 있겠느냐는, 사실상 협조 요청이었다.

쾌검왕이 처음 살명을 떨친 지역은 산서 운몽산이었다.

이후 쾌검왕은 안택현 일대를 거침없이 종횡하면서 수없이 살행을 일삼았다.

하지만 어찌 된 일인지 청라는 한 번도 쾌검왕과 마주치지 못했다. 현악이 쾌검왕이라는 사실을 지금까지도 모르고 있기 때문에 당연한 일이었다.

산서에서, 청라와 비검문은 처음에는 쾌검마를 죽여 비검문의 명성을 날리겠다는 목적의 와중에서 쾌검마의 의제인 쾌검왕을 추격했었다.

그러나 나중에는 청대화가 쾌검왕이 지니고 있는 묵혈쌍검 중에 혈인검을 손에 넣고 싶어 해서 다시 그를 죽이려고 했지만 끝내 뜻을 이루지도 못했고, 쾌검왕은 본 적도 없었다.

서찰에는 그 쾌검왕이 주가구라는 지역을 피로 씻은 후 무적부라는 방파를 개파했으며, 그가 현재 북상하면서 혈풍을 일으키고 있다는 세부 내용이 기록되어 있었다.

청라의 개인적인 생각은, 서찰의 내용을 곧이곧대로 믿을 순 없다는 것이었다.

그러나 단순한 청대화는 서찰을 액면 그대로 믿고 있었다. 아니, 믿고 싶어 했다.

바로 그런 점이 그가 누군가의 지략적인 도움 없이는 일문의 지존이 될 수 없다는 단점이기도 했다.

청라도 귀가 있고 눈이 있으며, 비검문에도 정보만을 수집하는 천이당(天耳堂)이라는 조직이 있었다.

그러니 서찰의 내용을 확인하려고 마음만 먹으면 어려운 일이 아니었다.

청라의 해석은 이랬다.

무슨 일인가 때문에 무적부와 쾌검왕이 유성보의 적이 됐다. 그래서 유성보가 하남 각 지역을 대표하는 방파와 문파들에게 공공연하게 협조 서찰을 보내 쾌검왕을 무림의 공적(公敵)으로 만들려 한다는 것이었다.

그렇다면 비검문의 안녕과 미래를 위해서라도 굳이 유성보의 요청을 반대할 필요나 이유는 없었다.

이것은 과거 안택현에 쾌검마가 들어왔을 때 비검문이 그를 죽이려고 했던 것과는 약간 다른 상황이긴 하지만, 어쩌면 같은 맥락이라고도 할 수 있었다.

"서찰의 요청대로 하는 게 좋겠어요. 유성보의 비위를 건드려서 좋을 건 없으니까요."

청라는 조용히 자신의 의견을 밝혔다.

그러나 예전 같으면 청대화가 그녀의 말에 즉시 따랐을 테지만, 지금은 아니었다.

청대화는 송세하의 의견을 기다리는 듯 그를 쳐다봤다.

송세하는 속으로 이미 계책을 꾸몄지만 짐짓 깊이 생각하는 듯한 표정으로 고개를 끄덕였다.

"그것도 좋은 방법입니다만."

그는 언제나 일단 상대의 의견을 존중해 주는 습관이 있었다.

송세하가 입을 열자 청대화는 그제야 비로소 표정이 밝아지면서 귀를 기울였다.

"당금 무림의 대세는 유성보입니다. 구대문파의 태산이고 북두인 소림과 무당마저도 유성보에게는 한발 양보하고 있는 실정이 그것을 대변하고 있으며, 유성보가 천하제일방파라는 사실은 더 이상 재론의 여지가 없습니다."

청라는 송세하가 자신의 의견을 점잖게 묵살하는 듯한 분위기를 감지했지만 조금도 불쾌하지 않았다. 그것은 조금도 이상한 일이 아니었다. 청대화뿐 아니라 청라도 그를 전폭적으로 신뢰하고 있었기 때문이다.

"그것은 유성보와 화친하면 생존하고, 적이 되면 멸망한다는 간단하지만 엄연한 논리를 말해 주는 것이기도 합니다. 그런데 지금 유성보가 본 문에 손을 내밀었습니다."

청대화가 아는 체를 했다.

"그러니까 화친을 하자는 게로군."

"화친 정도가 아닙니다. 협력을 해야 합니다. 그것도 전폭적인 협력 말입니다."

"전폭적인 협력?"

"그렇습니다. 이번에 유성보의 서찰을 받은 대부분의 방파와 문파들은 라 매의 의견과 같을 것이라는 게 제 소견입니다."

"소매의 의견과 같다면, 대다수 방파나 문파들이 자신들의 영역 안에 들어온 쾌검왕을 억류하고 그 사실을 유성보에 알리는 것쯤으로 그칠 것이라는 뜻인가요?"

청라의 말에 송세하는 고개를 끄덕였다.

"그래, 더러 그렇지 않은 방파와 문파들도 있겠지만 그리 많지는 않을 거야."

총명한 청라는 송세하의 말뜻을 즉시 이해했다.

"혹시 그렇지 않은 방파나 문파들이 사용하려는 방법이 방금 전 하가가가 말한 전폭적인 협력인가요?"

송세하는 적이 감탄하듯 청라를 쳐다보았다.

"과연 라 매는 총명하군. 맞았어. 들어봐. 만약 라 매가 유성보주라면 무림의 수많은 방파와 문파들 중에서 자신들에게 전폭적으로 협력한 방파나 문파를 추후 어떻게 대할 것 같지?"

"호오……!"

그제야 머리가 깨인 청대화가 탄성을 터뜨렸다.

청라는 고개를 끄덕였다.

"어떤 식으로든 유성보의 보답이 뒤따르겠지요."

"비호(庇護)라고 해야겠지. 장차 비검문이 유성보를 등에 업었다고 생각해 봐."

그 말대로만 된다면, 비검문의 앞날은 창창하게 보장된 것이나 다름 없었다.

대저 뉘라서 유성보의 비호를 받는 비검문을 핍박할 것이며, 앞길을 막을 것인가.

청대화는 상상만 해도 가슴이 터질 것 같았다.

"핫핫핫! 좋군! 좋아! 훌륭한 계획일세, 총당주!"

그는 더 이상 듣지 않아도 된다는 듯 즉각 결정을 내렸다.

"됐어! 본 문은 이번 유성보의 요청에 전폭적으로 협력한다! 재론은 없다!"

그는 세부적인 계획을 송세하에게 일임했다.

"총당주, 어쩔 계획인가?"

송세하는 준비하고 있었다는 듯 공손히 대답했다.

"본 보의 육백 명 전 고수를 이끌고 쾌검왕이 북상하는 것을 맞이하러 가는 것입니다. 제게 맡겨주시면 반드시 그자의 수급을 베어서 돌아오겠습니다."

청대화는 약간 놀라는 표정을 지었다.

"전 고수를? 여길 텅 비워둬도 될까?"

그것은 당연한 의문이었다.

비검문이 광무현 일대의 패자가 됐다고는 하지만 여전히 적대 방파들은 호시탐탐 비검문을 노리고 있을 것이기 때문에 문파를 텅 비운다는 것은 자살 행위나 다름없었다.

반년 전에 비검문이 이곳에 재개파할 당시에는 문하 고수가 사백여 명이었는데 지금은 육백으로 불어 있었다.

단지 문하 고수가 이백여 명 늘어난 것이지만, 전체 고수들이 예전보다 실력이 많이 향상되었으므로 두 배의 전력이라고 봐도 별 무리가 없었다.

송세하는 엷은 미소를 지었다. 그의 미소는 늘 보는 사람의 마음을 편안하게 해주었다.

"문주께선 본 문이 전 고수를 이끌고 쾌검왕을 죽이러 간다는 사실을 서찰로 유성보에 알리고 무림에 공포하십시오. 단지 그것만으로 본 문은 안전할 것입니다."

"어째서 그렇지?"

송세하의 의도를 간파한 청라가 송세하의 대답을 대신했다.

"유성보를 돕는 방파를 공격하는 방파가 있다면, 그들은 유성보를 적으로 삼아야 할 각오를 해야 할 테니까요."

"아! 그렇군! 실로 기막힌 방책이다!"

청대화는 무릎을 치면서 탄성을 터뜨렸다. 그는 흡족한 미소를 지으며 송세하를 응시했다.

어느 것 하나 흠잡을 데라곤 없는 훌륭한 청년이었다. 장차 그에게 비검문을 물려준다면, 비검문은 무림의 대방파로 우뚝 서게 될 것이 분명했다.

청대화는 송세하를 남몰래 청라의 배필로 염두에 두고 있었다.

청라가 비록 아비가 누구인지 모르는 아들을 낳았고, 이날까지도 아이의 친부에 대해서는 입을 굳게 다물고 있지만, 모르긴 해도 청라가 아이 아버지에 대한 미련은 별로 없다는 것이 그동안 지켜본 청대화의 판단이었다.

게다가 송세하를 비검문에 데려온 사람이 바로 청라였다.

송세하가 청라를 연모하고 있다는 사실은 비검문 사람이라면 모르는 이가 없을 정도였다. 그만큼 송세하는 청라에 대한 애정을 감추지 않았다.

더욱 청대화를 고무시키는 것은, 청라가 혼인을 하지 않은 몸으로 아이를 낳았다는 사실을 송세하가 알고 있으면서도 조금도 개의치 않는다는 점이었다.

아니, 어떨 때 보면 송세하는 청라보다 그녀의 아이 현백을 더 사랑하고 있는 것 같았다.

그러면 청라도, 그녀의 아들도, 비검문도 안심하고 맡길 수 있다는 것이 청대화의 결론이었다.

또한 청대화가 보기에 청라도 송세하를 싫어하는 것 같지 않았다. 아니, 오히려 은근히 좋아하는 것 같았다.

그녀가 송세하를 데려오고, 그를 대하는 행동이나 표정을 보면 쉽사리 알 수 있었다.

청대화는 송세하가 이번 임무를 마치고 돌아오면 그와 청라의 혼사를 밀어붙여야겠다고 내심 결심했다.

송세하가 쾌검왕의 수급을 가지고 돌아와 준다면 금상첨화겠지만, 그렇지 못하더라도 상관없었다.

그러나 청대화는 송세하의 무공과 지략, 그리고 육백 명의 문하 고수라면 무난히 쾌검왕을 죽일 수 있을 것이라고 낙관했다.

송세하는 청대화에게 공손히 허리를 굽혔다.

"내일 날이 밝는 대로 출전하겠습니다."

"몸조심하게."

청대화는 고개를 끄덕이며 그가 이미 사위라도 된 듯 대했다.

"저도 가겠어요."

문득 청라가 단호한 표정으로 말했다.

그녀는 그동안 아들 현백을 돌보느라 웬만한 싸움에는 거의 참가하지 않았다.

게다가 그간 틈틈이 비탄검법의 연마를 게을리하지 않아 현재는 완벽하게 완성한 상태였다.

비탄검법은 청대화가 이십여 년 동안 비검구식을 분석하여 한 단계 더 발전시켜서 창안한 쾌검식의 일종으로, 비검문 내에서는 청대화와 청라만이 연마했는데, 한 달 전 청대화는 비탄검법을 송세하에게 암암리에 전수했다.

그런데 사실 송세하는 비탄검법을 이미 완성했다. 다만 그 사실을 청대화도 청라도 모르고 있을 뿐이었다. 그가 감쪽같이 감추고 있었기 때문이다.

송세하.

그는 천부적인 무재(武才)였다. 만약 그가 명문대파에 입문하여 제대로 무공에 정진했다면 지금쯤 대단한 고수가 되어 명성을 날리는 것은 물론, 자파 내에서도 인정을 받아 차기 장문인의 물망에도 올랐을 것이 분명했다.

하지만 그에겐 그런 기회가 없었다. 아니, 그런 기회가 주어질 형편이 아니었다.

그가 청대화와 청라에게 자신을 산동의 명문가 출신이라고 소개한 것은 당연히 거짓말이었다.

그는 명문가하고는 거리가 아주 먼, 산동의 어느 이름없는 작은 어촌에서 태어나 십삼 세까지 부모를 도와 고기를 잡으면서 가난에 찌든 생활을 했다.

그러나 그가 소년 어부 생활에 작별을 고하는 사건이 벌어졌다.

도주하는 무림인 한 명을 잡으러 그곳 어촌에 들이닥친 어느 방파의 무사들을 발견하는 순간, 자신이 진정으로 추구해야 할 길을 찾았던 것이다.

처음 본 무림인들의 모습은 환상 그 자체였다. 고기를 잡다가도 멍하니 먼바다를 바라보면서 알 수 없는 그 무언가를 동경해 왔던 그는, 그제야 자신이 동경해 왔던 형체 없는 것이 무림이라는 사실을 깨닫게 되었다.

그날 밤 그는 부친이 부서진 조각배를 수리하려고 푼푼이 모아둔 은자 다섯 냥을 훔쳐 집을 떠났다.

그는 잠시도 쉬지 않고 될수록 집에서 멀어지려고 뛰고 또 뛰었다. 만약 무식한 곰 같은 부친에게 붙잡히는 날에는 죽거나 어디 몇 군데 부러질 것이기 때문이었다.

보름 후, 그는 자신의 고향에서 칠십여 리쯤 떨어진 어느 현의 조그만 무도관에 훔쳐 가지고 나온 은자 다섯 냥을 모두 내고 입관하게 된다.

그 무도관은 하류의 권법이나 퇴법 따위, 무림에서 이제는 삼류로도 쳐주지 않는 육합검법(六合劍法)이나 조양검법(朝陽劍法) 등을 가르치면서 문하생들의 푼돈이나 받아먹는 그렇고 그런 하류 무도관이었다.

아직 발굴되지 않은 천부적 무재인 송세하는 불과 반년 만에 그곳에서 가르치는 모든 무술을 완벽하게 터득해 버렸다. 당연한 결과였지만 그 자신은 꽤나 놀랐고 또 만족했다.

그래서 그는 자신이 바야흐로 무림고수가 됐다고 여겨 홀연히 그곳을 나와 길을 떠났다.

그러나 그는 하는 싸움마다 졌고, 터졌으며, 무수한 죽을 고비를 넘겨야만 했다.

그리고 자신이 배운 것들이 무림에서는 하오배들이나 익히는 쓰레기 같은 무공, 아니, 무술이라는 사실, 그것으로는 결코 무림고수가 될 수 없다는 사실, 무림에는 진짜 훌륭한 무공들이 수두룩하다는 사실들을 비로소 깨닫게 되었다.

그래서 그는 유명한 문파나 무도관을 찾아다니면서 제자로 받아줄 것을 간청했지만 거지꼴이나 다름없는 그를 받아주는 곳은 아무 데도 없었다.

결국 그는 일 년여 동안 뜻하지 않은 거지가 되어 문전걸식, 풍찬노숙을 하면서 이곳저곳을 떠돌아 다녀야만 했다.

하지만 거지 행각은 그리 길지 않았다. 어느 날, 결코 그렇게 살아서는 안 된다는 사실을 크게 깨우친 그는 그 길로 깊은 산으로 들어갔다.

산속에서 그는 짐승이나 다름없는 생활을 하면서 혼자 무공을 연마했다.

그는 자신이 무도관에서 배운, 무공이라고도 할 수 없는 것들을 몇 달에 걸쳐서 모조리 뜯어고치고 새롭게 조합하여 전혀 새로운 하나의 검법을 만들어냈다.

그 역시 그가 천부적인 무재였기에 가능한 일이었다.

그는 그것에 제법 그럴싸한 옥룡검법(玉龍劍法)이라는 이름을 붙였고, 그때부터 장장 이 년 동안 온몸을 내던져 그것을 수련하면서 또한 계속 발전시켰다.

사실 하잘 것 없는 육합검법이나 조양검법 같은 삼류검법이라고 해도 그것을 완벽하게 극성으로 익히면 능히 일류고수가 될 수 있는 법이다.

원래 무공이라는 것은 맹수들이 공격하는 자세나 대자연의 법칙, 즉 바람과 천둥과 파도 따위에 바탕을 둔 것이기 때문에 근본이 하나라고 할 수 있다.

다만 그것에서 수많은 검법과 도법, 권각술이 퍼져 나가고 발전되어 오늘에 이른 것이었다.

그러므로 옥룡검법을 완성한 송세하가 일류는 아니더라도 제법 실력을 갖추게 됐다고 해서 이상할 것은 없는 일이었다.

마침내 그는 이 년 만에 하산했고, 이틀 후에는 난생처음 살인을 하기에 이르렀다.

상대는 흔한 하오배가 아닌, 그 지역에서 약간 이름이 알려진 진짜 무인이었다.

그에게 있어서 첫 살인은 별로 어렵지 않았다. 그리고 그 이후부터는 살인이 밥 먹는 것보다 더 쉬웠다.

그는 마음껏 천하를 주유하면서 마음 내키는 대로 행동했다.

그가 추구하는 것은 정도 아니고 사도 아니었다.

그저 이득이 있고 감정이 이끌리면 때와 장소를 가리지 않고 살인을 저질렀다.

그렇게 칠 년의 세월이 흘렀을 무렵, 십오 세 소년은 어엿한 이십이 세의 청년 고수로 변했고, 무림에서 지어준 옥룡야풍이라는 별호도 생겼다.

하지만 그는 여전히 집도 없으며 소속된 방파나 문파도 없을뿐더러, 가족조차 없이 부평초처럼 떠도는 신세였다.

자신의 옥룡검법만으로도 톡톡히 재미를 본 그는 굳이 더 강해져야 할 필요를 느끼지 못했다.

그러던 중에 그는 쾌검마가 추적대에 의해서 산서로 도주했다는 소문을 접하게 됐다.

예전부터 쾌검마가 전설의 묵혈쌍검을 한 몸에 지니고 있다는 사실을 알고 있는 그는 혹시나 하는 언감생심의 마음으로 무작정 산서로 향했다.

해서 우여곡절 끝에 쾌검왕, 즉 현악을 만났으며, 두 차례에 걸쳐서 그를 암습했다가 오히려 죽을 고비의 쓴맛을 봐야만 했다.

그날까지 운이 좋아서 누구에게도 크게 당해본 일이 없었던 그가 그 일 때문에 쾌검왕에게 원한을 품는 것은 당연한 일이었다.

그는 오직 복수를 위해서 청라에게 접근했을 뿐이다.

그러므로 어떻게든 복수만 할 수 있다면, 또한 쾌검왕의 혈인검을 손에 넣을 수만 있다면 그깟 청라나 비검문 따위야 어찌 되든 알 바가 아니었다.

그는 비검구식과 비탄검법을 완벽하게 터득하여 예전에 비해서 거의 두 배 가까이 강해져 있었다.

하지만 늘 진짜 실력의 칠 할가량만 발휘했다. 그것으로도 그는 청라와 비등한 실력을 보였다.

감춰둔 삼 할의 실력. 그는 그것이 쾌검왕의 목을 자르게 될 것이라고 굳게 믿고 있었다.

송세하는 청대화를 보며 의연하게 말했다.

"소문주는 제가 잘 지킬 테니 문주께선 염려하지 마십시오."

"헛헛! 자네가 딸아이 곁에 있어준다면 안심이네!"

청대화의 웃음소리는 평소보다 더 유쾌했다.

*   *   *

때는 삼월 초춘.

현악 일행이 무적부를 떠난 지 넉 달이 흘렀고, 해가 바뀐 지도 석 달이나 지났다.

현악은 어느덧 이십 세 약관의 청년이 되었다.

주가구에서 유성보가 있는 난봉까지는 빠르면 열흘, 늦어도 보름이면 도착할 수 있는 거리였다.

그런데도 불구하고 현악 일행은 길에서 넉 달이나 보내고 있는 중이었다. 게다가 난봉까지는 아직 이백여 리나 남아 있는 상황이었다.

원래 처음부터 현악은 난봉까지 가는 데 반년을 잡았다. 거기에는 그럴 만한 이유가 있었다.

넉 달여 전, 유성보의 삼 개 당 백오십 명의 고수를 황천으로 보낸 후, 인근 부구현에서 머물던 현악 일행은 닷새가 지난 후에 다시 길을 떠났다.

출발하기 이틀 전, 현악은 신표에게 뭔가를 지시했고, 신표는 무적 혈창대가 수련을 하고 있는 근처의 산으로 가서 그들 사십구 명에게 현악의 지시 사항을 전달했다.

그 즉시 사십구 명은 산지사방으로 흩어졌고, 이틀 후 다시 원래 명령을 받았던 위치에 집결했다.

돌아온 사십구 명의 무적혈창대 중 절반은 각자 두 자루씩의 묵직한 자루를 메고 있었으며, 자루에는 쌀이며 보리, 콩, 건육이나 건포 등의 식량이 들어 있었다. 그 정도 분량이면 현악 일행이 반년 이상 먹고도 남을 정도였다.

사십구 명 중에 나머지 절반은 자루를 메고 돌아오지 않은 대신 자신들이 향했던 방향의 지리와 산세, 물줄기가 들고 나는 방향 따위를 신표에게 상세히 보고했다.

보고를 다 듣고 난 신표는 그 가운데 한 군데를 골라 그 장소를 현악에게 보고했다.

이후, 부구현을 출발한 현악 일행은 곧장 신표가 고른 장소로 향했다. 물론 무적혈창대는 언제나처럼 암중에서 일행을 호위하듯이 따랐다.

신표가 안내한 장소는 부구현에서 서북쪽으로 오십 리가량 떨어진 완만한 구릉 지대였다.

중원 대륙 전체를 놓고 보면 서쪽이 산악 지대이며 동쪽이 평야 지대인 이른바 서고동저(西高東低)의 지형이었다. 그리고 그 서고동저가 하남처럼 극명한 지역도 없을 것이다.

하남의 서쪽 절반은 산악 지대인 데 반해서 동쪽 절반은 평야로 이루어져 있다.

현악 일행이 도착한 구릉 지대는 하남의 서쪽 절반의 산악 지대가 시작되는 곳으로부터 삼십 리가량 진입한 지점으로, 말이 구릉 지대지

산세만 둥글둥글할 뿐 하늘도 올려다보이지 않을 정도의 원시림이 끝없이 펼쳐진 곳이었다.

"훌륭하군."

현악이 그곳에 도착하여 주위를 둘러본 후 흘려낸 일성이었다.

이어서 그는 주변 십여 리 일대를 세밀하게 돌아본 후 구릉과 구릉이 겹쳐지는 계곡의 가장 안쪽 울창한 원시림 한복판에 일행들의 짐을 풀게 했다.

원시림 복판에는 둘레 칠팔 리가량의 아담한 연못이 있었고, 주변에는 두 군데의 공터가 있었으며, 나머지는 숲이었다. 대낮에도 햇빛 한 움큼 스며들지 않는.

"숙소를 지어라."

현악은 그렇게 명령하면서 최소한 닷새쯤 걸릴 것이라고 예상했는데 그것은 오판이었다.

무적혈창대 사십구 명은 과거 녹림인들이었고, 그보다 과거에는 각자 생업을 갖고 열심히 살던 선량한 백성들이었다. 그들 중에는 예전에 제법 솜씨가 좋았던 목수가 몇 명 있었다.

그들의 진두지휘 아래 신표와 채엽, 강일조까지 포함된 모든 사람들이 쉬지 않고 일사불란하게 움직인 결과, 단 하루 만에 숙소가 완성되었다.

집을 짓는 데에 나무보다 더 좋은 재료는 없고, 이곳 원시림에는 장정 서너 명이 손을 맞잡아야지만 겨우 둘레를 잴 수 있을 정도의 거목들이 지천으로 널려 있었다.

연못 바로 앞에 아담한 통나무집 두 채가 나란히 지어졌고, 그것을 호위하듯 배후에 네 채의 큼직한 통나무집이 지어졌다.

이제부터 이곳에서 현악을 비롯한 오십사 인은 앞으로 반년 동안 세상과 격리된 상태에서 철저하고도 혹독한 수련을 하게 될 것이다.

그것이 현악의 계획이었다.

그렇게 자신을 포함한 강초련, 신표, 채엽, 강일조, 그리고 무적혈창대 모두가 새롭게 재탄생하게 될 것이다.

그것이 넉 달 전의 일이었다.

현악은 지난 넉 달 동안 극쾌검식을 극성으로 완성했다.

그는 자신이 쾌검마류의 아류에서 벗어난 시점이 섬쾌검식 이후 극쾌검식 이전일 것이라고 나름대로 판단했다.

또한 쾌검마의 섬쾌 다음에는 분명히 그보다 더 빠르고 강한 상승의 쾌검식이 있을 테지만, 그것은 자신이 익힌 극쾌검식과는 다를 것이라고 판단했다.

그렇다면 극쾌검식에는 고유의 이름이 없었다.

그래서 현악은 극쾌검식에 단지 '극쾌(極快)'라는 간단하면서도 극명한 의미가 담긴 이름을 붙였다.

사실 현악은 한 달 전에 극쾌를 극성으로 완성했다.

한 달 전.

극쾌가 극도로 정제되고 다듬어져서 거의 완성되어 갈 무렵의 어느 날, 현악은 혈인검에서 발출된 극쾌검기에 전혀 예상하지 못했던 현상이 일어나 있는 것을 발견해 냈다.

아름드리 나무에 극쾌검기가 관통된 여러 개의 구멍을 살피던 그는 그 가운데 몇 개의 구멍을 보면서 고개를 갸웃거리며 한동안 시선을 떼지 못했다.

수없이 많은 구멍들.

그런데 예전에는 동전만하던 구멍들 중에 단지 몇 개가 조금 작아진 것처럼 보였다. 처음에는 착각이려니 여기고 크게 신경을 쓰지 않았다.

그런데 수련이 거듭되고 아름드리 나무에 관통된 구멍의 숫자가 점점 많아질수록 착각도 차츰 현실로 자리를 잡아갔다.

극쾌검기에 관통된 구멍들이 수백 개에 이른 후, 세밀히 살펴보자 작아진 구멍은 수십 개에 달하게 된 것이었다.

'극쾌검기가 때때로 작은 구멍을 만들기도 한다.'

결국 현악은 그런 결론을 내릴 수밖에 없었다. 그 사실은 그에겐 신선한 충격이었고 풀어야 할 과제였다.

만약 그가 사방이 단단한 암석으로 이루어진 지하 연공실에서 극쾌검기를 계속 연마했더라면 발출하는 극쾌검기마다 암벽을 모조리 관통시키지 않는 한 이런 현상을 발견해 내지 못했을 것이다.

하루 종일 극쾌검기를 발출하면서 시험한 후 그는 자신이 발출한 극쾌검기가 평균 열 개 정도에 하나 꼴로 기존의 구멍보다 약간 작은 구멍을 만든다는 사실을 확인할 수 있었다.

작은 구멍을 만든다는 것은, 극쾌검기를 좀 더 가늘게 발출해야만 가능한 일이었다.

또한 그 원인을 알아낼 수만 있다면 극쾌검기를 얼마든지 가늘게 발출할 수도 있다는 뜻이었다.

뿐인가? 그와 같은 원리로 극쾌검기를 더 크게도 발출할 수 있을 것이다.

극쾌검기를 더 가늘게 발출할 수 있다면, 훨씬 더 위력이 커져서 암석조차도 관통할 수 있게 된다. 그것은 똑같은 양의 물줄기가 폭이 넓은 곳보다는 폭이 좁은 지역에서 훨씬 빠르고 강한 급류로 변한다는 이치와 같은 원리였다.

그런 점에서 그것은 대단한 발견이었다. 그러나 동시에 대단한 고민거리이기도 했다.

대체 어떤 상황에서 극쾌검기가 가늘게 발출되느냐는 문제를 풀어내야 하기 때문이었다.

그때부터 현악은 그 원인을 밝혀내기 위해서 골몰하기 시작했지만, 다시 며칠이 지나도록 해답을 찾아내지 못해서 남몰래 부심하고 있었다.

그날도 외떨어진 원시림 속에서 혼자 미친 듯이 극쾌검기를 뿜어내기도 하고, 조용히 사색도 하면서 원인을 찾아내는 일로 하루를 보낸 현악은 해질녘이 돼서야 숙소인 연못 앞 두 채의 통나무집 중 왼쪽의 집으로 들어서고 있었다.

탁탁탁—

불과 석 달 사이에, 예전의 허약했던 몸이라고는 추호도 생각되지 않을 정도로 건강하게 변모한 강초련이 주방에서 부산하게 요리를 준비하고 있다가 현악을 반갑게 맞이했다.

"이제 오세요, 사부님."

무슨 요리를 만들려는 것인지 열심히 밀가루를 반죽하던 강초련은 들어서는 현악을 발견하고는 쪼르르 달려오면서 급히 두 손을 앞치마에 닦은 뒤 앞에 모으고 공손히 허리를 굽혔다.

지난 석 달 동안, 하루 중에서 현악이 혼자 수련하는 서너 시진을 제외한 나머지 모든 시간을 종일 함께 지낸 두 사람은 이즈음 매우 친해져 있었다.

그렇지만 그것은 남녀로서가 아니라 엄격한 사제지간으로서의 친밀감이었다.

"시장하시죠? 잠시만 기다리시면 맛있는 잉어탕면을 해드릴게요."

강초련은 환하게 미소 지으면서 다시 주방으로 달려갔다.

집 앞 연못에는 물고기들이 많아서 채엽이나 강일조는 현악의 식탁에 생선 요리가 떨어지지 않게 해주었다.

뿐만 아니라 신표는 건육에 물렸을 현악을 위해 숲에서 사슴이나 곰 따위를 잡아 신선한 육류를 공수했다.

그러나 정작 그것들을 잡는 신표나 채엽, 강일조는 신선한 육류나 생선을 한 번도 먹어보지 못했다.

수련하는 시간을 쪼개서 현악을 위해 물고기와 짐승을 잡는 것이지, 자신들이 먹기 위해서 잡을 시간은 없었기 때문이다.

강초련이 밀가루를 반죽하고 있는 커다란 도마 한 켠에는 아닌 게 아니라 두 자는 됨 직한 커다란 잉어 한 마리가 잘 손질이 되어 놓여 있는 게 보였다.

탁탁탁—

강초련은 잘 반죽된 밀가루덩어리를 길게 늘여서 양손으로 잡고 적당하게 힘을 주어 도마에 두드리면서 더 길게 잡아 늘였다.

그 과정을 계속 반복하자 최초에 한 덩어리였던 밀가루덩어리는 두 가닥에서 네 가닥으로, 다시 여덟 가닥… 열여섯 가닥으로 점점 가늘고도 많은 가닥으로 변해갔다. 즉, 국수 가닥을 만들어내는 과정이었다.

탁자 앞 의자에 앉은 현악은 그 과정이 재미있기도 하고 딱히 할 일도 없어서 묵묵히 지켜보았다.

탁타탁—

이제 열여섯 살이 된 강초련은 원래 성숙한 몸이 이즈음에는 더 성숙해져 있었다.

그녀가 몸에 딱 붙는 홍의경장을 입은 채 몸을 흔들면서 열심히 국수 가닥을 만드는 동안, 그녀의 풍만한 젖가슴과 엉덩이도 따라서 열심히 상하좌우로 출렁거렸다.

하지만 그녀를 조금도 이성으로 여기지 않는 현악은 그 광경을 보면서도 그저 덤덤했다.

타타탁—

어느새 국수 가닥은 매우 가늘어졌고 그 수도 수백 가닥으로 변해 있었다.

강초련은 거기에 밀가루를 뿌리더니 다시 한 번 더 접었다.

현악은 이제 곧 수백 가닥의 국수 가닥이 수천 가닥으로 변하겠구나 하고 망연히 생각하며 지켜보았다.

"……!"

그 순간 무엇인가 그의 뇌리에 강렬한 자극을 주면서 꽂혔다. 이제는 많이 익숙해진, 바로 깨달음의 희열이었다.

짝!

"그렇다! 바로 그런 원리였어!"

"어맛!"

현악이 손뼉을 치면서 크게 외치는 바람에 강초련은 화들짝 놀라 하마터면 국수 가닥을 놓칠 뻔했다.

강초련이 의아한 표정으로 뒤돌아볼 때 현악은 이미 쏜살같이 집 밖으로 달려나가고 있었다.

"사부님!"

강초련이 급히 외치며 뒤쫓아 나왔다.

예전의 현악이었다면, 아니, 다른 사람의 부름이었다면 그는 대꾸도 하지 않고 내처 달려갔을 것이다.

그러나 지금 그를 부른 사람은 그가 금쪽같이 귀여워하고 아끼게 돼버린 하나뿐인 여제자였다.

그래서 그는 비단 계속 달려가지도 못했을 뿐 아니라 그 자리에 멈춰 서서 엉거주춤 뒤돌아보기까지 할 수밖에 없었다.

"제때에 식사를 하시지 않으면 사부님 건강을 해치게 돼요!"

"하지만 초련아, 나는……."

어눌하게 중얼거리는 현악의 말을 강초련의 조심스러운 목소리가 잘랐다.

"혹시… 사부님께선 소녀가 만드는 잉어탕면을 드시고 싶지 않으신 건가요?"

현악은 펄쩍 놀라면서 두 손을 휘휘 내저었다.

"아니다! 설마 그럴 리가 있겠느냐? 나는 네가 만드는 요리는 무엇이든 맛있게 잘 먹는단다!"

강초련은 환하게 미소 지으면서 현악의 팔짱을 끼고 집 안으로 이끌었다.

강초련이 정성껏 만든 잉어탕면은 무척 맛있었지만, 현악은 그 맛을 거의 느끼지 못했다.

이유는 그녀가 국수 가닥을 만들어내는 과정에서 얻은 깨달음 때문이었다.

내공이란, 마치 한 덩어리의 밀가루 반죽처럼 현악의 단전에 응집되어 있었다.

그것을 검을 통해서 발출하면 검기가 된다.

그런데 만약 밀가루 반죽처럼 한 덩어리로 뭉쳐져 있는 내공을 체내에서 가늘게 쪼개어 검을 통해 발출할 수만 있다면?

충분히 가능한 일이었다.

그는 석 달 전 부구현 근처 초원에서 유성보 삼 개 당 백오십 명을 상대로 싸울 때 이미 일검이검기, 즉 내공을 둘로 쪼개서 발출한 경험이 있었다.

아니, 그 당시에 그는 일검으로 더 많은 검기를 만들어낼 수도 있었지만 위력이 약해지는 단점 때문에 더 이상 쪼개는 것은 그만두었다.

탁!

"그게 아니다!"

현악은 그나마 먹는 둥 마는 둥 하면서 생각에만 골몰하고 있다가 급기야 식사마저 중지하고 젓가락을 내려놓으며 고개를 세차게 가로저었다.

강초련은 깜짝 놀랐지만 입을 꼭 다물고 조심스럽게 현악을 바라보았다.

그녀는 사부의 저런 모습은 처음 보지만 그가 왜 그러는지는 어렴풋이 짐작할 수 있을 것 같았다.

그때부터 현악도 강초련도 식사를 멈추었다.

현악은 고심을 하느라, 강초련은 젊은 사부의 고심을 안타깝게 바라보느라.

그렇게 일각이 지나고 반 시진, 한 시진이 속절없이 흘렀다.

잉어탕면은 다 식어버렸지만 강초련은 다시 데워올 엄두를 내지 못했다.

시간이 흐를수록 사부의 고심이 더 심각해지고 있었기 때문에 자칫 그의 상념을 방해하게 될까 봐 숨조차 크게 쉬지 못했다.

강초련은 사부의 그런 모습이 안쓰럽기도 했지만 또한 사뭇 존경스럽기도 했다.

뭔가에 집착하여 식사도 잊은 채 반드시 이루려고 하는 모습은 묘한 매력마저 풍겨내고 있었다.

"……!"

문득 강초련은 속눈썹이 유난히 긴 커다란 두 눈을 깜빡거리며 현악의 얼굴을 유심히 바라보았다.

'이제 보니까 사부님은 정말 영준하시구나……!'

예전의 현악은 강초련에게 하늘 그 자체였다. 아니, 그렇다고 지금은 그렇지 않다는 뜻이 아니었다.

처음에는 부친의 주군 되시는 분이라 감히 그 앞에 마주 서는 것은 커녕 바라볼 엄두조차 내지 못했다.

먼발치에서라도 현악의 모습이 눈에 띄면 얼른 고개를 숙이고 총총히 그 자리를 뜨곤 했던 강초련이었다.

그리고 그 후에는 자신의 사부로 모시게 돼서 예전보다는 더 가까운 사이가 되었다고는 하지만, 오히려 예전보다 더 조심스럽고 더 예의를 갖춰야 하기 때문에 마주 앉아서 식사를 할 때나 무공을 전수받을 때에도 그녀는 늘 눈을 내리깐 채 감히 현악의 얼굴을 정면으로 마주 바라볼 엄두를 내지 못했다.

강초련은 자신도 모르게 방심이 가벼이 흔들리는 것을 느끼고는 제 스스로 화들짝 놀라고 말았다.

'내, 내가 감히 무슨 생각을……!'

탁!

바로 그때 현악이 손바닥으로 탁자를 가볍게 치면서 벌떡 일어서며 낮게 외쳤다.

"혹시 그 방법이라면!"

강초련은 그가 쏜살같이 집 밖으로 쏘아나가는 것을 보면서도 이번 에는 붙잡지 못했다.

[五卷 完]